Der Washington-Ritus

Über den Autor

Stefan Wettke wurde in Heidelberg geboren. Während des Studiums der Germanistik und Sportwissenschaft in Würzburg begann er mit dem Schreiben. Heute lebt und schreibt er auf einem ehemaligen Pferdehof im Odenwald.

Nach dem Erfolg seines Debütromans »Insel der Todeslinien« ist »Der Washington-Ritus« der zweite Teil der Nathan-Grant-Reihe.

Stefan Wettke

Der Washington-Ritus

Ein neuer Thriller mit Nathan Grant

Bibliografische Information der Deutschen Nationalbibliothek
Die Deutsche Nationalbibliothek verzeichnet diese Publikation
in der Deutschen Nationalbibliografie; detaillierte bibliografische
Daten sind im Internet über http://dnb.d-nb.de abrufbar.

© 2021 Stefan Wettke

TWENTYSIX
Eine Marke der Books on Demand GmbH

Umschlagdesign, Satz, Herstellung und Verlag:
BoD – Books on Demand, Norderstedt
Umschlagbild: Harold Mendoza on Unsplash
ISBN 978-3-7407-8105-7

Washington D.C., Vereinigte Staaten, 27. Mai

Es war bereits nach 23 Uhr als Nate Ruthledge die Tür zu dem Wohnhaus hinter sich zu zog und das Gelächter und die ausgelassene Stimmung hinter ihm im Haus plötzlich nur noch gedämpft und wie durch Watte zu ihm drang.

Er seufzte und wandte sich nach einem kurzen Blick durch das Fenster in das erhellte Innere des Hauses ab. Er hatte genug von dieser Party. Er hatte genug von diesen Leuten. Vor allem von der nervtötenden Mrs. Donisle, deren kratzige, vom Rauchen raue und quäkende Stimme ihm jedes Mal aufs Neue wieder durch Mark und Bein ging.

Von den gelben Klauen, die sie selbst noch als Fingernägel bezeichnete, einmal ganz abgesehen.

Ruthledge schüttelte sich und zog den Mantel ein wenig enger um seine Schultern. Wieso hatte er überhaupt zugestimmt, sich zu dieser schwatzhaften Teegesellschaft hinzu zu gesellen? Er wusste es selbst nicht mehr.

Möglicherweise musste es in einem kurzen Zustand geistiger Umnachtung geschehen sein. Aus freien Stücken wäre er niemals …, aber das Thema hatte ja nun zum Glück an Bedeutung verloren.

Er stapfte die vom Nebel und Dunst des abendlichen Regenschauers feuchten Stufen vor dem Haus hinunter und warf einen Blick nach links und rechts. Die Straße und die sich weiter hinten anschließende Pappelallee waren menschenleer.

Leichte Dunstschwaden waberten durch die vereinzelten Lichtinseln der Straßenlaternen und ganz am Ende der Straße konnte Ruthledge die verschwommene Silhouette eines Hundes erkennen, der bald auf die eine, bald auf die andere Straßenseite wechselte.

Er wandte sich ab und steuerte auf die nahezu in komplettem Dunkel liegende Allee aus Pappeln zu, durch die ein schmaler Schotterweg um die letzten Ausläufer der Wohnsiedlung herum und an dem kleinen See entlang hinüber zur Harrington Street führte.

Gewöhnlich war die Strecke bis zu seinem Haus eine Entfernung, die in gut zehn Minuten mit Leichtigkeit zu schaffen war, wobei er wegen der Dunkelheit und der Unebenheit des Schotterpfades bei diesen Sichtverhältnissen mit Sicherheit gut fünf Minuten mehr einkalkulieren musste. Leise fluchte er in sich hinein. Er hätte doch den Wagen nehmen sollen.

Aber wer hätte schon ahnen können, dass sich der Geburtstagstee der alten Lady derart lange hinziehen würde. Er warf einen kurzen Blick auf das beleuchtete Ziffernblatt seiner Breitling, ehe er in den dunklen Hain aus Pappeln eintauchte.

Die schwüle Wärme des Tages war selbst zu dieser Stunde noch deutlich zu spüren und Ruthledge überlegte bereits nach wenigen Metern, den Mantel, der sich eng um seinen Oberkörper schmiegte, wieder abzustreifen.

Er roch die Nässe des Bodens und des Grases und genoss die friedliche Stimmung, die sich nun, da Häuser und Vorgärten hinter ihm immer weiter zurückwichen, immer deutlicher vor ihm ausbreitete. Die beleuchtete Straße verschwand zusehends aus seinem Blickfeld.

Einzig eine dunkle Gestalt, die wie er einen langen, flatternden Trenchcoat trug, war auf dem Asphaltband auszumachen.

Er ging weiter.

Der Schotter knirschte unter seinen Schritten, während er den Windungen des Pfades mal einen leichten Anstieg hinauf, mal eine leichte Senke hinunter folgte. Nach einigen Minuten des ruhigen vor sich hin Wanderns tauchten vor ihm bereits die ersten Lichter aus der Harrington Street auf.

In diesem Moment vernahm er ein Geräusch hinter sich. Er wandte sich um.

Die Gestalt hinter ihm war näher gekommen. Offenbar war der Mann, denn es musste sich der Statur nach eindeutig um einen Mann handeln, ebenfalls auf die Idee verfallen, die dunkle Allee zur Harrington Street hinüber zu nehmen.

Er hörte den Schotter unter den raschen Schritten der Gestalt knirschen. Der Trenchcoat flatterte wie ein Segel hinter ihm her. Ruthledge ging weiter. Als er jedoch mit einem Mal das schnelle Trappeln sich nähernder Schritte hörte, wandte er sich wieder um.

Verdutzt blieb er stehen. Der Weg hinter ihm war leer. Mit zusammengekniffenen Augen versuchte er das Dunkel, so gut es ging, mit seinen Blicken zu durchdringen. Aber da war nichts. Wohin war die Gestalt verschwunden?

Ein leichtes Gefühl des Unbehagens begann sich in ihm breit zu machen. Die Gestalt musste irgendwo vom Weg abgebogen sein. Es war unmöglich, dass sie in der kurzen Zeit den Weg zurück zur Straße bewältigt haben könnte.

Außerdem hatte er eindeutig das schnelle Trappeln von Schritten gehört. Unsicher lauschte Ruthledge in die ihn umgebende Dunkelheit. Die Stille, die umso eindringlicher wirkte, da sie voller leiser Geräusche war, drang mit Macht auf ihn ein. Um sich herum hörte er das leise Zirpen einiger vereinzelter Grillen im Gras. Aber keine Bewegung, kein verdächtiges Rascheln war zu hören.

Langsam drehte er sich wieder um. Aber als er nun seinen Weg fortsetzte, waren seine Schritte schneller als zuvor. Immer wieder wandte er den Kopf in alle Richtungen. Der Mond war von mehreren Wolken verdeckt, sodass die Nacht in tiefe Schwärze gehüllt war. Einzig unterbrochen von den Lichtern der Harrington Street, die vor ihm durch die Büsche und Bäume zu sehen waren.

Ruthledge steuerte eine leichte Anhöhe hinauf als er wieder glaubte, das Geräusch trappelnder Schritte hinter sich wahrzunehmen. Wieder fuhr er herum.

Aber wieder war der Pfad hinter ihm leer. Niemand, keine verdächtige Gestalt war zu sehen, kein Geräusch zu vernehmen, das über das leise Zirpen der Zikaden im Gras hinausging.

»Ha«, rief er ins Dunkel und klatschte in die Hände. Womöglich stammten die Geräusche ja von einem streunenden Hund oder einem anderen Tier, das sich im Dunkel außerhalb seines Sichtfeldes herumtrieb.

»Verschwinde!«

Er hastete weiter die Anhöhe hinauf, aber das Trappeln schien nun stetig mit ihm Schritt zu halten. Ruthledge keuchte ob der Anstrengung des Anstiegs. Schließlich hatte er die Ausläufer der ersten Gärten erreicht. Die herrschaftlichen Villen dahinter lagen zum Teil im Dunkel. Anderswo brannten einige helle Lichter in den Gebäuden. Er hastete weiter. Plötzlich jedoch blieb er stehen.

Das Trappeln hinter ihm schien verschwunden zu sein.

Vor ihm tauchten die ersten Straßenlaternen auf und wenig später ging der Schotterpfad in eine schmale asphaltierte Straße über, die weiter in die Siedlung hineinführte. Ruthledge entspannte sich ein wenig und verlangsamte seinen Schritt.

Die beleuchtete Straße und die Tatsache, dass er weiter vorne eine kleine Gruppe beieinanderstehender Menschen ausmachen konnte, beruhigten ihn zusehends. Dennoch ging sein Puls hämmernd und schnell.

Er musste seinem überreizten Geist eindeutig ein wenig Ruhe gönnen. Er begann bereits, an jeder Ecke Gespenster zu sehen.

Noch einmal warf er einen Blick zurück zu der dunklen, von einem großen Wacholderbusch überhangenen Öffnung des Pfades, aus der er gekommen war.

Sein Blick vermochte nun, aufgrund der Helligkeit, noch weniger, das tiefe Schwarz dahinter zu durchdringen, aber er musste sich eindeutig etwas eingebildet haben.

Mit wiegendem Schritt folgte er einer der Windungen der Harrington Street und war wenig später vor dem Haus mit der Nummer 51 angelangt. Die herrschaftliche Schnörkelburg, die er vor gut 15 Jahren von einem reichen Rentnerpärchen gekauft hatte, das sich mit dem Geld in den Ruhestand nach Florida verabschiedet hatte, lag still und verlassen da.

Ruthledge stieg die Stufen zur Eingangstür hinauf und betrat durch das schwer und stabil wirkende Gebilde aus Holz die Innenräume des Hauses. Auch hier herrschte tiefes Dunkel.

Ruthledge vermied es, das Licht einzuschalten und betrat stattdessen das riesige Wohnzimmer, das mit seinen großen, beinahe bis zur Decke ragenden Fenstern direkt auf die Harrington Street hinausblickte. Er spähte nach draußen, konnte aber noch immer im faden Zwielicht nichts, außer den auch hier herumwabernden Dunstschwaden des verdampfenden Regenwassers auf der Straße sehen.

Erschöpft ließ er sich in einen der großen Ledersessel vor einem der Fenster fallen. Noch ein paar Minuten starrte er in der Stille des Hauses auf die Straße und den Eingang zum Pfad weiter hinten hinaus, ehe er merkte, wie ihn langsam aber sicher die Müdigkeit zu übermannen drohte.

Es war an der Zeit, sich ein wenig Ruhe zu gönnen. Er erhob sich im

Dunkel und ging, begleitet vom Knistern seines Trenchcoates die Stufen in den ersten Stock hinauf.

1. Juni, 18:23 Uhr

Die Fassade des Polizeigebäudes war in einer grauen, nichtssagenden Farbe gehalten. Jedes Mal aufs Neue war Grant überrascht, wie sehr ihn das Bauwerk selbst in einer gutgelaunten Stimmung wie heute ein wenig zu deprimieren im Stande war.

Er ging die Stufen vor dem Gebäude zur Straße hinunter und steuerte zielsicher auf das Parkhaus an der Einmündung zur nächsten Straße zu. Es war Freitag Nachmittag. Das Wochenende würde sein ausgedehntes Recht beanspruchen.

Ohne dem Bau des Departments zu seiner Linken auch nur einen kurzen Blick zu schenken, überquerte er die kleine Seitenstraße und tauchte in das kühle Schummerlicht des Parkhauses ein.

Der Ford Explorer stand in der zweiten Etage auf der zur Straße hingewandten Seite und als Grant den Motor startete, verhieß der blubbernde, vor sich hin brummende Motor bereits eine Ahnung von der Freiheit, die er die nächsten beiden Tage würde genießen können.

Seine Schwester heiratete, nun mittlerweile zum dritten Mal, in Baltimore und wenn die mittlerweile gewohnte Zeremonie zu Ende war, würden sich die Frischvermählten in die seiner Ansicht nach mehr unverdienten als verdienten Flitterwochen verabschieden.

Er grunzte.

Vier Wochen auf kleinen Inseln in Französisch-Polynesien. Wo immer das auch liegen mochte.

Ein wenig übertrieben seiner Meinung nach für ein Ritual, das für seine Schwester inzwischen schon mehr Routine als ein wirkliches Ereignis darstellen sollte. Er musste unvermittelt grinsen. Mochte es sein, wie es wollte.

Auch er würde sich, nachdem der Pflichtteil aus Händeschütteln und Applaudieren überstanden war, so schnell es ging von der Veranstaltung absetzen.

Im Geiste sah er nicht zum ersten Mal die Gesichter tadelnder Verwandten und Bekannten vor sich, aber es war ihm inzwischen bei allem guten Benehmen und Anstand gleichgültig.

Der Clarke Lake, die zu dieser Jahreszeit herrlich grünen Berghänge und vor allem das kristallklare, fischreiche Wasser würden nicht auf ihn warten.

Seine Schwester konnte froh sein, dass er überhaupt zu der Veranstaltung auftauchte.

Er steuerte den Explorer die Windungen der Parkdecks nach unten, winkte einem Kollegen zu und entließ schließlich das Auto mit dem kraftvollen Motor auf das breite Asphaltband der Straße.

Die Häuserschluchten flogen an ihm vorbei und Grant kurbelte die Seitenscheibe nach unten, sodass der warme Wind angenehm durch seine Haare und den Innenraum des Wagens wirbelte. Aus dem Radio dröhnte ein alter 80er-Song.

Zufrieden genoss er das Gefühl aufkeimender Gelassenheit. Das Stadtzentrum lag schnell hinter ihm und gut eine Viertelstunde später steuerte er den Explorer bereits in die schmale Einfahrt, die wie die meisten in der Straße zu beiden Seiten mit niedrigen Büschen bewachsen war, hinauf.

Es war ein angenehm warmer Nachmittag.

Allerdings gab es noch ein paar Dinge zu erledigen, ehe er in das wohlverdiente Wochenende aufbrechen konnte.

Im Schlafzimmer angekommen, packte er die nötigsten Dinge in eine Reisetasche mittlerer Größe und setzte sich dann mit einem Bier an den Küchentisch, um über ein weiteres Problem nachzudenken, das er so schnell es möglich war, lösen musste.

Er hatte noch kein Geschenk.

Seine Schwester hatte ein paar Dutzend Mal bei verschiedenen Gelegenheiten fallen gelassen, was sie sich wünschte, aber dummerweise hatte er bei keinem der unzähligen Male zugehört.

Möglicherweise ein neuer Schal zusätzlich zu ihrer bereits beeindruckenden Sammlung dazu? Aber das war beileibe mehr als einfallslos.

Obwohl sie bei ihrem letzten Treffen vor zwei Monaten diesem Thema gut eine halbe Stunde gewidmet hatte. Er fragte sich, ob das kleine Haus in Wichita, in das die beiden nach den Flitterwochen ziehen wollten, überhaupt Platz für an die 100 Schals und Tücher bot, von der beeindruckenden Schuhsammlung seiner Schwester einmal ganz abgesehen. Er seufzte und nahm einen weiteren Schluck des kühlen Gebräus.

Womöglich war es am einfachsten, wenn er schlicht einen Teil des Geldes zu der Hochzeitsreise beisteuerte. Abgerundet mit einem Strauß Blumen, den er sich auf der Fahrt irgendwo besorgen konnte, sollte das eigentlich mehr als ausreichen.

Zumal er die Männer, die sich Claire bislang ausgesucht hatte, ohnehin nur bedingt leiden konnte.

Er spülte die aufkeimenden negativen Gedanken mit einem weiteren Schluck Bier hinunter.

Betrachtete man die Sache objektiv, so hatte seine Schwester eindeutig ein zielsicheres Händchen für Volltrottel und merkwürdige Typen. Fast so, als wäre ihre Aufmerksamkeit wie ein hitzesuchender Gefechtskopf, der nicht auf Wärme, sondern auf Idiotie gepolt war.

Gedankenverloren betrachtete er die Post, die sich im Laufe der letzten drei Tage auf dem Küchentisch als kleiner Stapel angesammelt hatte.

Er stellte das Bier beiseite, zog den Stapel zu sich heran und begann lustlos die einzelnen Sendungen durchzugehen.

Die Exemplare der Zeitungen verfrachtete er nach einem kurzen Blick über die größtenteils deprimierenden Aufmachermeldungen sofort in den nahen und verführerisch wirkenden Papierkorb. Redeschlachten im Zuge der bevorstehenden Wahlen, der Skandal um Bestechungsgelder der örtlichen Bauindustrie, ein Wirbelsturm in Indonesien.

Er nahm die paar Briefe zur Hand, größtenteils Rechnungen, Postwurfsendungen und Werbematerial. Darunter auch eine Urlaubspostkarte eines Kollegen, der sich gerade auf den niederländischen Antillen die Sonne auf den Pelz brennen ließ.

»Mistkerl«, dachte Grant grinsend, während er die Karte überflog. Und so ziemlich das einzige, wofür er den Trip zum Clarke Lake doch noch abgesagt hätte.

Er legte die Karte beiseite, in Gedanken schon auf der Straße Richtung

Baltimore und riss den weiteren Umschlag eines Briefes auf, dessen Papier eine seltsam alt und rau wirkende Textur zu haben schien.

Einfallsreich, das musste er zugeben, was sich die Werbeleute stets aufs Neue ausdachten. Auch wenn ihn der Inhalt des Briefes wahrscheinlich wenig bis gar nicht interessierte.

Unter der Kopfzeile mit seinem Namen las er allerdings keine Werbebotschaft, sondern lediglich einen in kursiver Schrift gesetzten Vierzeiler.

5. Juni

»Alles geht vorüber.« Wie unterschiedlich ist doch die Bedeutung dieses Satzes. In einer glücklichen Stunde wirkt er ernüchternd, angesichts von Kummer und Schmerz hingegen tröstlich. »Alles geht vorüber.«

Grant betrachtete irritiert die kryptisch wirkende Zeichenfolge. Wie schön, eine Art philosophischer Rat zu Beginn einiger freier Tage. Auch wenn ihm sich der Sinn der Zeilen nicht erschließen mochte. Neben der Angabe eines Datums fehlte ebenso eine Unterschrift oder die Angabe des Absenders oder Verfassers.

Er zuckte mit den Achseln, zerknüllte den Brief samt Kuvert und warf ihn in den Papierkorb in der Nähe der Tür. Erstaunlicherweise traf er sein Ziel, was, wie man an den etlichen Papierkugeln auf dem Boden um die Tür herum sehen konnte, eindeutig nicht die Regel war.

Er fragte sich, was man mit derartigen Briefsendungen erreichen wollte. Möglicherweise nur der Anfang einer geschickt ausgeklügelten Werbemasche, mit der man fürs Erste nur die Aufmerksamkeit der Leute gewinnen wollte. Etwas anderes konnte er sich kaum vorstellen. Noch einige Augenblicke saß er am Tisch und nippte an seinem Bier. Dann stand er auf.

Wie auch immer. Es war ihm weiß Gott mehr als egal. Wenn er nur rechtzeitig die Stadt verlassen konnte, bevor sich die Blechlawine der Pendler durch die Straßen zu wälzen begann, so konnte man ihm ruhig noch ein Dutzend dieser aufs Gröbsten unsinnigen Papierverschwendung schicken.

Er ging ins Schlafzimmer und wechselte T-Shirt und Jeanshose, ehe er sich die Tasche über die Schulter warf, noch den letzten Schluck Bier trank und dann das Haus verließ.

»Wer beschützt denn uns Bürger, wenn unsere Gesetzeshüter schon um die Nachmittagszeit die Füße hochlegen?«, erschallte eine Stimme von rechts. Grant, die Wagenschlüssel bereits in der Hand, sah auf.

Liebermann streckte seinen rundlich wirkenden Kopf mit dem Bürstenhaarschnitt über den Zaun, der die Grenze zwischen ihren Grundstücken markierte.

»Mir kommt es so vor, als würdet ihr jede Woche früher Schluss machen und euren dicken Hintern auf die Couch verfrachten.« Grant musste ob der gespielt beleidigenden Worte grinsen.

»Bis mein Hintern so breit wie deiner ist, dauert es noch eine Weile«, sagte er mit einem Augenzwinkern und warf die Tasche auf den Rücksitz.

»Außerdem habe ich eine wichtige Verabredung.«

»Ist sie heiß?«

»Ansichtssache«, antwortete Grant.

»Was meinst du?«

»Naja, würdest du deine eigene Schwester als heiß bezeichnen?«

»Na und ob.« Das rundliche Gesicht Liebermanns nickte eifrig.

»Du brauchst wirklich Hilfe«, sagte Grant lachend.

»Na dann viel Spaß«, grunzte das Gesicht hinter dem Gartenzaun.

»Ach ja, bevor ich es vergesse. Sonntag kommen ein paar Freunde zu Besuch. Du bist herzlich eingeladen. Barbecue, Steaks, Bier, ein paar hübsche Frauen aus meinem Pilates-Kurs. Wird super.« Er zwinkerte Grant verschwörerisch zu.

Grant sah ihn fragend an.

»Ok, vielleicht keine hübschen Frauen aus meinem Pilates Kurs. Aber der Rest stimmt.«

Grant rutschte auf den Fahrersitz und ließ das Seitenfenster herunter.

»Vielleicht nächstes Wochenende«, sagte er.

»Wieso? Wird das eine Marathonhochzeit?«

»Vor Sonntag Abend werde ich mit Sicherheit nicht zurück sein.«

Liebermann verzog das Gesicht zu einer gespielt beleidigten Grimasse.

»Na schön, aber du weißt nicht, was dir entgeht.«

»Ich werde es ja dann aus der Zeitung erfahren«, sagte Grant mit einem Grinsen und ließ den blubbernden Motor an.

Liebermann musste lachen.

»Wir sehen uns Sonntag Officer«, sagte er und salutierte in gespielt militärischer Haltung. »Und denken Sie daran, nichts zu trinken, wenn Sie Auto fahren, Lieutenant.«

Grant setzte das Auto aus der Auffahrt zurück, winkte seinem Nachbarn noch einmal kurz zu und steuerte dann den Explorer die leicht abschüssige Straße hinunter.

Während hinter ihm die große Douglasie, die die Einfahrt beinahe zu jeder Tageszeit in angenehmen Schatten tauchte, immer kleiner wurde, ließ Grant seinen Blick über die vorbeihuschenden, gepflegten Vorgärten der Siedlung schweifen.

Hier und da waren einige Kinder auf den nahezu perfekt getrimmten Rasenflächen zu sehen, die in den Sonnenstrahlen des Nachmittags mit ausgelassenen Schreien ihren Spielen nachgingen.

Die perfekte Vorstadtidylle, eigentlich ein idealer Schnappschuss für die Internetpräsenz einer Immobilienfirma.

Er gab Gas und lenkte den Explorer zielsicher durch das Gewirr von kleinen Straßen hinunter zur Rhode Island Avenue, wo er der immer noch größtenteils leeren Fahrbahn entnehmen konnte, dass der Exodus der auswärts wohnenden Bürohengste und Karrieremenschen bis zu diesem Zeitpunkt glücklicherweise noch nicht begonnen hatte.

»Ein paar hübsche Frauen aus meinem Pilates Kurs.« Grant musste innerlich grinsen als er sich Liebermann in einem Raum mit selbst für den Sport aufreizend zurechtgemachten Vorstadt- und Fußballmüttern vorstellte.

Mal abgesehen davon, dass sich Liebermann, ausgenommen vom abendlichen Sportprogramm im Fernsehen, so gut wie überhaupt nicht für körperliche Ertüchtigung interessierte, hatte er noch nie ein Fitnessstudio, geschweige denn einen Pilates Kurs von innen gesehen.

Er gab auf der breiten Straße Gas und schon bald waren die letzten Ausläufer der Stadt hinter ihm zurückgeblieben.

Es mussten mittlerweile zwei Jahre her sein, seit sein Nachbar in die Straße gezogen war. Frisch geschieden, mit zwei Kindern, die beide auf den sonnigeren Weiden an der Westküste grasten. San Diego oder Los Angeles.

Er hatte nicht richtig zugehört.

Und einer Ex-Frau, die ihn ausgerechnet mit einem Fitnesstrainer betrogen hatte. Grant kramte seine Sonnenbrille aus dem Handschuhfach und setzte sie auf.

Womöglich kam daher die Abneigung gegen jede Art von sportlicher Betätigung.

Die Auffahrt zum Highway tauchte vor ihm auf und Grant lenkte den Explorer auf die nahezu leere Fahrbahn.

Dennoch mochte er den groß gewachsenen Mann mit dem leichten Long-Island-Akzent. Liebermann hatte etwas grob Tollpatschiges an sich, das ihn irgendwie auf eine arglose und harmlose Weise sympathisch wirken ließ.

Grant schaltete das Radio ein.

Nun war es genug der nachbarschaftlichen Gedanken. Die Strecke nach Baltimore breitete sich vor ihm aus und wenn er die momentane Geschwindigkeit beibehalten konnte, so sollte die Fahrt in kaum mehr als zwei Stunden zu schaffen sein. Er drehte das Radio lauter.

2. Juni, 16:37 Uhr

Die Hochzeit war genau das, was man sich im Allgemeinen unter einer derartigen Veranstaltung vorstellte. Nach einem endlos ermüdenden Spießrutenlauf durch die verschiedenen Zweige der Verwandtschaft und Bekanntschaft mit den fast schon zwangsläufig aufs Tapet kommenden Smalltalkthemen wie Job und wann es denn nun die ersten Enkelkinder gebe, war Grant es leid, immer wieder darauf hinzuweisen, dass es nach Sarahs Tod vor elf Jahren keine Frau mehr in seinem Leben gegeben hatte. Und es auch keine mehr geben werde.

Erfolgreich drückte er sich mit einem Stück Torte und einem kurzen Abstecher hinunter an den nahegelegenen See um weitere lästige Gespräche herum und bald war die aufgesetzt gute Laune verbreitende Musik der Band nur noch leise zwischen den hohen Baumkronen und akkurat gestutzten Büschen zu hören.

Er setzte sich auf den kleinen Holzsteg, der ein paar Meter in den See hineinragte und ließ die Füße, nachdem er sich Socken und Schuhen entledigt hatte, hinab ins kühle Nass baumeln.

Keine Frage, das Anwesen, das sich seine Schwester für ihren Start zum dritten Eheanlauf ausgesucht hatte, war ein paradiesisches Fleckchen Erde. Das Herrenhaus im Kolonialstil, in dem der größte Teil der Feierlichkeiten stattfand, thronte auf der leichten Erhebung in der Parkanlage und über dem See wie der Herrschaftssitz eines alten Adelsgeschlechts. Und das Essen war, wie er zugeben musste, vom Feinsten.

Er seufzte.

Dennoch hätte er auf eine derart aufgeblasene Feier getrost verzichten können. Mit einem Blick hinaus auf den See dachte er an die türkisfarbenen Wasser des Clarke und warf gerade einen Blick auf die Uhr als er die Stimme seiner Schwester hinter sich hörte.

»Hier steckst du also.«

Er wandte sich um. Claire stand, zusammen mit einer Gruppe von einigen Leuten am Ufer des Sees. Offenbar waren sie gerade dabei, die üblichen Fotos des frisch verheirateten Paares zu schießen, denn Grant erkannte den Fotografen, der zusätzlich zu zwei über die Schulter gehängten Kameras noch einen Beleuchtungsschirm und einige andere Accessoires unter dem Arm trug.

Daneben Florence Carson, eine weitverzweigte Verwandte ihrer Mutter, kaum liebenswürdiger als Brent Michaelson, der direkt neben ihr stand und ein imaginäres Haar von seinem braunen Hochzeitsanzug zupfte. Der Zukünftige seiner Schwester erinnerte Grant in der Aufmachung mehr an eine Stuhlprobe als an einen Bräutigam, zumal der Idiot angekündigt hatte, den exkrementefarbenen Zwirn nur für die Zeremonie zu tragen und für die weiteren Feierlichkeiten in Jeans und T-Shirt zu schlüpfen.

Grant rang sich ein gequältes Lächeln ab. Am liebsten hätte er die Truppe einfach links liegen lassen, erhob sich aber dann doch und begrüßte alle mit einem knappen Nicken.

»Was macht der Job?«, fragte Michaelson, nachdem er Grant mit der Körperspannung eines toten Fisches die Hand geschüttelt hatte.

»Die Mörder inzwischen ausgerottet?«

Wie schön, als hätte er den ganzen Tag nicht schon genug dummes Gerede ertragen müssen. Er antwortete nicht. Er hatte diesen schmierigen Typen noch nie gemocht.

Steueranwalt aus Chicago, seiner Meinung nach aber eher eine perfekte Karikatur eines kriecherischen Mistkerls, der das falsche Lächeln eines geübten Verkäufers auf dem Basar zur Schau trug.

Für einen kurzen Moment dachte er darüber nach, dass beides eigentlich gar nicht so weit voneinander entfernt lag.

Dann mischte sich der Fotograf in das Geschehen ein.

»Bitte, wenn Sie wollen, dass wir die Fotos mit dem richtigen Licht noch abarbeiten können, dann müssen wir uns beeilen.«

Er drängte sich an der Gruppe vorbei Richtung Steg. Grant sah der Gruppe und vor allem Michaelson mit seiner breitschultrigen Gestalt, der silberrandigen Brille und den straff nach hinten gekämmten, schon etwas schütteren Haaren nach.

Dann wandte er sich ab und sah zum wiederholten Mal an diesem Tag auf die Uhr.

17:34Uhr. Er hatte es bald geschafft.

3. Juni, 01:42 Uhr

Das Gebüsch um ihn herum war feucht und kalt. An etlichen der Zweige und Blätter hingen noch Tropfen des nachmittäglichen Regenschauers oder der Bewässerungsanlage des Grundstücks. Ganz genau ließ sich das nicht sagen.

Er verlagerte etwas seine Position unter den Zweigen des überhängenden Ginsterbusches, wobei er darauf achten musste, keinen der dickeren Zweige zu berühren, was augenblicklich eine Lawine hunderter nasser Tropfen auf ihn hinunter bedeutete hätte.

Leise ächzend schob er sich ein Stück weiter nach vorn in Richtung des Holzzaunes, der das Grundstück der alten Dame von Bordstein und Straße trennte. Er sah sich suchend noch einmal um.

Aber die alte Dame musste längst zu Bett gegangen sein. Kein Licht brannte mehr in dem dunklen Gemäuer, bis auf die Leuchtziffernanzeige der Backofenuhr, die er durch die breite, in weißem Holz gehaltene Verandatür sehen konnte.

Und die alte Frau war es auch nicht, die ihn interessierte. Er wandte sich um und spähte zu dem ebenfalls mit etlichen Büschen und hohem Schilfgras bewachsenen Grundstück auf der anderen Straßenseite hinüber.

Das Haus, das sich auf dem Grundstück erhob, war bis auf ein flackerndes Licht im Untergeschoss, das zweifellos von einem Feuer im Kamin stammen musste, und dem intermittierenden bläulichen Licht eines Fernsehbildschirms, ebenfalls in tiefes Dunkel getaucht.

Er fragte sich, wann der Mann ins Bett gehen mochte. Durch die großen Fenster im Erdgeschoss konnte er die Gestalt auf dem Sofa herumlümmeln und hin und wieder aufstehen und im Zimmer herumlaufen sehen.

Es musste mittlerweile weit nach Mitternacht sein. Sämtliche Lichter der Straßenbeleuchtung in der Harrington Street waren bereits verloschen.

Und auch er selbst verspürte zusehends Anzeichen aufkeimender Müdigkeit.

Vermutlich war es das Klügste, die Aktion abzubrechen und zu verschwinden. Die Gefahr noch jemanden auf der dunklen Straße anzutreffen, war gleich null.

Noch ein paar Sekunden verharrte er regungslos. Dann schob er sich vorsichtig unter den Ästen des Ginsterbusches zurück auf die sorgsam gestutzte Rasenfläche vor der Veranda der alten Dame.

Bloß gut, dass die Frau in dieser wohlhabenden Gegend sich nicht bemüßigt sah, einen Wachhund auf dem Grundstück zu halten. Die Zweige um ihn herum wisperten leise.

Er schlich am Rande der Rasenfläche um das Gebäude herum und überkletterte den niedrigen Holzzaun an der Vorderseite des Grundstücks.

Mit einigen eiligen Schritten überquerte er die Straße, wobei er noch einmal einen Blick zurück warf. Dann tauchte er in die schützende Dunkelheit des kleinen Pfades auf der anderen Seite ein.

4. Juni, 19:52 Uhr

Das Haus war still und in leichtes Dämmerdunkel getaucht als er zurückkam. Beinahe wie am Vortag als er nach der mehrere Stunden dauernden Autofahrt vom Clarke Lake durch die Vordertür gekommen war.

Mit einem einzigen Unterschied. Seine Stimmung war nach dem ausgedehnten Wochenende eindeutig besser gewesen als heute.

Grant seufzte.

Dann streifte er Jacke und Schuhe ab und versuchte sich zum wer weiß wievielten Mal an der aussichtslosen Aufgabe, alle Pflanzen in dem weitläufigen Garten hinter dem Haus zu wässern, ehe die Dunkelheit ganz über die Siedlung hereinbrach.

Er stand mit dem Schlauch in der heraufziehenden Nacht, genoss aber die würzige Luft, voller Düfte nach nassem Gras und dem erdigen Geruch des kleinen Wäldchens hinter den Gärten.

Noch einige Minuten blieb er stehen und beendete das allabendliche Ritual. Dann warf er, bevor er ins Haus zurückkehrte, einen kurzen Blick hinüber zu der penibel gepflegten Ordnung in Liebermanns Garten, in der kein Grashalm, keine winzige Blüte am falschen Platz zu stehen schien.

Wie als wäre der Garten am Reißbrett geplant und jede einzelne Pflanze mit dem Zollstock an die ihr bestimmte Position gesetzt worden. Er musste grinsen.

Die Art und Weise, wie Liebermann während Gartenpartys darauf achtete, dass niemand den Tulpen und Geranienbeeten zu nahe kam, war etwas, das ihn jedes Mal aufs Neue amüsierte.

Das Obergeschoss des Nachbarhauses war dunkel. Lediglich im Erdgeschoss konnte Grant den flackernden Schein des Fernsehbildschirms erkennen, der die geschlossenen Gardinen von innen heraus in wechselndes Licht tauchte.

Er wandte sich ab, betrat das Haus und schloss die Verandatür hinter sich. Als das Schloss mit einem leisen Klicken eingerastet war, schlurfte er auf dem dicken Teppich Richtung Küche und dann, nachdem er sich ein paar Bissen kalter Pizza in den Mund gestopft hatte, weiter Richtung Treppe.

Wenn er Glück hatte, konnte er sich das letzte Viertel des Spiels vielleicht noch ansehen. Er würde sich ein kühles Bier aus der Garage hohlen und … in diesem Moment blieb sein Blick am Boden vor der Treppe hängen.

Er runzelte die Stirn, stockte in der Bewegung und bückte sich dann nach dem Gegenstand, bei dem es sich um einen einzelnen, in gräuliches Papier gebundenen Briefumschlag handelte.

Eigenartig, das Ding war ihm zuvor gar nicht aufgefallen.

Er wandte sich um, ging zurück in die Küche und wollte den Briefumschlag schon auf die Platte des Tisches werfen, als ihm auffiel, dass das Papier im Inneren die gleiche Art und Textur des Materials aufwies, das ihm schon vor ein paar Tagen bei dem eigenartig kryptischen Werbeschreiben aufgefallen war.

Er behielt den Brief einige Sekunden unschlüssig in der Hand, befühlte durch das Sichtfenster die aufgeraute Oberfläche, die wie Papier aus längst vergangenen Zeiten wirkte, und riss dann der Neugier nachgebend den Brief mit einer flüssigen Bewegung auf.

Er war gespannt, was sich die Werbefachleute dieses Mal einfallen hatten lassen, um seine Aufmerksamkeit zu ködern. Der eigentliche Brief war zweifellos aus dem gleichen pergamentartigen Material wie beim letzten Mal.

Für einen Augenblick fragte sich Grant, wie viel ein solcher Druck im Vergleich zu normalem, massenweise hergestelltem Papier kosten mochte. Dann faltete er den Brief auseinander.

Das dicke Material knisterte leise. Grant kam sich vor als entrollte er eine alte Papyrusrolle aus der Bibliothek von Alexandria. Nur der obligatorische Staubnebel fehlte noch, um das cineastische Bild perfekt zu machen.

Er schmunzelte. Dann las er die wie beim letzten Mal in kursiv-altmodisch schnörkeliger Schrift geschriebenen Zeilen.

5. Juni

»*Es gelingt wohl, alle Menschen einige Zeit und einige Menschen allezeit, aber niemals alle Menschen alle Zeit zum Narren zu halten.*«

Wieder so ein tiefsinnig-philosophischer Spruch, der besser in einen chinesischen Glückskeks als in einen adressierten Briefumschlag gepasst hätte. Und wie beim letzten Mal war kein Absender angegeben.

Mit einem Stirnrunzeln betrachtete Grant noch einmal die Datumsanzeige.

Es war ihm, als habe er diese Zeilen schon einmal bei einer früheren Gelegenheit gehört, konnte sich aber beim besten Willen an keine Einzelheiten mehr erinnern.

Betrachtete man jedenfalls nur die Datumsanzeige, so war es mehr als wahrscheinlich, dass er in Kürze einen weiteren solchen Umschlag erhalten würde.

Mit einem leichten Kopfschütteln zerknüllte er das Papier und warf es wie das vorherige in den Papierkorb neben der Tür. Erstaunlich, dass er auch dieses Mal traf. Er hob die Augenbrauen.

Allerdings war er auf die Lösung des Rätsels eindeutig weniger gespannt, als es diesen Werbemenschen mit dem eindeutig teuren Material wohl recht sein konnte.

Er löschte das Licht und ging nach oben.

Während er die Treppenstufen emporstieg dachte er an Claire, die in diesem Moment wohl irgendwo in 10.000 Metern Höhe über dem Südpazifik sein musste.

Die Maschine war am späten Nachmittag gestartet. Mit einem kurzen Stopp an der Westküste war es bis zu den Französisch Polynesischen Inseln eine Flugstrecke von gut zwölf Stunden.

Für einen kurzen Moment überkam Grant ein Anflug von Fernweh, der sich aber, als ihm das Bild von Michaelsen auf dem Sitz neben seiner Schwester durch den Kopf schoss, schlagartig wieder verflüchtigte.

Er schüttelte den Kopf, dann löschte er das Licht über der Treppe.

5. Juni, 20:05 Uhr

Das National Theater war eines, wenn nicht gar das liebste seiner Theaterhäuser in Washington. Nate Ruthledge überkam bereits beim Anblick des Schauspielhauses eine wohlige Wärme, wenn er an den bevorstehenden Abend voller berauschender Musik und tänzerisch artistischer Darbietungen dachte.

Er stieg aus dem Wagen, sog einmal tief die abendlich laue Luft in seine Lungen und steuerte dann instinktiv den kürzesten Weg über die Straße zum Eingang des Gebäudes an.

Noch gut 15 Minuten waren Zeit, bis sich der erste Vorhang heben würde. Und dieser Augenblick war stets der zauberhafteste von allen. Die Vorstellung, sich weit über eine Stunde in eine fiktive Welt voller schmeichelnder Klänge zurückziehen und reinen Genuss erleben zu können, wärmte Ruthledge das Herz und beschleunigte gleichzeitig seinen Schritt, sodass er einige Augenblicke später bereits im Inneren des Gebäudes stand.

Ein großes Spruchbanner über dem Aufgang zu den Emporen kündigte die Neuproduktion an, die nun bereits seit zwei Wochen in den altehrwürdigen Mauern des Gebäudes lief. Es war wirklich eine Schande, dass er erst jetzt Zeit dafür gefunden hatte.

»Beetlejuice.«

Er schürzte die Lippen und betrachtete das riesig anmutende Banner einige Sekunden lang, ehe er sich zur Garderobe aufmachte und einer der freundlich lächelnden, ausgesucht hübschen Garderobierinnen Schal und Mantel über den Tresen reichte.

Die junge Frau lächelte ihn an.

Ruthledge steckte die ihm hingehaltene Kleidermarke ein und steuerte dann auf die Treppe in das verwinkelte Obergeschoss zu.

Die Eingänge zu den Einzellogen befanden sich auf der rechten Seite, allesamt am Ende einer Treppe, die zu beiden Seiten mit barocken Lampen ausgeleuchtet und wie das übrige Theater in dunklen Rottönen gehalten war.

Ruthledge musste ein paar Mal abbiegen, bis er die ersten Treppenstufen vor sich sehen konnte. Für einen Neuling mussten diese Gänge ein wahrhaftes Labyrinth darstellen. Bloß gut, dass er sich seit mittlerweile 20 Jahren wie im Schlaf durch die Ecken und Fluchten bewegen konnte.

Auf die Schilder, die die Nummern der Logen anzeigten, achtete er schon seit Ewigkeiten nicht mehr. Er wusste genau, wohin er sich wenden, welche Abzweigungen er nehmen musste.

Für einen kurzen Augenblick versuchte er sich daran zu erinnern, seit wann er wohl nicht mehr auf die vielen Hinweisschilder und Pfeile angewiesen war, als seine Loge vor ihm aus dem Nichts auftauchte. Er öffnete die Tür und musste zu seiner Ernüchterung feststellen, dass er den schmalen Balkon, der ohnehin nur über zwei einzelne Sitzplätze verfügte, heute Abend nicht für sich alleine haben würde.

Zu dumm.

Er fluchte leise in sich hinein. Meist buchten Pärchen diese lauschigen Plätzchen und so war ein Großteil der Interessenten bereits abgeschreckt, wenn schon nur einer der Plätze belegt war. Ruthledge grunzte unglücklich.

Dieser Umstand hatte zwar dazu geführt, dass er einige geniale Sternstunden der Theater- und Broadwaykunst wie Cats und fantastisch choreografierte Auftritte wie Riverdance allein und nur für sich hatte erleben und genießen können. Aber zu seinem Ärger klappte es nun einmal nicht immer.

Der ungebetene Zaungast war ein elegant gekleideter Mann mit Budapestern an den Füßen, die, wie Ruthledge sofort bemerkte, auf Hochglanz poliert waren.

Seine Verärgerung legte sich ein wenig. Zumindest hatte er keinen völligen Bauerntrampel als Nebensitzer. Der Abend konnte also doch noch recht angenehm werden. Zu seiner Erleichterung schien der Mann auch nicht gerade interessiert an einer Unterhaltung zu sein.

Nach einer knappen Begrüßung und einem kurzen Lächeln wandte sich die Gestalt wieder der Bühne zu und Ruthledge hatte ausreichend

Gelegenheit, es sich in dem großzügigen, weich gepolsterten Stuhl mit den fast schon zwingend roten Farben bequem zu machen.

Er musterte den Mann aus den Augenwinkeln, ließ den Blick aber dann durch den Saal schweifen, der sich bereits zu einer beträchtlichen Menge gefühlt hatte.

Die Platzanweiser waren schon am Werk, um das bunte Treiben zumindest in geordneten Bahnen ablaufen zu lassen und auch das Licht war bereits zu einer schummrigen Beleuchtung heruntergeregelt worden.

Ruthledge atmete aus und ließ sich in dem weichen Sitzpolster tiefer sinken.

Er hatte es geschafft.

Nun noch ein Glas seines besten Weines und sein Leben wäre perfekt gewesen. Er schlug die Beine übereinander, strich sich Revers und Krawatte glatt und wartete.

Keine zehn Minuten später begann die Vorführung. Die Bilder und Lieder der ersten Viertelstunde huschten wie im Flug an ihm vorüber und vermischten sich zu einer wohligen Atmosphäre aus Klangkaskaden und beeindruckenden Darbietungen und Kostümen.

Es war am Anfang des zweiten Aktes als er auf einmal das leichte Vibrieren seines Handys in der Jackentasche des Anzugs spürte. Vorsichtig zog er es heraus und warf einen kurzen prüfenden Blick auf das Display.

Drei entgangene Anrufe. Er wusste sofort, von wem die Nachricht gekommen war, die nun auf dem Bildschirm aufleuchtete.

»Wo sind Sie? Versuche seit über einer Stunde Sie zu erreichen. Wir müssen uns unterhalten.«

Ruthledge atmete verächtlich aus. Dann steckte er das Handy mit einem Schnauben wieder weg. Dämlicher Mistkerl. Er wusste schon, warum er das Gerät nicht gerne bei sich trug.

Nach der Helligkeit des Bildschirms brauchten seine Augen ein paar Sekunden, um sich wieder an das schummrige Dunkel um ihn herum zu gewöhnen.

Das Schauspiel war gerade in eine beeindruckende, einem Regenbogen gleichende Farbenwelt abgeglitten und tauchte den Saal in ein Meer unterschiedlichster Farbnuancen. Dann sah er nach links.

Der Stuhl einen Meter von ihm entfernt war leer.

Der elegant gekleidete Mann war verschwunden. Ruthledge sah sich um. Aber auch hinter den schweren Brokatvorhängen in seinem Rücken konnte er nichts entdecken. Wo mochte der Mann hingegangen sein? Für eine Toilettenpause war es noch zu früh. Zumal der zweite Akt erst vor einigen Minuten begonnen hatte.

Er runzelte die Stirn und wollte sich gerade wieder umdrehen als sich plötzlich ein Arm von hinten um seinen Hals legte.

Ruthledge war so verblüfft, dass er im ersten Moment gar nicht wusste wie ihm geschah.

Er wurde mit einem brutalen Ruck nach hinten gerissen.

Der Stuhl unter ihm kippte nach hinten weg. Er wollte aufschreien, aber der Arm drücke so fest auf seinen Hals, dass er nur ein leises Röcheln herausbrachte. Er strampelte mit den Beinen, wurde aber immer weiter nach hinten gezogen.

Die Bühne verschwand aus seinem Blickfeld. Dann explodierte ein messerscharfer Schmerz in seinem Rücken. Im nächsten Moment verlor er das Bewusstsein.

6. Juni, 07:52 Uhr

»Ist deine Schwester glücklich bis an ihr Lebensende und auf dem Weg in die Flitterwochen?«, lachte McNitt als Grant das Büro betrat und schob hinterher: »Dieses Mal hoffentlich zum letzten Mal.«

Grant lächelte freudlos und ignorierte ansonsten die Bemerkung.

»Freut mich auch, dich zu sehen«, antwortete er und setzte sich an seinen Schreibtisch, dessen Aussicht durch das hohe Rundbogenfenster auf einen kleinen Park auf der gegenüberliegenden Straßenseite hinausging.

Die niedrigen Bäume wiegten sich sacht im morgendlichen Wind und einige Jogger waren am östlichen Rand des Parks bereits auf ihrer vermutlich allmorgendlichen Runde unterwegs.

»Soweit ich mich erinnern kann, bist du doch selbst vor vier Monaten zum dritten Mal geschieden worden?«, meinte Masters in Richtung McNitt mit einem süffisanten Grinsen.

»Ach halt die Klappe«, erwiderte McNitt und wandte sich mit einem Gesichtsausdruck, der ein wenig an ein beleidigtes Kind erinnerte, wieder dem Bildschirm auf seinem Schreibtisch zu.

»Wir kommen in der Potomac Geschichte nicht weiter«, sagte Masters nun in Grants Richtung, ohne sich um irgendwelche begrüßenden Worte zu bemühen.

»Dieses Mal ein Pontiac Grand Ville aus dem Jahre 1970.«

Grant wandte sich dem Gesicht von Masters zu, dessen Augen hinter zwei dunkel getönten Brillengläsern hervorblitzten. Die Problematik war hinlänglich bekannt.

Eine Gruppe Jugendlicher hatte es sich in den vergangenen Monaten zur Aufgabe gemacht, wohl als eine Art Auflehnung gegen das Establishment, edle Nobelkarossen aus den Garagen ihrer reichen Besitzer zu entwenden und sodann an verschiedenen Stellen im Potomac River zu versenken.

»Ach ja?«, sagte er.

»Ja. Es scheint als ob diese Bande uns irgendwie immer einen Schritt voraus ist. Glaub mir, mit Glück hat das nichts mehr zu tun.«

Grant zögerte. Er war sich nicht sicher, was er auf Masters Vermutung antworten sollte. In diesem Moment klingelte das Telefon auf seinem Schreibtisch.

Er nahm den Hörer ab. Am anderen Ende der Leitung konnte er die tiefe Stimme des Commissioners hören.

»Kommen Sie bitte in mein Büro«, sagte die Stimme. Grant hatte den Hörer noch in der Hand als der Commissioner bereits wieder auflegte. Ein wenig verblüfft starrte er auf die Sprechmuschel des Apparates, dann legte auch er auf.

»Was ist?«, wollte Masters wissen, der die Szene beobachtet hatte.

»Keine Ahnung«, Grant zuckte mit den Achseln.

»Kommen Sie rein«, sagte der Commissioner als Grant an die Tür aus dickem Eichenholz klopfte. Die Stimme klang durch das dicke Holz dumpf und leise, wie als spräche jemand durch Watte zu ihm.

Grants Laune war nicht gerade dazu angetan, vor Freude in Begeisterungsstürme auszubrechen, weil Reisner ihn in sein Büro gerufen hatte.

Wollte der Commissioner irgendetwas von ihnen, so ging es zumeist nur um zusätzliche Arbeit oder um eine Maßregelung wegen irgendeinem vermeintlichen Fehlverhalten. Es war also das Beste, wenn man es schaffte, das mit dunklem Kirschholz getäfelte Büro so selten wie möglich von innen zu sehen.

Dennoch trat Grant nun mit bemüht neutraler Miene ein und sah, dass Reisner wie eigentlich immer hinter dem großen Bauhaus-Schreibtisch mit den beiden akkurat angeordneten, antik wirkenden Lampen aus grünem Glas saß.

Der Schreibtisch stand vor den für Besucher gedachten beiden schmucklosen Stühlen auf einem kleinen erhöhten Podest, das den Raum ungefähr in der Hälfte durchmaß und man sich so jedes Mal auf den Sitzgelegenheiten ein bisschen wie auf einer Anklagebank vorkam. So auch dieses Mal als Grant auf der mit hellbraunem Leder bespannten Sitzfläche Platz nahm.

Reisner kritzelte mit einem silbernen Füllfederhalter noch schnell eine Unterschrift auf ein Dokument, was ein leise kratzendes Geräusch in dem ansonsten völlig stillen Raum erzeugte, ehe er ihn über die komplette Länge des beeindruckenden Tisches musterte.

Hinter ihm konnte Grant durch die vollkommen verglaste Fensterfront mehrere Straßenzüge in Ost- und Westrichtung ausmachen, auf denen der Verkehr nun im Laufe des Morgens von Minute zu Minute dichter zu werden begann.

»Guten Morgen Nathan«, begann der Commissioner die Unterhaltung in munterem Plauderton.

»Guten Morgen Sir.«

»Wie ich sehe, waren die letzten beiden Tage Ihr erstes freies Wochenende seit über zwei Monaten.«

»Das stimmt, Sir«, bestätigte Grant. Irgendwie hatte er bereits jetzt kein gutes Gefühl.

Er beobachtete, wie Reisner sich in gespielter Gelassenheit in seinem beeindruckenden Sessel zurücklehnte und umständlich an der Kappe seines Füllers herumnestelte.

»Dann darf ich wohl annehmen, dass Sie bestens erholt und bereit für neue Herausforderungen sind?«

»Jetzt kommts«, dachte Grant.

»Um ehrlich zu sein habe ich genug zu … «

»Papperlapapp«, sagte Reisner und wischte seinen Einwand mit einer kurzen Handbewegung weg.

Dann schenkte der Commissioner ihm sein gewinnendstes Lächeln. Mit all der Liebenswürdigkeit, zu der er fähig war, sagte Reisner: »Ich habe eine Aufgabe, für die ich auf einen kompetenten Mitarbeiter angewiesen bin. Sie dürfen sich also geschmeichelt fühlen, Nathan.«

»Ja, wahnsinnig geschmeichelt«, dachte Grant. Er hätte es einfach so wie McNitt machen sollen. Sich von Anfang an dumm stellen und jede Ermittlung so gut es ging verpatzen, sodass er in der Folge mit jeder Arbeit von Anfang an unbehelligt blieb.

Er seufzte. Aber diese Gelegenheit hatte er verpasst. Allerdings hatte er auch keine Lust, den Begeisterten zu spielen, bei einer Arbeit, die zweifellos nicht die angenehmste war. Deswegen sagte er nichts und starrte Reisner nur mit unbewegter Miene an. Er würde schon gleich von selbst mit der Sprache herausrücken.

»Mord im National Theater«, sagte der Commissioner wie als präsentiere er einem Kind sein Geburtstagsgeschenk.

Grant fragte sich, ob Reisner nun erwartete, dass er ihm überschwänglich dafür danken würde. Er schwieg weiterhin.

»Irgend so ein reicher Pinkel, den man in einer der Balkonlogen um die Ecke gebracht hat. Muss ein ziemlich übler Anblick sein, aber das werden Sie ja bald selbst herausfinden.«

Grant sagte noch immer nichts.

Der Commissioner machte eine gedehnte Pause und Grant überlegte bereits, ob die Unterhaltung nun beendet war und er die Anklagebank verlassen konnte. Aber irgendwie fehlte dafür der Gerichtsdiener, der ihn wieder zu seinem Platz oder in seine Zelle geleitete.

»Ich bin ein wenig beunruhigt deswegen«, fuhr Reisner fort. »Ich und meine Frau sind selbst regelmäßige Gäste bei den Aufführungen im National.«

Wieder eine kurze Pause. »Muss jedenfalls irgendwann gestern während oder nach der Vorstellung passiert sein. Wieso sonst hätte der Kerl sich dort herumtreiben sollen.«

Reisner lehnte sich in seinem Sessel nach vorne.

»Das Spurensicherungsteam ist bereits vor Ort. Nehmen Sie McNitt mit und sehen Sie sich die Sache an. Bis heute Abend will ich einen ersten Bericht auf dem Tisch haben.«

Grant biss sich auf die Unterlippe. McNitt mitnehmen? Da wäre es wahrscheinlich produktiver gewesen einen der Studenten im Praxissemester mitzuschleifen.

»Ja, Sir«, antwortete er mit tonloser Stimme. »Sonst noch etwas?«

Reisner sah ihn für einen Sekundenbruchteil mit einem Ausdruck im Gesicht an, den Grant nicht recht einzuordnen vermochte. Dann jedoch nickte der Commissioner kaum merklich.

»Fürs Erste, nein«, sagte er und wandte sich wieder den Papierstapeln auf seinem Schreibtisch zu.

Grant erhob sich und verließ den Raum, wobei er die Tür ein wenig fester zuzog als es unbedingt nötig gewesen wäre.

Seit Reisner vor gut zwei Jahren zu ihnen versetzt worden war, hatten er und der neue Commissioner ziemlich schnell festgestellt, dass sie sich nicht besonders leiden konnten.

Reisner war der Prototyp desjenigen unbequemen Zeitgenossen, der sich seine Position nicht durch Leistung, sondern durch schamlose Schmeicheleien und Verbindungen ersessen hatte. Er scheute risikoreiche Entscheidungen, ging soweit es möglich war den Weg des geringsten Widerstandes und war stets bestrebt Verantwortung und Arbeit, wenn es irgend ging auf die Mitarbeiter abzuwälzen.

Noch während sich die Fahrstuhltüren hinter ihm schlossen dachte Grant, dass vermutlich sogar McNitt besser für den Posten geeignet war als Reisner. Und das wollte schon etwas heißen.

Missmutig lauschte er auf das leise Rattern des Fahrstuhls, der sich, nachdem sich die Türen zur Gänze geschlossen hatten, langsam in Bewegung setzte.

6. Juni, 8:48 Uhr

Lynn Simmons sah von ihrem Klemmbrett auf und beobachtete durch eine der großen Glastüren das Treiben auf der Straße.

Der Verkehr war zu dieser Tageszeit bereits so dicht, dass es auf einigen der Straßen zu beträchtlichen Smogentwicklungen und nach Abgasen und Benzin stinkender Luft kam.

Bislang war sie immer froh gewesen, dass sie mit dem Zug ihre Arbeitsstelle erreichen konnte, ehe die große Blechlawine sich durch die Straßen der Hauptstadt wälzte, was stets von einer gewaltigen Kakophonie aus Autohupen und röhrenden Motoren begleitete wurde. Sie sah sich um.

Nur an diesem Tag war alles anders. Gerade heute hätte sie nichts dagegen gehabt, wenn es ein Problem mit dem Zug oder mit den Gleisanlagen gegeben hätte.

Sie folgte mit den Blicken einem etwas dicklichen Cop, der gerade dabei war, den Eingangsbereich vor ihr mit gelbem Absperrband gegen ungebetene Besucher zu sichern.

Unsicher raschelte sie mit ein paar Papieren hinter dem Empfangstresen herum. Der Mann sollte nicht denken, sie hätte nichts Besseres zu tun als ihn wie eine neugierige Ziege zu beobachten. Auch wenn heute alles andere als ein normaler Arbeitstag war.

Bereits kurz nachdem sie am Morgen im Gebäude eingetroffen war, hatten mehrere Polizisten die Lobby durch den Haupteingang betreten.

Sie war völlig verwirrt gewesen als die Beamten mit Mr. Monteen, dem General Manager, in den oberen Stockwerken verschwunden waren.

Die Sache war schon deswegen außergewöhnlich genug, da sie den General Manager ohnehin so gut wie nie zu Gesicht bekam. Schon gar nicht zu einer derart frühen Stunde. Aber selbst dessen ungeachtet, stimmte eindeutig etwas nicht.

Immer mehr Polizisten und einige Männer in merkwürdig weißen Overalls waren nacheinander im Eingangsbereich des Theaters erschienen und hatten, ohne ein weiteres Wort, den Gang in den oberen Stock angetreten.

Lynn war mehr als verunsichert.

Was zum Teufel ging da oben vor? Ob sie den Cop mit dem Absperrband einmal fragen sollte? Aber der würde ihr bestimmt nichts sagen. Diese Kerle sagten einem doch nie etwas.

Sie überlegte.

Wenn doch bloß Martha schon hier gewesen wäre. Auf Martha war stets Verlass. Die würde bestimmt an die eine oder andere Information herankommen, zu der sie selbst keinen Zugang hatte. Die Neugier nagte an ihr. Irgendwie musste sie herausfinden, was in den Mauern des altehrwürdigen Theaters vor sich ging.

Sie nahm ein paar der Papiere und klopfte sie gerade zu einem ordentlichen Stapel zurecht, als eine der Glastüren aufschwang und schon wieder zwei Männer das Gebäude betraten. Der eine mit dunklem Anzug und sportlich schnell wirkendem Schritt, der andere ein wenig dicklich und mit eindeutiger Mühe mit seinem Kollegen Schritt zu halten. Der Cop mit dem Absperrband trat auf die beiden zu.

Grant zeigte dem Officer, auf dessen Namensschild Beauregard stand, seinen Ausweis, ehe der Mann ihnen mit dem Finger und einem knappen »Erster Stock, dann rechts« den Weg wies.

»Ganz schöne Sauerei«, murmelte er, als sie schon fast an ihm vorbei waren.

Grant taxierte ihn im Weitergehen mit einem misstrauischen Blick. Dann schloss McNitt keuchend zu ihm auf und gemeinsam begannen sie die breite Treppe in den ersten Stock empor zu klettern.

»Verdammt, wer baut derart viele Stufen in ein verfluchtes Theater?«, beschwerte sich McNitt mit japsender Stimme als sie am Ende der Treppe angekommen waren. Grant erwiderte nichts. Er war nicht hier, um McNitts Kindermädchen zu spielen. Schon genug damit, dass er ihn überhaupt mitschleppen musste.

»Hier lang«, sagte er und deutete auf eine schmale Tapetentür, durch die ihnen gerade ein weiterer Uniformierter entgegen kam. Dahinter schloss sich eine weitere, wenn auch deutlich kürzere und schmalere Treppe wie die im Erdgeschoss an.

Grant kniff die Augen zusammen.

Da es in dem Gang keine Fenster gab, waren die altmodisch wirkenden Lampen auch zu dieser Tageszeit bereits eingeschaltet. Zusammen mit den dunkelroten Wänden ergab sich so ein schummriges Licht, das nur durch einige Leuchtröhren auf den Treppenstufen unterstützt wurde. Grant sah nach vorn.

Im weiteren Verlauf konnte er mehrere Holztüren sehen, die von dem Gang jeweils auf der linken Seite abzweigten.

Allesamt mit Nummern neben den Türen versehen und verschlossen. Er hörte das angestrengte Atmen von McNitt hinter sich, der versuchte, nach der neuerlichen Anstrengung der zweiten Steigung wieder zu Atem zu kommen. Dann blieb er stehen.

Sie waren um einen leichten Knick im Gang herumgelaufen und sahen nun vor sich, dass eine der Türen in einer Entfernung von gut 20 Metern, anders als die anderen, geöffnet war.

Das weiße Licht eines Tatortscheinwerfers warf seine gleißenden Strahlen aus dem Inneren der Loge auf den Gang, sodass ein Teil der roten Wand und des Bodens in hellen Schein getaucht wurden.

Grant setzte sich wieder in Bewegung.

Vor der geöffneten Tür standen einige uniformierte Beamten herum, die sie bei ihrem Näherkommen skeptisch taxierten. Zur Sicherheit hielt Grant auch dem offensichtlichen Wortführer der Gruppe seinen Dienstausweis hin, ehe sie in das Viereck aus Scheinwerferlicht traten.

Grant musste die Augen zusammenkneifen als sie sich unter dem Absperrband hindurch in die dahinterliegende Empore zwängten. Für einen kurzen Moment hielt er inne.

Gut ein Dutzend in weiße Overalls gekleidete Mitarbeiter der Spurensicherung tummelten sich in diesem Bereich des Theaters, nahmen Proben und Fingerabdrücke von den unterschiedlichsten Stellen und zupften mit winzigen Pinzetten an mehreren Orten an Boden und Wänden des Balkons herum.

Im Hintergrund konnte Grant den ebenfalls in dunklen Rottönen gehaltenen großen Saal des Theaters ausmachen. Dieser, ebenfalls mit mehreren Lampen ausgeleuchtete, große Saal verblasste jedoch im Vergleich mit der Helligkeit der aufgestellten Tatortscheinwerfer, deren milchig weißes Licht wie Staub in die hintersten Ecken der Empore zu dringen schien.

»Ach du Scheiße«, hörte er McNitt hinter sich fluchen.

Dann wandte er sich um. Einer der Männer im weißen Overall war gerade dabei einige Bilder zu schießen und so tauchten einige rasch hintereinander aufleuchtende Blitze die Szenerie aus grausigen Details in ein Hitzegewitter aus albtraumhaften Bildern.

Grant wich einen Schritt zurück.

Die Szenerie, die sich ihm bot, war voll von rasender Gewalt, die mit den mit dunklem Samt bespannten Wänden und dicken roten Vorhängen zu einer eigenartigen Einheit verschmolz.

Die Leiche, bei der es sich um einen älteren Mann mit bereits ergrauten Haaren handelte, war mit zwei dicken Tauen, die an den Handgelenken befestigt waren, auf halbe Höhe der rückwärtigen Wand gezogen worden.

Grant konnte nicht genau erkennen, wo die Enden der Taue fixiert waren, sah aber, dass neben einer tiefen Wunde am Kopf von dem Mörder offenbar auch die Bauchdecke geöffnete worden war. Wie bei einem Teddybären, dem man den Bauch aufgeschlitzt hatte, waren Teile der inneren Organe wie Holzwolle aus dem Torso gequollen und zum Teil in einem ölig wirkenden Haufen auf den Boden der Empore geglitscht.

Er ertappte sich dabei, wie er scharf die Luft einsog und sah zu McNitt hinüber, der sich ob des Anblicks offenbar beherrschen musste, um nicht den Inhalt seines Magens auf den roten Teppichboden der Loge zu entleeren.

»Scheiße, was für ein Albtraum«, sagte er mit kaum hörbarer, gepresster Stimme, als er merkte, dass Grant ihn beobachtete.

Grant antwortete nicht. Das Bild brutaler Gewalt hatte ihn sprachlos gemacht.

Er zwang sich, den Blick wieder auf den Leichnam zu richten. Auch an anderen Stellen des Körpers waren etliche größere und kleinere Schnitte zu sehen, die der Mörder seinem Opfer wie es schien von Kopf bis Fuß beigebracht hatte.

Und über all dem lag der widerlich süßliche Pestgeruch des Todes.

Mit einem Mal spürte er eine Hand auf seiner Schulter. Er fuhr herum.

Hinter ihm stand einer der Männer im weißen Overall, der sich nun, da Grant ihm seine Aufmerksamkeit zugewandt hatte, den ebenfalls weißen Mundschutz vom Gesicht zog.

»Stuart Nitschman«, stellte er sich vor, vermied es aber, ihnen seine behandschuhte Hand zu reichen. Grant und McNitt nickten. Aber als Grant etwas erwidern wollte, fuhr der Mann, ein junger Bursche Mitte 20 bereits fort: »Kein schöner Anblick nicht wahr?«, sagte er, was wohl eher als rhetorische Frage gemeint sein sollte.

Unsicher von einem Bein auf das andere tretend sagte der junge Mann: »Ich fürchte, dass wir bis jetzt noch nicht wirklich viel sagen können. Sie sehen ja selbst, was für ein heilloses Durcheinander das ist. Wir sind auch erst vor gut einer Stunde hier eingetroffen.« Grant warf aus den Augenwinkeln einen Blick auf den ausgeweideten Körper an der Wand.

Ja, als Durcheinander konnte man es auch bezeichnen. An etlichen Stellen waren die roten Samtbeschläge der Wand großflächig mit Blutspritzern bedeckt, was fast ein wenig an ein abstrakt expressionistisches Gemälde erinnerte. Er kniff die Augen zusammen.

»Wenn Sie den Bericht abwarten wollen, dann werden sich schon einige der Punkte geklärt haben. Ich denke, wenn wir uns beeilen, wir das vor morgen Mittag der Fall sein«, sagte der junge Bursche diensteifrig und ließ seinen Blick dabei erwartungsvoll zuerst zu McNitt, dann zu Grant wandern.

»Wer hat die Leiche entdeckt?«, wollte Grant wissen, ohne auf die Bemerkung des Mannes einzugehen.

»Ähm«, der Mann kratzte sich unsicher am Kopf. »Das muss wohl der Direktor des Theaters gewesen sein. Wenn ich mich recht erinnere, hat ihn einer Ihrer Kollegen fürs Erste vorübergehend in sein Büro zurückgebracht. Der Mann steht offenbar unter Schock und … «

»Danke«, sagte Grant knapp und machte auf dem Absatz kehrt.

Der junge Bursche im weißen Overall sah ihm verdutzt nach. McNitt sah den jungen Mann mit einem entschuldigenden Achselzucken an, ehe er, dankbar, dass er nun den Ort dieser widerwärtigen Abscheulichkeit verlassen konnte, so schnell er konnte hinter Grant her stiefelte. Angestrengt versuchte er zumindest bis zum Eingang zur Empore die Luft zum Schutz gegen den widerlich süßlichen Geruch anzuhalten.

Draußen angekommen sah er, dass Grant ein paar Worte mit einem der Uniformierten wechselte und sich dann zu ihm umdrehte.

»Na los«, sagte er mit einer einladenden Handbewegung, die für McNitts Geschmack jedoch ein wenig zu kurz und abschätzig ausfiel. Schließlich war er kein Hund, den man wie eine Promenadenmischung einfach herbeipfeifen konnte. Er schnaubte verärgert, sagte aber nichts.

Sie stiegen ein weiteres Stockwerk nach oben und durchschritten zwei weitere lange Gänge, bis sie vor einer Tür aus dunklem Eichenholz mit silbernen Eisenbeschlägen und Verzierungen ankamen. Die Luft hier oben roch nach altem, vergilbtem Papier. Grant kam sich beinahe wie in der hintersten, schummrigsten Ecke einer alten Bibliothek vor. Genießerisch sog er den Duft ein, der den Odem von Kunst und Geschichte verströmte.

Dann klopfte er.

Neben der Tür war ein schon etwas mit Patina überzogenes Messingschild mit der Aufschrift Charles Monteen angebracht, das den Raum eindeutig als Büro des Direktors auswies.

»Ja«, erklang eine unsichere Stimme aus dem Inneren, die durch das dicke Holz der Tür gedämpft wurde.

»Kommen Sie rein.«

Grant drehte an dem ebenfalls silbernen Türknauf und schob die Tür auf, die sich leise in gut geölten Angeln bewegen ließ.

Der Mann im Inneren des Raumes starrte sie einfach nur an. Hinter seinem großen Schreibtisch und umringt von den etlichen von Aufführungs- und Premierenplakaten an den umliegenden Wänden sah er fast ein wenig verloren und hilflos aus. Allerdings musterte er sie aus einem Paar klarer, eisgrauer Augen, die eindeutig einen wachen Intellekt und selbst in dieser außergewöhnlichen Situation geistige Klarheit verrieten.

»Setzten Sie sich«, sagte er mit der geübten neutralen Stimme des gewohnheitsmäßigen Geschäftsmannes und Gastgebers und deutete mit der Hand einladend auf zwei Bürostühle, die sich ihm gegenüber auf der anderen Seite des Schreibtisches befanden. Dass ihm diese aufgesetzte professionelle Fassade an diesem Morgen jedoch schwerer als sonst viel, war schon eindeutig wohl dadurch zu erkennen, dass er sich weder bemüßigt sah aufzustehen, noch ihnen die Hand zum Gruß zu reichen. Grant zögerte. Allerdings war diese Reaktion angesichts der Ereignisse nur allzu verständlich.

Er räusperte sich kurz. Dann fragte er mit milder Stimme: »Sehen Sie sich dazu im Stande, mir einige kurze Fragen zu beantworten Mr. Monteen?«

Der Direktor sah ihn, ein wenig in seinen makellos sitzenden Anzug gesunken, für ein paar Sekunden ausdruckslos an. Dann nickte er kaum merklich.

»Ja, wenn es sein muss.«

Grant nickte dem groß gewachsenen Mann mit Adlernase und straff nach hinten gekämmten Haar zu, dessen erhabene Erscheinung die Altehrwürdigkeit des Theaters und der Geschichte des Bauwerks wider zu spiegeln schien.

»Danke sehr. Es handelt sich im Grunde genommen nur um zweierlei Dinge.«

Wieder sah ihn Monteen nur ausdruckslos und wenig interessiert an.

»Kennen Sie den Toten?«

Eine kurze Pause entstand.

»Nein«, sagte Monteen. Grant lehnte sich nach vorne.

»Aber Sie haben die Leiche entdeckt. Das stimmt doch, nicht wahr?«

Wieder nickte der Direktor kaum merklich.

»Wann war das?«

»Heute Morgen.« Monteen schien sich nur unter starker Anstrengung konzentrieren zu können. Grant registrierte, wie sich der Mann während der ganzen Zeit unbehaglich die Finger knetete und nervös mit seinen Beinen wippte. Für einen kurzen Augenblick sagte keiner von ihnen etwas. Dann fuhr Monteen mit leiser Stimme fort:

»Normalerweise hätte ich den Toten schon gestern Abend während meines Kontrollgangs entdecken müssen.« Er hüstelte. »Aber wir hatten gestern einige kleinere Schwierigkeiten.«

»Was denn für Schwierigkeiten?«, wollte McNitt wissen. Monteen wandte ihm den Blick zu.

»Einige Jugendliche haben vor dem Gebäude eines der Autos von Gästen gestohlen. Ein 67er Rolls Royce Silver Shadow«, er schürzte die Lippen.

»Der Wagen ist ein Vermögen wert. Muss eindeutig während der Vorstellung passiert sein. Für gewöhnlich mache ich kurz vor Mitternacht meinen

Kontrollgang durch das ganze Haus und inspiziere sämtliche Logen und Winkel des Theaters. Meist bin ich der Letzte, der, abgesehen vom Wachpersonal, das Gebäude verlässt. Die Reinigungsmannschaft erscheint erst am nächsten Morgen.« Er schloss für einen kurzen Moment die Augen.

»Aber am gestrigen Abend musste ich mich aufgrund des Diebstahls um andere Dinge kümmern.« Mit zunehmender Dauer des Gesprächs schien die Stimme von Monteen lebhafter zu werden.

»Eine Unverschämtheit. Und stellen Sie sich einmal die Dreistigkeit vor. Den Wagen direkt vor dem Eingang zum Theater zu entwenden. Diesen Mistkerlen ist heutzutage doch gar nichts mehr heilig. Ich … «

Aber dann schien er sich wieder daran zu erinnern, dass der Diebstahl im Vergleich zu dem, was innerhalb der Mauern seines Theaters passiert war, doch nicht mehr als eine unbedeutende Randnotiz war.

»Ich meine«, er zögerte kurz, »es ist fürchterlich, was passiert ist. Ein dummer Zufall, vielleicht hätten Sie den Täter noch schnappen können, wenn ich diesen schrecklichen Wahnsinn früher entdeckt hätte.« Wieder knetete er sich die Finger, dieses Mal so fest, dass einige der Gelenke leise knackten.

»Machen Sie sich keine Vorwürfe«, sagte Grant in beschwichtigendem Ton. »Sie tragen daran keine Schuld. Niemand könnte mit so etwas rechnen.«

Wieder entstand ein kurzer Moment der Stille.

»Verfügt dieses Gebäude über Überwachungskameras?«

»Ja«, antworte Monteen. »Aber nur jeweils zwei am Haupt- und eine am Nebeneingang, wieso?«

»Ich würde mir die Bänder gerne ansehen.«

Der Direktor richtete sich ein wenig in seinem Bürosessel auf.

»Ja natürlich, das ist selbstverständlich kein Problem. Aber was versprechen Sie sich davon? Hunderte von Menschen waren an diesem Abend im Theater. Das Stück läuft so gut, dass wir seit mehreren Wochen ausverkauft sind.«

Grant formte ein Zelt mit seinem Fingern.

»Beetlejuice, nicht wahr?«, fragte er.

»Sie sagen es.« Grant fuhr sich mit dem Zeigefinger nachdenklich über die Lippen.

»Um ehrlich zu sein, empfand ich diese Figur seit Kindertagen schon immer als sehr angsteinflößend Mr. Monteen.«

Der Direktor sah Grant einen Augenblick aus verständnislosen Augen an.

»Sie glauben doch nicht etwa, der Mörder hat sich bewusst dieses Stück für seine grausame Tat ausgesucht?«, fragte er ungläubig als habe Grant gerade die Behauptung aufgestellt, Wasser könne genauso gut bergan fließen.

Grant schüttelte den Kopf.

»Nein, natürlich nicht.« Er erhob sich aus seinem Stuhl. McNitt folgte seinem Beispiel. »Obwohl wir in solchen Fällen auch die unwahrscheinlichsten Möglichkeiten in Betracht ziehen müssen, halte ich diese eher für abwegig.« Er zuckte mit den Schultern. »Aber wie gesagt, man weiß ja nie.« Er streckte dem Direktor die Hand hin, der sie ein wenig misstrauisch ergriff.

»Haben Sie jedenfalls Dank für Ihre Zeit. Ich schicke jemanden vorbei, der sich um das Abholen der Videoaufzeichnungen kümmert.«

6. Juni, 19:43 Uhr

Die Luft war mit einer schwülen Hitze aufgeladen als Grant den Garten betrat und anfing, zuerst die Büsche im hinteren, dann im vorderen Teil des Gartens zu wässern.

Die Sonne war gerade dabei hinter dem kleinen Wäldchen zu versinken und der wohltuende Schatten der Kiefern ließ schon eine Ahnung von der angenehmen Kühle der bevorstehenden Nacht erahnen. Grant seufzte.

Dann ließ er seinen Blick durch den Garten wandern und blieb schließlich wie so oft an Liebermanns perfekt getrimmten Rasenflächen und an den nach strikter Ordnung gepflanzten Tulpenbeeten hängen.

Rasen sowie Blumen sahen aus, als wären sie ebenfalls erst vor kurzer Zeit gewässert worden, aber weder im Garten noch irgendwo im Haus konnte Grant irgendwelche Spuren von Aktivitäten wahrnehmen. Das Innere des Nachbarhauses lag, von dem sterilen Licht des Terrariums an einem der Fenster einmal abgesehen, in völligem Dunkel.

»Gut so«, dachte Grant und atmete erleichtert auf. Das Letzte, wonach ihm nach einem Tag wie heute der Sinn stand, war ein fröhliches Geplauder über den Gartenzaun mit seinem, wie es ihm vorkam, stets gut gelaunten Nachbarn. So gern er den etwas tapsigen Kauz auch mochte, Liebermanns Fröhlichkeit war nur in therapeutischen Dosen zu genießen. Er warf einen kurzen Blick auf die Uhr.

Wie spät mochte es gerade Tausende Kilometer weiter in Französisch-Polynesien sein?

Für einen kurzen Augenblick dachte er darüber nach Claire anzurufen, überlegte es sich dann aber anders. Allein der Gedanke, Michaelsen könnte sich auf seinen Anruf melden erfüllte ihn mit einem Gefühl, das eine leichte Ähnlichkeit mit Übelkeit hatte.

Er stellte das Wasser ab, rollte den Gartenschlauch zusammen und sog noch einmal den angenehmen Duft der abendlichen Luft ein, ehe er das Haus betrat.

In der Küche betrachtete er noch einmal den erneut weisen Spruch, der heute erneut mit der morgendlichen Post eingetroffen war. Wieder mit derselben schnörkeligen Schrift und auf dem gleichen altmodischen Papier, das er zwar bereits zerknüllt, dann aber doch wieder aus dem Papierkorb gefischt hatte. Irgendwie gefiel ihm der Inhalt der Botschaft, die ihn ein wenig an die beinahe fatalistische Weltsicht seines Onkels erinnerte:

10. Juni

Das Leben ist ungerecht. Aber denke daran: nicht immer zu deinen Ungunsten

Er musste unvermittelt schmunzeln. Ein eindeutiger Kern Wahrheit lag in diesen wenigen Worten, deren gleichzeitige Klarheit und feinsinniger Humor irgendwie seltsam ironisch und passend zugleich waren.

Er löschte das Licht in der Küche, ließ auch das übrige Untergeschoss im Dunkel versinken und ging dann doch noch einmal barfuß tapsend durch das Halbdunkel, um sich eine der halbvollen Brandyflaschen und ein dazu passendes Glas zu besorgen.

Mit dem Nötigsten bewaffnet stieg er hinauf in den ersten Stock und setzte sich mit einer schmalen Kiste, die er aus einem der Schränke neben dem Bett gezogen hatte, auf die Couch, die unter einem kleinen Vordach auf dem Balkon vor dem Schlafzimmerfenster stand.

Er trank mehrere Schlucke der bräunlichen Flüssigkeit, die angenehm leicht in seiner Kehle brannte. Dann zog er die Kiste zu sich heran und öffnete sie.

Im Inneren kamen mehrere Packen Fotopapier und Postkarten zum Vorschein, die jeweils mit mehreren Gummiringen zu sorgsam verschnürten Paketen geordnet waren.

Für einen Augenblick ließ er seine Finger liebevoll über die rauen Oberflächen und Kanten der Fotografien gleiten. Dann nahm er noch einen tiefen Zug aus dem Glas und zog, als er die Flüssigkeit brennend seine Kehle hinunterrinnen spürte, einen der kleinen Stapel heraus.

Um ihn herum war in der kühler werdenden Abendluft der Gesang vereinzelter Vögel zu hören, die, wie es schien, zu später Stunden noch einmal eine Kostprobe ihres Könnens zum Besten geben wollten.

Für einen Sekundenbruchteil zögerte er und sah hinüber zum verblassenden Schein des letzten Tageslichts hinter dem Dämmerdunkel des Waldes. Dann zog er den Gummiriemen um den Pack Fotografien in seiner Hand ab und begann, während er die Wirkung der hochprozentigen Flüssigkeit langsam einsetzen fühlte, eine Fotografie nach der anderen für einige Sekunden zu betrachten.

Die Bilder, die aufkeimenden Erinnerungen waren süß und schmerzhaft zugleich. Sarah auf dem Rücken eines braun-gräulich gezeichneten Pferdes während eines Urlaubs in den kanadischen Rockies. Sarah auf einer Grillparty mit Freunden, Sarah am Strand von Hawaii, lachend eine Kokosnuss samt herausragendem Trinkhalm und Schirmchen präsentierend.

Er musste unvermittelt lächeln, während er gleichzeitig fühlte, wie sich seine Augen auch nach so langer Zeit noch mit Tränen zu füllen begannen.

Sämtliche Fotos, auf denen sie gemeinsam zu sehen waren, hatte er in einer anderen kleinen Holzkiste untergebracht. Nur bei einigen seltenen Gelegenheiten brachte er überhaupt die Kraft auf, diese Momente auf Zelluloid eingefangenen Glücks überhaupt zu betrachten.

Noch einige Minuten blätterte er, begleitet von der stärker werdenden Wirkung des Brandys, die kleinen Päckchen aus kostbaren Erinnerungen durch. Dann nahm er ein Bild von Sarah heraus, das bei einer ihrer zahllosen Küstenwanderungen während des Winters in Maine aufgenommen worden war.

Einige Sekunden betrachtete er das Foto voller liebevoller Erinnerungen, dann legte er sich der Länge nach auf die Couch, schob das Foto behutsam unter das Kissen unter seinem Kopf und zog sich die dünne Steppdecke bis zum Hals hoch. Nach einigen Minuten war er eingeschlafen.

Weiter hinten im Garten, dort wo die Rasenflächen in die Stämme des kleinen Wäldchens übergingen, begann eine Nachtigall ihr Lied aus wundervollen Klangkaskaden anzustimmen. Die Sonne versank langsam hinter dem Horizont und schickte noch einen letzten Strahl goldenen Lichts über die Wipfel der Bäume, die von keinem Lufthauch bewegt, wie stumme Wächter den Beginn der Nacht anzukündigen schienen. Der Tag endete gut vier Stunden später.

7. Juni, 10:34 Uhr

»Und, was hast du für mich?«, fragte Grant, während er seine Tasse, in der die schwarze Flüssigkeit frisch aufgebrühten Kaffees schwappte, neben Masters auf dem Schreibtisch abstellte und sich einen Stuhl von einem anderen Tisch heranzog.

Masters, dessen wie immer tadellos frisierten lockig braunen Haare von der Verwendung irgendeines Gels glänzten, schob sich ein wenig von dem Bildschirm auf dem Schreibtisch zurück und bedachte Grant mit einem abschätzenden Blick. Dann schüttelte er den Kopf.

»Nichts. Naja zumindest nicht viel.«

Und als Grant nichts erwiderte.

»Was hast du denn auch erwartet? Das hier sind nur drei Kameras an fest installierten Orten. Nicht schwenkbar, die ohnehin nur die Eingangsbereiche und die Vorhalle mit den Ticketschaltern abdecken.« Er machte eine unbestimmte Geste in Richtung des Bildschirms, auf dem in ein wenig körnigen Bildern die Aufnahmen der Überwachungskameras aus dem National zu sehen waren.

»Alles mehr oder weniger unbrauchbar. Aber eine Sache ist mir dann doch aufgefallen.«

»Ach ja?«, fragte Grant und rutschte interessiert näher an den Bildschirm heran, ehe er einen Schluck Kaffee aus der ein wenig übergroßen und unförmigen Tasse nahm, die ihm Claire als eine ihrer ersten Arbeiten in ihrem Töpferkurs vor über einem Jahr angefertigt hatte.

»Ja«, bestätigte Masters. »Und zwar, dass die Kassiererin an Ticketschalter zwei eigentlich einen Waffenschein für diesen Körper bräuchte.«

McNitt im hinteren Teil des Büros grunzte beifällig.

»Oh ja«, sagte er mit glucksender Stimme als Grant ihm den Blick zuwandte. »Ein echtes Geschoss.« Er pfiff vernehmlich durch die Zähne, während Grant in gespielter Verzweiflung den Kopf schüttelte.

»Es ist mir bis heute schleierhaft wie zwei Vollidioten wie ihr beiden«, er deutete auf Masters und McNitt, »die Aufnahmeprüfung für die Akademie schaffen konntet.«

»Also ich kann nicht für andere sprechen«, sagte Masters grinsend, »aber ich schlafe mit der Tochter des Commissioners.«

»In deinen Träumen vielleicht«, sagte McNitt.

»Aber Scherz beiseite«, fuhr Masters fort und wandte sich wieder der körnigen Aufnahme vor sich zu, während McNitt weiter hinten immer noch leise glucksende Laute von sich gab.

»Unser Mann, Ruthledge, hat das National Theater um ca. 20 Uhr betreten.« Er deutete auf den unteren Rand des Bildschirms, wo Grant nun einen Mann im elegant geschnittenen Anzug samt Mantel und dazu passendem Schirm an einem der Kassenhäuschen stehen sah. Fast kam er sich wie in der Zeit zurückversetzt im London der 60er Jahre vor. Einzig der Zylinder oder wenigstens der Bowler hätte noch gefehlt, um das zeitgenössische Bild eines Gentlemans der Londoner Upper-class perfekt zu machen.

Die Stimme von Masters riss ihn aus seinen Gedanken.

»… Abschnitt der einzige, den die Kameras erfassen können. Somit haben wir außer dem genauen Eintreffen keinerlei Anhaltspunkte.«

Eine kurze Pause entstand, in die hinein McNitt mit quäkender Stimme sagte:

»Naja zumindest immerhin einen.«

Grant und Masters wandten ihm den Blick zu. McNitt drehte seinen Stuhl ein wenig zu ihnen.

»Wir wissen, dass der Mörder ebenfalls auf diesen Aufnahmen zu sehen ist.«

Masters rollte mit den Augen.

»Möglich, aber was nützt uns das? Laut den Zahlen, die wir zur Verfügung haben, haben an dem Abend allein über 1500 Menschen das National besucht. 100 lediglich mit Reservierung, sodass man ihrem Sitzplatz zumindest einen Namen zuordnen kann. Mal ganz davon abgesehen, dass diese frei erfunden sein können. Was ist mit dem Hintereingang zum Theater, der nicht videoüberwacht ist? Was ist mit den Personaleingängen und schließlich dem Personal selbst? Schließlich könnte auch einer von denen die Tat begangen haben.«

Er zögerte einen Moment.

»Vielleicht ein wenig unwahrscheinlich aber möglich ist es. Diese Aufnahmen nützten uns wenig bis gar nichts.«

Er spielte resigniert mit der Maus auf seinem Schreibtisch herum, während er den Cursor auf dem Bildschirm mal hier, mal dorthin bewegte.

»Was ist mit dem Bericht der Spurensicherung?«, wollte Grant wissen.

»Schon irgendetwas Neues?«

»Nein.«

Wieder entstand ein Augenblick der Stille, ehe Masters noch etwas einzufallen schien.

»Der Gast, der den zweiten Logenplatz gebucht hat, ist ein Kerl namens Bowe Tholkis. Glücklicher Zufall, dass alle Emporenreservierungen mit einem Namen hinterlegt werden müssen.« Er fuhr sich mit der Hand über den Mund.

»Allerdings sind wir in diesem Punkt noch nicht weitergekommen. Zumindest im Stadtgebiet scheint der Name nicht zu existieren. Ich habe eine Suchanfrage weitergeleitet. Das Ergebnis müsste bald eintreffen.«

»In Ordnung.«

»Viele Hoffnungen mache ich mir aber auch hier nicht«, sagte Masters und fixierte Grant für ein paar Sekunden.

»Der Name klingt ohnehin merkwürdig. Vermutlich erfunden, allein um die Reservierung zu bestätigen. Habe ich selbst und ein paar Leute, die ich kenne, auch schon aus Spaß ein paar Mal gemacht. Ist wirklich lustig. Du kannst dir selbst die tollsten Namen geben und dich totlachen, wenn die Telefonisten oder Kassierer ihn wiederholen.« Er zögerte kurz.

»Oder es ist ein Tourist auf der Durchreise, der nur eine oder zwei Nächte in der Stadt Station gemacht hat.«

Er bewegte den Cursor über den Bildschirm und ließ das Bild der Überwachungskameras einige Zeit lang vorwärts laufen. Die Menschen auf den Aufnahmen bewegten sich wie im Zeitraffer in der Form kleiner Ameisen über den Bildschirm, ehe die Vorhalle schließlich bedeutend leerer wurde.

»So oder so, wir werden es bald wissen.«

Masters stieß sich vom Schreibtisch ab und griff nach einem kleinen Stapel Papiere, die er feinsäuberlich aneinandergeheftet auf einem kleinen Aktenstapel platziert hatte.

»Was ist mit dem Toten?«, blieb Grant hartnäckig.

»Dazu wollte ich gerade kommen«, antwortete Masters und hielt den Stapel Papiere wie eine kleine Trophäe in die Höhe.

»Ein Typ namens Nate Ruthledge.« Er warf einen belustigten Blick in die Runde.

»Interessanter Name, was? Aber der Ausweis ist echt«, fuhr er fort.

»Anhand der Daten lässt sich einiges über den Kerl herausfinden. Diplom in Biologie sowie in Wirtschaftswissenschaften in Stanford. Später einige Jahre im nahen Osten sowie in China als Mitarbeiter einer humanitären Organisation, einige Jahre darauf noch einmal in Indonesien in Diensten irgendeiner Bergbaugesellschaft, von der ich noch nie etwas gehört habe.«

Masters blätterte von einer Seite auf die andere um und wieder zurück, um die interessantesten Daten des Lebenslaufs des Toten in einer Art kurzem Abriss zusammenzufassen.

»Zuletzt als Privatperson ohne festes Einkommen hier in Washington.« Er sah zuerst Grant dann McNitt für einige Augenblicke an.

»Scheint als habe der Kerl während seiner Zeit im Ausland genügend Geld gemacht, um sich mit gerade mal 47 Jahren zur Ruhe zu setzen. Wohnsitz in der Harrington Street Haus Nr. 51. Ihr wisst ja selbst, was für Prachtbauten es in dieser Straße gibt.« Er schnaubte.

»Mistkerl. Ansonsten aber alles ziemlich gewöhnlich.«

Er schlug mit der Handkante auf das Blatt der dritten Seite, auf der, wie Grant sehen konnte, nur noch einige wenige Zeilen mit einigem Abstand zu lesen waren.

»Zweimal verheiratet, zweimal geschieden. Eine Tochter aus erster Ehe, die zurzeit in Kanada wohnt. Genauer gesagt Montreal. Muss nach dem was hier steht gerade 20 geworden sein.« Er verzog den Mund zu einem schiefen Grinsen.

»Na die wird sich jetzt über einen satten Geldregen freuen können.«

»Vollidiot«, schnarrte McNitt.

Grant nahm den Ausdruck entgegen und überflog selbst noch einmal die Zeilen, die zwar aufschlussreich waren und zumindest etwas Licht in das Leben des Toten brachten, gleichzeitig aber auch nur wenig brauchbare Ansatzpunkte lieferten.

Gedankenverloren ließ er seine Blicke über den Ausdruck wandern, der das Leben des Toten auf einige wenige, knapp gefasste Sätze reduzierte. Ein ganzes Leben, zusammengestaucht in nur ein paar kurzen nüchternen Zeilen.

Er sah auf, als das Telefon auf seinem Schreibtisch zu läuten begann.

7. Juni, 11:25 Uhr

Die Einrichtungen der Gerichtsmedizin waren in einem Gebäude untergebracht, das Grant mehr an einen Luftschutzbunker oder ein Atomraketensilo als an eine wissenschaftliche Einrichtung denken ließ.

Die gedrungenen, wie mehrere Schuhkartons ineinander verschachtelten Bauten waren in grauer Farbe gehalten und mit rauem Spritzbeton verkleidet, was den abweisenden Charakter und die schmucklose Bauweise noch zusätzlich zu dem ohnehin schon wenig freundlichen Erscheinungsbild zu unterstreichen schien.

Er stand, die Hände in den Hosentaschen, auf dem schmalen Gehweg vor dem Gebäudekomplex und sah hinauf zum Himmel, der düster und wolkenverhangen war.

Schnell ziehende, dunkle Wolkenfetzen kündeten von baldigem Regen und Grant zog instinktiv, obwohl noch kein einziger Regentropfen gefallen war, ein wenig den Kopf zwischen die Schultern. Irgendwie schien das Wetter zu dem düsteren Anlass zu passen, der ihn hierher in das Beinhaus der modernen Wissenschaft geführt hatte und das auch nun seine Schritte über den schmalen Pfad und eine leichte Böschung hinunter zum Eingang des unwirtlichen Gebäudes lenkte.

»Willkommen im Haus der Toten«, dachte er bei sich, als er die gläserne Eingangstür aufdrückte und den ebenso grau wie die Außenfassade wirkenden Linoleumboden im Inneren betrat.

Suchend sah er sich um.

Die sterile Beleuchtung aus Neonröhren an der Decke tauchte den Empfangsbereich und die beiden Gänge, die hinter dem Empfangstresen in verschiedene Richtungen abgingen, in unwirkliches, weiß-bläuliches Licht, was selbst die Farben von einigen vereinzelt an den Wänden aufgehängten Bildern nicht aufzuhellen vermochten.

Ein Bauwerk, kalt und abweisend, in dem das Nichts zu hausen schien. Grant fragte sich, wie man es schaffen mochte, jeden Tag aufs Neue zur Arbeit in diesem tristen Klotz aus Beton und Stahl zu erscheinen, ohne sich nach zwei Wochen eine Kugel in den Kopf zu jagen oder sich von der Kuppel des Kapitols zu stürzen.

Seit über vier Monaten war er nicht mehr hier gewesen, aber das Gebäude schien ihm mehr denn je als ein schwarzes Loch, das anstatt Materie, Lebensfreude und gute Laune in sein Zentrum sog und dort auf Nimmerwiedersehen verschluckte.

In diesem Moment ertönte ein kratzendes, leise scharrendes Geräusch und die Tür hinter dem Empfangstresen wurde geöffnet. Es erschien eine leicht untersetzte Frau mit freundlichen, schon etwas in die Jahre gekommenen Gesichtszügen.

»Ah Lieutenant«, sagte sie in erfreutem Ton als sie Grant erblickte. »Dr. Telmatch wartet bereits auf Sie. Sie können direkt nach hinten gehen.«

Grant nickte der Frau, die sich auf den Stuhl hinter dem Empfangsboard setzte, dankend zu. Dann steuerte er an dem breiten Tresen vorbei und nahm den linken der beiden Gänge, der zunächst schnurgerade etwa 20 Meter in das Gebäude hineinführte und dann zweimal nach rechts abknickte, was jedes Mal zusätzlich durch zwei Schwingtüren an den Knickstellen verdeutlicht wurde.

Die elektrisch gesteuerten Türen schwangen beinahe lautlos und nur durch ein leises elektronisches Summen unterstützt auf. Grant ließ seinen Blick über die spärlich aufgehängten Bilder an den Wänden gleiten, während er mit jedem Meter tiefer in das Herz des Bauwerks eindrang.

Hauptsächlich farbenfrohe Gemälde der Pop-Art-Richtung, vereinzelt unterbrochen durch einen starken Kontrast einiger schwerfällig wirkender Schwarz-Weiß-Bilder, die mit ihren dicken schwarzen Linien eindeutig besser zu dem Gebäude passten als die Heiterkeit verströmenden Farbengewitter in den übrigen Rahmen.

Grant runzelte die Stirn.

Wer mochte für solch einen Stilbruch verantwortlich sein? Eigenartig, dass ihm die Diskrepanz bei keinem seiner vorherigen Besuche aufgefallen war.

Er ging weiter, bis er vor einer großen zweiflügeligen Stahltür mit im oberen Teil eingelassenen Bullaugenfenstern anlangte. Er tauschte seine Jacke gegen einen Kittel, der an einem Haken neben der Tür hing und schlüpfte mit seinen Schuhen in zwei Schutzfolien aus Plastik, die daneben standen.

Dann trat er ein.

Die Tür quietschte leise und die Person, die vor einer in Licht getauchten Operationsinsel in der Mitte des Raumes stand, wandte sich zu ihm um.

»Willkommen Lieutenant«, sagte eine angenehm wohltönende Frauenstimme.

»Und beinahe pünktlich. Sie machen sich. Das erste Mal, als wir verabredet waren, waren Sie über eine halbe Stunde zu spät.«

Grant musste unvermittelt lächeln als er daran dachte, wie ihn Dr. Susan Telmatch gleich bei ihrem ersten Zusammentreffen vor anderthalb Jahren über die Notwendigkeit von Pünktlichkeit in der westlichen Welt aufgeklärt hatte.

»Auch schön Sie zu sehen, Doktor«, sagte er lachend während er auf die Lichtinsel in dem weiß gekachelten Raum zusteuerte. Kurz vor einem dicken Edelstahlblock in der Mitte des Raumes blieb er stehen.

Sie schüttelten sich die Hand, ehe die Ärztin sich ein paar dünne, blaue Operationshandschuhe überstreifte und das Mikrofon über dem Operationstisch auf seine Funktionsfähigkeit hin überprüfte. Die Leiche des toten Nate Ruthledge zeichnete sich auf dem Tisch deutlich unter dem weißlichen, gleichzeitig halb transparenten Stoff eines dünnen Tuches ab.

»Können wir anfangen?«, fragte die Ärztin.

Grant nickte.

Dann trat er einen Schritt zurück.

Dr. Susan Telmatch war eine attraktive Frau Anfang 40. Groß gewachsen mit kastanienfarbenem Haar und dunkelbraunen, fast schwarzen Augen, deren wohlgeformte Gesichtszüge nun jedoch zum Großteil unter dem großflächigen Mundschutz aus weißem Stoff verborgen lagen.

Grant zog sich ob der Kälte in dem Raum den dünnen Kittel ein wenig enger um die Schultern als die Ärztin das Tuch über dem Leichnam unter der hellen Deckenbeleuchtung entfernte.

Der Anblick war ähnlich surreal wie im National Theater, nur, dass das Farbenspiel ein komplett anderes war.

Die Plane raschelte leise als sie von der Leiche glitt und sich die Ärztin halb zu Grant hin umwandte.

»Person männlich, weiß. Ungefähr 1,80 Meter groß, ungefähr 90 Kilo. Identifiziert als Nate Ruthledge, Amerikaner. Alter 49 Jahre 11 Monate.«

Sie machte eine kurze Pause und ging ein paar Schritte um die Operationsplattform herum, sodass Grant die Wunden an Kopf und Rumpf nun ein wenig besser erkennen konnte.

»Ich habe die Autopsie heute Morgen gegen 8:30 Uhr durchgeführt«, fuhr Telmatch in sachlich nüchternem Ton fort, als lese sie die Gebrauchsanleitung irgendeines technischen Gerätes vor.

»Der allgemeine körperliche Zustand entspricht, abgesehen von den erheblichen Verletzungen, der normalerweise zu erwartenden Konstitution eines Mannes der genannten Alterskohorte.«

Sie ging zum Kopfende des Operationstisches und machte Grant mit der Hand ein Zeichen es ihr gleich zu tun.

»Darf ich Ihre Aufmerksamkeit auf die Wunde am rechten Schläfenlappen lenken.« Sie deutete auf die rechte Stirnseite des Mannes.

Grant beugte sich ein wenig nach vorn. Die weißliche Beleuchtung ließ die Haut, ja beinahe die ganze Erscheinung des Toten wie eine große, wächserne Puppe wirken.

»Es handelt sich um den Eintrittsort des Projektils, das an gegenüberliegender Stelle des Kopfes mit erheblichem Gewebeverlust und ein wenig occipital versetzt wieder ausgetreten ist.« Sie trat zwei Schritte um den Kopf der Leiche herum und zeigte auf ein gezacktes großes Austrittsloch, an dessen Rändern sich deutlich Gehirn- und sonstige Gewebereste abzeichneten. Grant folgte ihrem ausgestreckten Arm und registrierte, dass die Ärztin nach einer kleinen Schale griff, die sich neben dem toten Körper auf der Oberfläche aus Edelstahl befand.

»Die Verletzung hat zum sofortigen Eintritt des Todes geführt«, fuhr Telmatch mit kühler Sachlichkeit fort.

»Allerdings deuten meine Untersuchungen sowie die Ergebnisse der Spurensicherung auf eine Besonderheit in diesem Bereich hin.«

Sie deutete auf eine in einen dunkelgrünen Umschlag gebundene Akte auf einem der Beistelltische.

Grant sah sie an.

»Ich habe die Akte als dringlich angefordert und da Sie ja ohnehin vorbeikommen mussten, war es ein Aufwasch.« Sie zuckte mit den Achseln. »All zu viel Brauchbares werden Sie, abgesehen von den Auffälligkeiten der Kopfverletzungen ohnehin nicht darin finden.«

Wie als wäre alles zu diesem Punkt gesagt, wandte Telmatch ihre Aufmerksamkeit wieder der Schale in ihrer Hand zu. Grant musterte die Ärztin mit einem leicht missbilligenden Gesichtsausdruck, was diese jedoch nicht zu bemerken schien.

»Fürs Protokoll«, sagte Telmatch in unbekümmerter Weise fortfahrend. »Wir betrachten nun den leicht deformierten Projektilbereich, der in der nordwestlichen Verbindungswand an laut Aktenvermerk Fundstelle 03 entdeckt wurde.«

Sie hielt die Schale hoch in der ein kleines, beinahe rundes und an der Außenhaut leicht raues Metallprojektil hin und her klackerte. Sie fixierte Grant mit den Augen.

»Ich stimme mit dem Bericht der Spurensicherung dahingehend überein, dass die Kugel keinem der handelsüblichen Kaliber oder Geschosstypen zuzuordnen ist, mit denen wir es normalerweise zu tun haben.«

Grant, gerade dabei die Leiche aus einem anderen Winkel zu betrachten, der die gezackte Öffnung an der Seite des Schädels ein wenig barmherziger verbarg, hielt in der Beobachtung inne und wandte Telmatch irritiert den Blick zu.

»Wie meinen Sie das?«, wollte er wissen.

»Der vorläufige Bericht beinhaltet noch keine detaillierte Analyse«, antwortete die Ärztin. »Aber ich bitte darum, mich zu informieren, wenn das endgültige Ergebnis feststeht. Es scheint, dass es sich bei der verwendeten Waffe um einen ziemlich exotischen Typ handelt.« Sie sah ihn einige Sekunden lang aus ihren beinahe schwarzen Augen an, ehe sie fortfuhr:

»Wie das Ergebnis in diesem Punkt auch ausfallen wird. Offenbar wurde zur Dämpfung des Abschussknalls eine Art Kissen oder dergleichen mit daunengefüttertem Inhalt verwendet.«

Grant hob die Augenbrauen.

»Weder am Kopf, besonders an der Eintrittsstelle der Kugel, noch an anderen Stellen des Körpers wie beispielsweise den Händen finden sich Schmauchspuren.« Telmatch stellte die Schale mit der klackernden Kugel wieder auf dem Edelstahltisch ab und begann, die Leiche weiter in gemächlichem Tempo zu umrunden. Ihre Bewegungen erinnerten Grant beinahe ein wenig an einen auf einer Rasenfläche herumschlendernden Parkbesucher.

»Wir haben vereinzelte Fasern von Stoffresten und winzige Splitter von Daunenkielen in der Wunde gefunden, die offenbar von dem Projektil mitgerissen wurden«, dozierte die Ärztin weiter.

»Vermutlich handelt es sich bei dem Material, das zur Geräuschdämpfung eingesetzt wurde, wie bereits gesagt, um eine Art gefütterten Stoff oder dergleichen.«

Sie zögerte einen kurzen Moment.

»Aber da der Stoff selbst, durch den der Mann offenbar erschossen wurde, laut Bericht der Spurensicherung nirgendwo aufgetaucht ist, drängen sich natürlich zwei Schlussfolgerungen auf.« Sie machte eine kurze Kunstpause, in der sie in gespielt nachdenklicher Miene den Zeigefinger an die Lippen legte.

»Erstens, der Mörder hat ihn mitgenommen und zweitens, er war klein genug, damit er beim Transport, ebenso wie die Waffe selbst nicht aufgefallen ist.«

»Was ist mit den übrigen Verletzungen?«, wollte Grant wissen und erinnerte sich an das Bild auf der Empore und an die durch die geöffnete Bauchdecke nach draußen geglitschten Organe. Ein leichtes Kribbeln kehrte bei dem Gedanken auf seine Haut zurück. Er warf einen Blick auf den blassen toten Körper. Einige kleinere Organe und Gewebeteile waren in kleinen Schalen, wie bei einer Art makaberem Buffet, am Fußende der Leiche aufgereiht worden.

Die tiefen Schnitte, die sich an mehreren Stellen durch den zersäbelten Körper zogen, sahen im hellen Licht der Lampe über dem Tisch beinahe so aus, als wären sie dem Körper nur oberflächlich und ohne irgendeinen Blutverlust zugefügt worden.

»Hmm«, machte die Ärztin und beugte sich in übertriebener Haltung weit über den Leichnam vor. Dann griff sie mit einer blitzschnellen Bewegung nach vorn und zog ein wenig einen der tiefen Einschnitt an der Seite des Bauchraums auseinander. Grant konnte feucht schimmernde Eingeweide und blasses gräuliches Fleisch ausmachen.

»Die Schnittverletzungen wurden dem Opfer in der zeitlichen Abfolge der Ereignisse eindeutig nach Eintritt des Todes zugefügt«, sagte Telmatch in einem merkwürdig abwesend klingenden Tonfall.

»Auch die Öffnung des Bauchraums fand zweifellos posthum statt, obwohl anzumerken ist, dass der Täter trotz des bereits eingetretenen Todes hierbei mit erheblicher Gewalt vorgegangen sein muss.«

Sie deutete auf einige der ausgefransten Wundränder und groben Einschnitte im Fleisch.

»Beinahe wie eine Art posthumer Raserei, wobei die Wunden offensichtlich mit einer Art Alltagsgegenstand beigebracht wurden.« Grant hob den Blick von der Leiche und sah die Ärztin fragend an, die nun, da sie sich vermehrt den Wunden im unteren Bereich des Körpers zuwandte, eine Schnittverletzung nach der anderen noch einmal nachträglich zu begutachten schien.

»Wir haben in den Wunden Faserspuren von Fremdgewebe gefunden. Zumeist tierisches Fremdgewebe, was darauf hindeutet, dass es sich bei der Waffe, die bei den nachträglich beigebrachten Verletzungen verwendet wurde, aufgrund der Klingenbreite um eine Art simples Allzweck- oder Küchenmesser handeln könnte. Davon abgesehen sind sämtliche Hauptorgane vorhanden. Lediglich an Leber und Nieren finden sich kleinere Schnittverletzungen und Einblutungen.«

Grant folgte der Ärztin mit den Blicken. Die kühle, sachliche Distanziertheit, mit der Telmatch bei jedem ihrer Zusammentreffen über die vor ihnen ausgebreiteten Ergebnisse sinnlosen Blutrausches und Mordens sprechen konnte, beeindruckte ihn jedes Mal aufs Neue. Er warf einen kurzen Blick auf seine Uhr und bemerkte, als er wieder aufsah, dass Telmatch verstummt war und ihn mit einem leicht belustigten Ausdruck im Gesicht zu mustern schien.

»Langweilen Sie meine Ausführungen so sehr, Lieutenant?«, fragte die Ärztin in gespielt beleidigtem Tonfall und schob die Unterlippe zu einer schmollenden Schnute nach vorne. Dann zwinkerte sie ihm zu.

»Nun, Sie haben Glück, wir sind fertig.«

7. Juni, 11:35 Uhr

Es war ihm wichtig, eine stetige Routine einzuhalten, die ihn so schnell es irgend möglich war, eintretende Erfolge erkennen lassen würde. Die Luft war herrlich kühl hier tief unter den Wipfeln der Laub- und Nadelbäume und hatte sich noch eine Ahnung von der nächtlichen Frische bewahrt.

Er bog um eine der engen Windungen des Pfades, der an dieser Stelle wie eine Art Serpentinenstraße steil den bewaldeten Abhang hinabführte. Sein Atem ging flach, schnell und er fühlte die Kälte des ihm den Rücken hinabrinnenden Schweißes, der das Shirt langsam aber sicher wie ein nasses Segeltuch an seinen Körper zu kleben begann.

Charles Philipp Crandler war zufrieden.

Mit Genugtuung stellte er schon seit einigen Minuten fest, dass er die Wegmarkierung unten im Tal vor dem Beginn der nächsten Steigung eindeutig früher als noch vor zwei Tagen erreichen würde.

Er brummte selbstzufrieden. Nun endlich zahlte sich das verdammte Training aus.

Er warf einen kurzen prüfenden Blick auf den Pulsmesser und stellte mit dem kurzen Anflug eines Triumphgefühls fest, dass sich seine Pulsfrequenz sogar ein wenig unter dem üblichen Fenster befand. Ja, das Training zahlte sich nun endlich aus.

Obwohl er sich, wenn man es im Nachhinein betrachtete, niemals auf diese idiotische Geschichte hätte einlassen sollen. Er atmete keuchend aus und nahm eine weitere Kurve des Pfades, der an dieser Stelle mit gefährlich aus dem Boden ragenden dicken Baumwurzeln gespickt war.

Ein Marathon. In seinem Alter. Er schüttelte den Kopf und sprang behände über die sich über den Pfad ziehenden Holzstümpfe hinweg.

Aber eine Wette war nun einmal eine Wette, vor allem, wenn es sich um so einen aufgeblasenen Wichtigtuer wie Karl Silvermann handelte. Er schnaubte verächtlich. Dieser eingebildete Mistkerl würde noch sein blaues Wunder erleben.

Natürlich, der gegnerische Einsatz war mehr als dürftig, aber allein die Möglichkeit das dumme Gesicht des alten Trottels zu sehen, war schon so viel Ansporn, wie er zur Aufnahme des Trainings gebraucht hatte. Er dachte nach, während er ein paar der tief hängenden Tannenwedel beiseite schob.

Und einen eindeutig positiven Nebeneffekt hatte die Sache zusätzlich ohnehin. Er musste unvermittelt lächeln.

Martha drängte ihn bereits seit Jahren dazu, ein paar Kilo abzuspecken. Und da sie glücklicherweise von der Wette mit Silvermann nichts mitbekommen hatte, war dies nun die perfekte Gelegenheit, das Trainings- und Abnehmprogramm nicht als eine idiotische Ausgeburt eines männlichen Hahnenkampfes, was es zweifelsohne war, sondern als einen Akt der Liebe und Zuneigung zu verkaufen. Sein Grinsen wurde eine Spur breiter.

Sie würde sich zweifellos mehr als erkenntlich zeigen und er konnte …

In diesem Moment stockte er.

Er war um eine weitere scharfe Biegung des Weges herumgelaufen, die durch dicht stehen Zypressen und ein paar niedrige Büsche nur schlecht einzusehen war. Nun sah er den weiteren leicht gekrümmten Verlauf des Pfades, der an dem Hangrücken, flankiert von einigen Holzbänken, die zum Verweilen einluden, entlangführte. Er beschleunigte seinen Schritt wieder ein wenig.

Dort, auf der zweiten Bank saß eine Gestalt.

Crandler fühlte den Pulsschlag in seinem Kopf und seinen stoßweise gehenden Atem. Er lief weiter.

Die Gestalt war ein wenig in sich zusammengesunken, ein wenig in sich zusammengeklappt. Fast konnte man meinen, sie sei eingeschlafen und nach vorne gesackt, aber als er näher kam, richtete die Gestalt plötzlich den Blick ruckweise in seine Richtung.

Crandler kniff die Augen zusammen.

Der Mann, der da vor ihm auf der krude hingezimmerten Bank saß, trug eine alt wirkende, schon ein wenig speckig gewordene Coppola-Mütze aus Tweedstoff auf dem Kopf, was ihm zusammen mit dem braunen

Spazierstock, der neben ihm an der Bank lehnte, ein beinahe antiquiert wirkendes Äußeres verlieh.

Er musterte die Gestalt von Kopf bis Fuß, die ihrerseits jeder seiner Bewegungen mit den Blicken folgte.

Crandler nickte der Gestalt unter der Coppola-Mütze knapp zu als er an ihr vorbei lief, wobei der Mann ihn mit einem eigenartig ausdruckslosen Blick anstarrte. Die großen Augen des Mannes traten leicht aus den Höhlen, was sein Gesicht irgendwie fischhaft erscheinen ließ mit Augen, die in lidloser Starre zu verharren schienen.

Crandler lief weiter. Er war sich sicher, dass die Gestalt ihn mit ihren unheimlichen Augen unter der Tweedkrempe der Mütze verfolgte und spürte fast physisch einen bohrenden, stechenden Blick im Rücken. Merkwürdig, allein der bloße Anblick der Gestalt hatte ein starkes Unbehaglichkeitsgefühl bei ihm ausgelöst.

Er wandte sich um und richtete den Blick nach hinten. Die Gestalt war nirgends zu sehen.

Alle Bänke lagen verlassen im schummrigen Zwielicht des Pfades. Stumme Wächter, die Zeugnis von seinem inzwischen stets wiederkehrenden Ritual gaben.

Er sah nach links und rechts. Aber auch abseits des Pfades konnte er keinerlei Bewegungen, keinerlei verdächtiges Geräusch ausmachen. Verwirrt blieb Crandler stehen. Wohin war der eigenartige Mann verschwunden?

Dann meldete sich mit einem Mal ein leises Piepsen an seinem Handgelenk. Die Pulsuhr. Er warf einen Blick auf das Display, das winzig das Licht der einfallenden Sonne spiegelte. Seine Herzfrequenz fiel zu weit aus dem optimalen Fenster nach unten ab. Noch einen Augenblick betrachtete er die leere Stelle auf der hölzernen Bank, auf der bis vor einigen Sekunden noch die merkwürdige Gestalt gesessen hatte. Dann wandte er sich um und setzte seinen Weg den Hang hinunter fort. Bald tauchten wie Tretminen die nächsten dicken Wurzeln auf dem Boden vor ihm auf und er sprang leichtfüßig darüber hinweg.

7. Juni, 14:32 Uhr

»Es ist eine Deringer Kaliber .44«, sagte der Mann hinter dem kleinen behelfsmäßigen Aluminiumschreibtisch, der in dem ansonsten großen, mit bläulichem Licht beleuchteten Raum irgendwie deplatziert wirkte.

Grant ließ seinen Blick noch einmal über einige der fremdartig anmutenden Skizzen schweifen, die an den Wänden des Raumes aufgehängt waren, ehe er seine Aufmerksamkeit wieder dem großen Mann gegenüber zuwandte.

»Entschuldigung, was sagten Sie?«

»Eine Deringer Kaliber .44«, wiederholte der Mann in gleichmütigem Tonfall. »Vermutlich. Mit absoluter Sicherheit lässt sich das nicht sagen, aber die bewegt sich in einem vertretbaren Rahmen.«

Der Mann lehnte sich in seinem Stuhl zurück und sah Grant über die Ränder einer beeindruckenden Hornbrille hinweg mit abwartendem Blick an.

Grant nahm am äußersten Ende der Tischplatte das direkt an der Kante platzierte Namensschild des Leiters der Forensik wahr. Art James Conway, ein Name, der auf unterschwellige Weise einen Hauch von Erhabenheit und gutem Benehmen verströmte und zu dem Gesicht des ein wenig in die Jahre gekommenen Mannes mit seinen eisgrauen Haaren und der aristokratisch hohen Stirn beinahe perfekt zu passen schien.

Grant räusperte sich.

»Vielleicht könnten Sie mir ein wenig mehr über diese Waffe erzählen. Ehrlich gesagt muss ich eingestehen, dass mir die Bezeichnung nicht allzu viel sagt.«

Conway hielt seinen Blick aus den tiefblauen Augen weiterhin unverwandt auf ihn gerichtet. Dann lächelte er.

»Natürlich«, sagte er mit der einschmeichelnden gönnerhaften Stimme eines Experten, der einen Unwissenden großmütigerweise in die Geheimnisse der eigenen Arbeit einzuweihen gedachte.

»Es wäre ungewöhnlich, wenn Ihnen mehr als der Name oder eine Fotografie schon einmal begegnet wären. Obwohl ich sagen muss, dass etliche Leute die Waffe eigentlich kennen, ohne jedoch Genaueres über ihre Bezeichnung oder ihre Geschichte zu wissen.«

Grant hob die Augenbrauen.

Langsam lehnte er sich in dem weichen Polster des Besucherstuhls zurück. Wohlwissend, dass er in den nächsten Minuten ohnehin nicht viel zu dem Gespräch würde beisteuern können.

Er legte die Fingerspitzen aneinander und sah, wie Conway einen graubraunen Aktenumschlag von einem der Regale hinter sich zog und mit umständlichen Bewegungen eine leise flatternde Fotografie daraus hervorzog.

»Sehen Sie, was ich meine?«, fragte er und reichte Grant das Foto über den Tisch. Grant griff nach dem Papier, das sich eine Spur dicker und stabiler als das normale Papier gewöhnlicher Abzüge anfühlte.

Auf dem Blatt war das Bild einer Waffe abgebildet, die Grant mehr an eine Banane mit einem eingebauten Abzug als an eine wirkliche Pistole denken ließ.

»Die Deringer, ist eine ursprünglich amerikanische Taschenpistole«, begann Conway und nestelte dabei ein wenig mit den Fingern der rechten Hand an der Knopfleiste seines Hemdes herum.

»Der Name ist ein Bezug auf den US-amerikanischen Waffenhersteller Henry Deringer.«

Grant musterte das Bild der Waffe, das in der schummrigen bläulichen Beleuchtung des Büros ein wenig von seinem ursprünglichen Kontrast eingebüßt hatte. Auf irgendeine Weise kam ihm die Pistole auf dem Foto seltsam vertraut und bekannt vor.

»Ich sage ja, viele Leute kennen diese Waffe, ohne dass sie es eigentlich wissen«, fuhr Conway fort, wie als hätte er seine Gedanken gelesen. Grant sah von der bananenförmig gebogenen Pistole auf.

»Meist aus Wildwestfilmen, wo sie oft zur festen Ausstattung von Berufsspielern gehört oder mitunter auch von Frauen benutzt wird, die sie ob ihrer geringen Größe in der Handtasche mit sich herumtragen.«

Conway lächelt.

»Interessant, nicht wahr?«

Grant nickte.

Er musste sich eingestehen, dass es bei ihm selbst nicht anders gewesen war. Einige Bilder aus Western, die er einmal gesehen hatte, schossen ihm in schneller Folge durch den Kopf.

»Deringer produzierte seine Entwicklung mit unterschiedlichen Lauflängen und Kalibern«, fuhr Conway in dozierendem Tonfall fort.

»Er konnte sie jedoch nicht patentieren lassen, sodass sich schnell Nachahmer fanden.«

Für einen Augenblick entstand eine kurze Pause, in der Grant noch einmal den kunstvoll gearbeiteten Griff der Waffe und die reichen Verzierungen des silbernen Metalllaufs bewunderte. Es wirkte, als sei die Waffe in liebevoller Handarbeit wie ein Einzelstück über Monate gefertigt worden. Er fragte sich, wie lange allein die feingliederigen Schnitzereien des Griffs in Anspruch genommen haben mussten.

»Charakteristisch ist der sogenannte Vogelkopfgriff«, riss ihn die leise, schnarrende Stimme Conways aus seinen Gedanken.

»Man konnte die Waffe bei einem Schuss lediglich mit Mittel- und Ringfinger halten.«

Während der Leiter der Forensik diese Worte sprach, versuchte er seine Ausführungen dadurch zu unterstützen, dass er die beschriebenen Vorgänge mit Bewegungen und Gestiken der eigenen Finger nachvollzog, was jedoch teilweise eher misslang und wie sich Grant eingestehen musste, in einigen grotesken, slapstickhaften Verrenkungen gipfelte.

»Wegen der Kombination an physikalischen Gegebenheiten, relativ großes Kaliber und geringes Gewicht, hatten bzw. haben solche Waffen einen starken Rückschlag.«

Er machte eine kurze Pause und schürzte die Lippen.

»Wegen der schlechten Treffgenauigkeit ist eine Deringer ohnehin nur für Schüsse auf kurze Distanzen zu empfehlen. Nichtsdestotrotz werden noch heute Exemplare dieser Waffen gefertigt.« Der Leiter der Forensik vollführte eine Bewegung mit der Hand, deren Bedeutung Grant jedoch nicht recht einzuordnen vermochte.

Er verstummte erneut. Schien seinen Ausführungen dieses Mal jedoch nichts hinzufügen zu wollen. Stille senkte sich über den Raum, die nur vom leisen Summen der Klimaanlage an der Decke unterbrochen wurde. Dann jedoch schien Conway noch etwas einzufallen.

»Anhand der verwendeten Kugel lässt sich in Ihrem Fall jedoch sagen, dass die verwendete Waffe keine dieser aktuellen Neuproduktionen ist.« Er machte ein nachdenkliches Gesicht.

»Ich würde sogar so weit gehen und behaupten, dass es sich um ein Original aus der Zeit um 1850 oder 1860 herum handelt. Ihr Täter hat offenbar eine nostalgische Ader.« Ein leichtes Lächeln umspielte Conways Lippen.

»Jedenfalls gibt es unzählige Waffen, die für solch einen Zweck besser geeignet und praktikabler wären. Nur um einmal aus einer veränderten Perspektive zu sprechen.«

Grant nickte.

»Ich verstehe.«

Noch für einige Sekunden betrachtete er das Bild der Pistole in seiner Hand. Dann reichte er es Conway über den Schreibtisch zurück.

7. Juni, 18:26 Uhr

Der Tag ging bereits langsam zur Neige als Grant und McNitt mit dem Taurus in die Harrington Street abbogen und der beinahe geraden Straße im Licht des schwächer werdenden Tages immer weiter in Richtung des Potomac River folgten.

Die Häuser, die sich rechts und links von ihnen hinter meist beeindruckenden Hecken und Büschen erhoben, waren die Art von herrschaftlicher Residenz, auf der man sich aufs Vortrefflichste vor der Realität der übrigen Welt zurückziehen konnte.

Grant sah breite Einfahrten, hohe schmiedeeiserne Tore und einige womöglich absichtlich deutlich sichtbare Gehäuse von Überwachungskameras, die, so sollte wohl die Botschaft lauten, jeden Zentimeter der weitläufigen Gärten und Hausanlagen aufs Genaueste im Blick hatten.

Nicht mal ein kleiner Vogel, so die Nachricht, könne hier seine Exkremente fallen lassen, ohne dass es eine der wachen Linsen registrieren und aufzeichnen würde.

Grant schnaubte und schüttelte den Kopf.

Hier blieb man offenbar gerne unter sich.

Er wandte seine Aufmerksamkeit wieder dem Wageninneren zu als McNitt auf dem Fahrersitz durch die Frontscheibe nach draußen deutete.

»Dort, ich glaube das müsste es sein.«

Grant verlagerte ein wenig sein Gewicht auf dem weichen Leder und folgte mit den Blicken McNitts ausgestrecktem fleischigen Finger, der jedoch nur auf weitere Ansammlungen von grünen Büschen und Hecken zu deuten schien.

Für einen kurzen Moment warf er einen Blick auf den kleinen Zettel in seiner Hand. Harrington Street 51 war offenbar in den letzten 16 Jahren von niemand anderem als dem toten Hausherrn selbst bewohnt worden.

Dennoch beschlich Grant ein merkwürdiges Gefühl, als McNitt nun den Taurus hinter einem großen, aschgrauen Geländewagen zum Stehen brachte und sie in die abendlich flirrende Luft hinausstiegen.

Das Haus, das sich auf der linken Seite hinter einigen hohen Schilfgrasbüscheln und Holundersträuchen erhob, erinnerte ihn mit seiner dunklen, zweistöckigen Fassade und den hohen Fenstern beinahe ein wenig an ein altes Kolonialhaus irgendwo in Süd- oder Zentralafrika.

Er blieb stehen und ließ seinen Blick die Front des Gemäuers erwandern, während McNitt schon mit strammem Schritt die paar Treppenstufen vor dem Eingang empor marschierte und sich, ehe er klopfte, das Coppel noch einmal geraderückte.

»Klong.«

Der altmodische, schwere Messingtürklopfer produzierte ein derart tiefes Dröhnen, dass man meinen konnte, die gesamten Grundfesten des Hauses würden von dem Klang erschüttert. »Klong.«

McNitt klopfte ein zweites Mal, was jedoch wieder nur von dem Nachhall des Pochens in den Ecken und Fluchten des Hauses beantwortete wurde.

Schließlich zuckte er mit den Achseln und wandte sich um.

»Wohl niemand zu Hause«, sagte er mit beiläufiger Stimme, ehe er mehr routiniert als engagiert ein drittes Mal nach dem Türklopfer zu greifen versuchte.

»Si, si«, war mit einem Mal eine ein wenig genervt klingende hohe Frauenstimme aus dem Inneren des Hauses zu hören, was von dem dumpfen Schlagen einer Tür und dem anschließenden, schnellen Getrappel von Schritten auf Holzdielen gefolgt wurde.

Im nächsten Moment wurde die Tür geöffnet.

Grant trat zu McNitt auf die oberste Türschwelle in dem Moment, als einer der schweren hölzernen Flügel zurückschwang und eine spanisch aussehende Frau mit wie es schien in alle Richtungen abstehenden Haaren den Kopf durch den entstandenen Spalt steckte.

»Si?«, wiederholte sie fragend, während ihre Augen unablässig zwischen Grant und McNitt hin und her flitzten.

»Senor Ruthledge nicht zu Hause.«

»Das wissen wir«, antwortete Grant und sah aus den Augenwinkeln, wie McNitt seinen Dienstausweis zückte und ihn der Frau mit pflichtbewusstem Gesichtsausdruck unter die Nase hielt.

»Polizei«, schnarrte er in kaum liebenswürdigem Tonfall. Die Spanierin, offenbar eine Hausangestellte, bekam große Augen.

»Si?«, wiederholte sie noch einmal fragend. »Es geben Probleme?«

»Ich fürchte ja«, antwortete Grant und zeigte der Frau nun ebenfalls seinen Dienstausweis.

»Wir müssten Sie bitten, uns für einen Augenblick hereinzulassen.« Die Spanierin blieb jedoch, wo sie war.

»Nein, ich niemanden ins Haus lassen«, entgegnete sie brüsk und schloss die Tür wieder für ein paar Zentimeter. »Senor Ruthledge gesagt … .«

»Senor Ruthledge ist tot«, fiel ihr McNitt ins Wort und trat einen Schritt vor.

Grant wurde klar, dass die Frau bis zu diesem Zeitpunkt wohl noch keinen Blick in eine der etlichen Zeitungen geworfen hatte, die sich auf einem kleinen, offenbar eigens zu diesem Zweck dort aufgestellten Verandatischchen neben der Haustür stapelten.

Der Mord im National war zwar keinem der Blätter die Aufmacher-Story wert gewesen, aber auf die Titelseiten der meisten Ausgaben hatte er es immerhin geschafft. Aus den Augenwinkeln las er die Meldung des zuoberst liegenden Blattes: »Der letzte Vorhang fällt im National.«

Er rümpfte die Nase.

Möglicherweise eine ein wenig verharmlosende Darstellung für einen wie einen Fisch ausgeweideten Menschen. Aber wer war er schon, um jemanden zu kritisieren, der den Tatort nicht einmal mit eigenen Augen gesehen hatte. Mit einem kurzen Blinzeln wandte er sich wieder zur Tür um.

Die Spanierin machte ein überraschtes Gesicht. »Senor Ruthledge está muerto?«, fragte sie ungläubig und öffnete die Tür wieder ein wenig.

»Sie sagen es«, antwortete Grant und erklärte der Frau so knapp und behutsam wie möglich die Situation. Zu seiner Überraschung reagierte die Spanierin auf den Tod ihres Arbeitgebers jedoch recht unbeeindruckt, was letztendlich lediglich in einer hochgezogenen Augenbraue und einem halbherzig gemurmelten »Dios mio« gipfelte.

Dann öffnete sie die Tür, um sie eintreten zu lassen.

»Kommen Sie herein«, sagte sie mit einer einladenden Armbewegung. Nur um dann kurz darauf fort zu fahren: »Ich noch Arbeit zu erledigen. Wenn also mich nicht brauchen, dann … « Sie deutete mit dem Kopf und einem kurzen Nicken in Richtung eines Durchgangs, hinter dem Grant eine Art Wohnzimmer mit Kamin am anderen Ende ausmachen konnte.

»Gibt es noch weitere Hausbewohner?«, wollte McNitt noch immer mit unfreundlicher Stimme wissen.

Die Spanierin musterte ihn einige Sekunden lang mit abschätzigem Blick, ehe sie mit kühler Stimme entgegnete.

»Senor Ruthledge nur wenige Freunde.«

»Das habe ich Sie nicht gefragt.«

Grant beobachtete das Geplänkel der beiden aus den Augenwinkeln, während seine Blicke bereits das weitläufige Erdgeschoss und die breite Marmortreppe in den ersten Stock zu erwandern begannen. Das Hausinnere schien gigantische Ausmaße zu haben.

Mehrere Türen zweigten bereits in dem Empfangsraum, in dem sie sich befanden, in etliche weitere Zimmer ab. Das Gemäuer hatte zweifellos ein kleines Vermögen gekostet.

Auch hier im Innern setzte sich der Eindruck alter kolonialer Zeiten und der Geruch nach Geschichte und Wohlstand fort.

Zum größten Teil dunkle, mit fast schwarzem Holz vertäfelte Wände und Möbel, die das durch die großen Fenster hereinfallende, staubgeschwängerte Licht beinahe wie ein Schwamm aufzusaugen und zu verschlucken schienen.

Dazu etliche afrikanische und polynesisch anmutenden Schnitzereien, Bilder, Masken und Teppiche, die große Teile der Wände und Regalflächen einnahmen, sodass Grant sich beinahe wie in einem antiken Kuriositätenkabinett eines exzentrischen Kulturforschers vorkam. Er pfiff leise durch die Zähne.

»Wie lange arbeiten Sie schon hier?«, wollte er von der Spanierin wissen, die sich noch immer mit McNitt ein feindseliges Scharmützel lieferte. Die Haushälterin schien dankbar für den zugeworfenen Rettungsanker und haschte mit eifriger Stimme danach.

»Letzte Jahr ich hier angefangen«, sagte sie.

»Großes Haus, viel Arbeit.« Sie überlegte. »Aber schlechte Bezahlung, ich sowieso bald hätte kündigen.«

Sie verstummte für einen kurzen Augenblick und schien im Geiste nach den richtigen Worten zu suchen. Dann fuhr sie fort:

»Aber Senor Ruthledge nie lange hier.« Sie räusperte sich. »Nur wenige Tage in Woche. Er sicher Freundin oder zweite Wohnung anderswo.« Sie verdrehte die Augen.

»Mehr Geld als können ausgeben«, sagte sie mit abschätziger Stimme und rieb Daumen und Zeigefinger aneinander, »und zuviel Zeit.« Sie zwinkerte ihnen verschwörerisch zu.

Grand machte sich gedanklich ein paar Notizen während er mit den Augen der Silhouette einer mannshohen, geschnitzten Figur im maurischen Stil neben einem der Durchgänge folgte.

»Danke«, sagte er. »Mrs … ?«

»Espinosa«, ergänzte die Spanierin mit einem kurzen Lächeln.

»Danke, Mrs. Espinosa. Ich denke, das wäre fürs Erste alles. Lassen Sie sich durch uns nicht weiter stören.« Er nickte der Haushälterin freundlich zu, die sich mit einem dankbaren Ausdruck im Gesicht abwandte.

»Nein Moment, ich habe noch weitere … «, wollte McNitt mit schriller Stimme protestieren aber Grant legte ihm in einer beschwichtigenden Geste die Hand auf die Schulter.

»Schauen wir uns zuerst einmal um«, sagte er mit neutralem Ton und deutete mit dem Kopf in die entgegengesetzte Richtung, in die die Spanierin verschwunden war.

McNitt sah ihn einen Moment lang unwillig an, folgte ihm dann aber doch durch einen schmalen Durchgang in einen Raum, der zweifellos als eine Art Bibliothek oder Studierzimmer gedient hatte. Hohe, mit unzähligen Büchern gespickte Regale rankten sich an allen vier Wänden bis knapp unter die hohe mit Stuckmotiven verzierte Decke, was zusammen mit den dunkel bezogenen Ledersesseln eine Atmosphäre bildete, die problemlos die Kulisse für einen Kostümfilm aus längst vergangenen Zeiten hätte bilden können. McNitt schnaubte bei dem Anblick.

»Der Typ scheint wirklich Geld wie Heu gehabt zu haben«, sagte er während er eine Augenbraue nach oben zog.

»Vermutlich finden wir im Badezimmer Toiletten mit goldenen Klobrillen oder irgendeinen anderen übertriebenen Mist.« Er schüttelte resignierend den Kopf. »Einfach lächerlich.«

Grant ging nicht auf die Bemerkung ein. Mit konzentriertem Blick schritt er an den Buchreihen entlang und las einige der Titel auf den zum Teil schon deutlich verblassten Bücherrücken.

Eine bunte, wie es schien wahllos zusammengewürfelte Sammlung, die von frühen Werken berühmter Dichter bis hin zu alten Atlanten und Abhandlungen über die verschiedensten wissenschaftlichen Themen reichte. Er schürzte die Lippen.

»Einen interessanten Charakter haben wir hier auf jeden Fall«, murmelte er und ließ die Finger über mehrere alte in bereits zerfaserndes Leder gebundene Bücherrücken gleiten.

»Wo sind Sie? Versuche seit über einer Stunde Sie zu erreichen. Wir müssen uns unterhalten.« Das war die letzte Nachricht auf dem Mobiltelefon des Toten gewesen. Grant kratzte sich am Kinn.

Gesendet von einem gewissen Dent Samuels, der, wenn man den Recherchen von Masters glauben konnte, einer der größten Bauunternehmer der Stadt und dazu noch ein politisches Schwergewicht war. Sie gingen weiter.

Allerdings hatten sie bislang weder Licht in das Dunkel bringen können, was der Mann mit dem Toten in der Vergangenheit zu tun gehabt haben könnten, noch wo dieser sich gegenwärtig aufhielt.

»Es tut mir leid, aber ich kann ihn weder zu Hause noch auf dem Mobiltelefon erreichen«, hatte seine Sekretärin vor nicht einmal 24 Stunden mit geübt unverbindlicher Stimme ins Telefon geflötet, nur um dann mit honigsüßer Zuckerstimme hinzuzufügen:

»Und auf die Daten in seinem Privatkalender habe ich leider keinen Zugriff. Ich werde Ihr Anliegen jedoch so schnell wie möglich übermitteln.« Dann hatte sie aufgelegt.

»Ihr Anliegen übermitteln«, wiederholte Grant im Geiste.

»Ihr Anliegen.« Er fragte sich, ob die nach dem Klang ihrer Stimme zu urteilen junge Frau nach einem kurzen Blick auf die Tatort- und Obduktionsfotografien noch immer den gleichen neutral-geschäftsmäßigen Tonfall an den Tag legen würde.

Gedankenverloren zog er eines der alten Bücher aus dem Regal und stellte es, nachdem er für einige Sekunden die altmodisch verschnörkelte Schrift auf dem Einband bewundert hatte, wieder an seinen Platz zurück. Zumindest ein unterhaltsames Experiment wäre die Sache mit Sicherheit.

Sie durchsuchten in der folgenden Viertelstunde gut ein halbes Dutzend Zimmer im Erdgeschoss, ohne jedoch auf nennenswerte Ergebnisse zu stoßen.

Einmal abgesehen von einigen Fotografien, die zumeist in kleinen Holzrahmen auf Tischen oder an Wänden platziert waren und die Momente aus dem Leben des Toten auf Zelluloid festgehalten hatten, schien das Gemäuer ein Hort der Unpersönlichkeit und Sterilität zu sein. Etliche Schubladen und Schränke in noch zahlreicheren Zimmern waren leer oder lediglich mit einigen, so wie Grant es vorkam, alibimäßig drapierten Gegenständen versehen worden.

Beinahe so, als habe jemand eher ein gemütliches Heim mithilfe von Bildern aus Einrichtungskatalogen nachstellen und vortäuschen wollen anstatt wirklich Möbel und Dekorationen für den Eigenbedarf zu beschaffen.

Mehr und mehr kam Grant zu dem Schluss, dass die Haushälterin mit ihren Vermutungen höchstwahrscheinlich Recht hatte und Ruthledge irgendwo über ein weiteres Anwesen oder zumindest über eine zusätzliche Wohnung verfügen musste, in der er die Dinge aufbewahrte, die in dem reißbretthaften Hausinnern ganz offensichtlich fehlten. Für einen Moment lauschte er in die Stille des Hauses hinein.

Dann kniff er die Augen zusammen.

Nur, dass offiziell keine weitere Adresse auf den Besitzer oder Mieter Nate Ruthledge gemeldet war. Er murmelte ein paar Worte vor sich hin, ehe er McNitt, der gerade eine afrikanische Holzfigur mit einem gewaltig dargestellten Phallus begutachtete, an der Schulter berührte und nach oben an die Decke des Raumes deutete. McNitt nickte.

Über die große Marmortreppe in der Empfangshalle gelangten sie in den ersten Stock, wo sich jedoch das Nichts und die Unpersönlichkeit des Erdgeschosses fortsetzten.

Beispielhaft eingerichtete Räume, wobei es sich nunmehr zum Großteil um Schlaf- und Badezimmer anstatt um Wohn- und Speiseräume wie noch im Erdgeschoss handelte, kaum gefüllte Schränke und Kommoden und eine Atmosphäre, die bereits den Tod des Hausherren vorausgeahnt zu haben schien. Grant runzelte die Stirn.

War dieser Eindruck schon zuvor leicht bedrückend gewesen, so war das Anwesen nun endgültig bereits zum Haus eines Toten geworden. Er sah zu

McNitt hinüber, der seine massige Gestalt gerade durch eine schmale Tür in Richtung einer der zahlreichen Gästetoiletten zwängte.

Lediglich in einem der Schlafzimmer waren sie bislang auf einige wenige Aktenordner mit zumindest etwas brauchbaren Informationen gestoßen. Vornehmlich eine wirre Ansammlung irgendwelcher Bank- und Steuerunterlagen, die jedoch bei genauerem Hinsehen auch recht wenig spektakuläre Neuigkeiten liefern konnten.

Grant seufzte, ehe er die Tür zum nächsten Zimmer öffnete und hindurchtrat. Dann blieb er stehen.

Wenigstens hier bot sich dem Auge ein wenig Abwechslung. Sie waren in einem Raum angekommen, der bis auf einige Lichtschlitze in den großen Fenstern fast gänzlich abgedunkelt war. Nur ein paar Deckenlampen verströmten schwaches Licht, was aber durch die Lichter zahlreicher Terrarien und Gewächskästen, die beinahe im ganzen Raum verteilt waren, unterstützt wurde.

Grant registrierte eine Bewegung neben sich und sah die massige Gestalt von McNitt im Türbogen auftauchen.

»Ach herrje«, sagte er und begann glucksend zu lachen, was seinen von dem gespannten Hemd notdürftig zurückgehaltenen Bauch in leichte Vibrationen versetzte. Beinahe wie das Fell einer gespannten Trommel, das nach einem heftigen Schlag noch einige Zeit lang zitternd nachschwang.

»Das ist wenigstens mal etwas anderes.« Er pfiff leise durch die Zähne. »Scheint, dass wir es hier mit einem verkappten Hobbygärtner oder so etwas zu tun haben.« Dann zögerte er.

»Auch wenn ich keine der Dinger kenne.«

Grant musterte ihn aus den Augenwinkeln, ehe er nach vorn trat und einige der Gewächskästen näher in Augenschein nahm.

McNitt hatte recht. Die fleischigen dicken Blätter, die unter dem kalten Neonlicht vor sich hin wuchsen, hatten kaum Ähnlichkeit mit Pflanzen, die er kannte. Der wässrige Untergrund, auf dem sie wuchsen, ließ ihn an irgendwelche Sumpflilien oder andere Teichgewächse denken, nur dass diese hier über eigenartig dicke, faserige Stängel verfügten, die für die Blätter, die an ihnen hingen, mehrere Nummern zu groß wirkten. Er sah nach links.

Neben weiteren, auf kleinen dunklen Tischchen aufgestellten Gewächskästen konnte er weiter hinten im Raum ein Terrarium ausmachen, auf dessen mit brauner Torferde bedecktem Boden eine riesenhaft anmutende, haarige Spinne hockte.

Er verzog das Gesicht, ehe ihn seine Gedanken in der Zeit zurückversetzten. Seine Schwester hatte ebenfalls ein derart unsägliches Tier besessen, mit dem sie sich zu allem Überfluss auch noch ihr Schlafzimmer geteilt hatte. Ein leichter Schauder lief ihm über den Rücken.

Wie aufs Stichwort bewegte sich das Tier ein paar Zentimeter und huschte rasch über einige Blätter dahin.

Er trat an eines der Fenster und zog die schweren Vorhänge beiseite. Sofort flutete das orangerote Licht des nahenden Sonnenuntergangs ins Zimmer und blendete ihn. Er zwinkerte gegen das gleißende Licht an. Dann spähte er durch das dicke Glas nach draußen.

Die Nachbarhäuser lagen im rötlichen Schein des Abends friedlich da. Ein Bild der Harmonie, das von einer kleinen Pappelallee, die hinter einem tief hängenden Holunderbusch am Ende der Straße begann, noch zusätzlich unterstützt wurde.

Grant musterte die Villen, die zumeist in weißer Farbe oder irgendwelchen Erdtönen gehalten waren. Dazu weitläufige Gärten, von denen die größten wohl mehr als das Doppelte seines eigenen Grundstücks einnahmen. Etliche Pools und großzügig gestaltete Terrassen, die meist nahtlos ineinander übergingen.

Er wandte sich ab.

Aus den Augenwinkeln sah er noch, wie auf dem gegenüberliegenden Grundstück eine gläserne Verandatür geöffnete wurde und ein kleiner weißer Hund wie ein Pfeil aus dem Hausinneren in den Garten hinausschoss. Dann zog er den Vorhang wieder zu.

»Keine Ahnung, hier scheint es nichts zu geben«, sagte McNitt von der anderen Seite des Raumes mit einem Achselzucken ehe er sich zur Tür umwandte.

Grant zögerte.

Noch einmal ließ er seine Blicke durch den Raum schweifen, wobei er ein wenig länger an dem Terrarium mit der riesenhaften Spinne verharrte.

Dann folgte er McNitt aus dem Zimmer. Das Tier war ohnehin nicht mehr zu sehen.

Sie durchsuchten noch einige Räume, stiegen dann aber schließlich wieder ins Erdgeschoss hinab. Einen Keller schien es in dem Gemäuer nicht zu geben. Obwohl Grant damit gerechnet hatte, dass ein derart weitläufiges Gebäude ausgeschachtet worden war.

Nachdem auch die spanische Haushälterin nichts weiter zu den Ermittlungen beitragen konnte, verließen sie schließlich das Haus. Die Tür fiel schwer und mit einem dröhnenden Laut hinter ihnen ins Schloss.

8. Juni, 6:23 Uhr

»Also, was haben wir?«, wollte Reisner wissen und lehnte sich in dem breiten Ledersessel nach hinten, was ein laut knarzendes Geräusch des Gestells zur Folge hatte.

In jovialer Art schlug der Commissioner ein Bein über das andere und spielte in lässiger Haltung mit einem Kugelschreiber in der rechten Hand herum.

Grant, der sich wie jedes Mal wie auf einem Verhörstuhl vorkam, beobachtete Reisner einige Sekunden lang über die breite Tischplatte des Bauhaus-Schreibtisches, ehe er sich vernehmlich räusperte.

»Nicht allzu viel befürchte ich«, sagte er.

»Fangen wir mit dem Opfer an.«

Grant nickte.

»In Ordnung.« In knappen Worten gab er Reisner wieder, was sie inzwischen über Ruthledge herausgefunden hatten. Der Commissioner hörte mit aufmerksamer Miene zu und stellte an der einen oder anderen Stelle kurze, gewehrsalvenartige Zwischenfragen. Grant kannte diese Eigenart, die unter den Kollegen schlicht als Kreuzverhör bekannt war, bereits zur Genüge.

Jedes Mal, wenn er eine Frage nicht zur vollen Zufriedenheit Reisners beantworten konnte, zog der in schulmeisterlicher Manier die Brauen überrascht nach oben. Als wäre man ein Schüler, der in einer Prüfung auf eine Frage keine passende und zufrieden stellende Antwort parat hatte.

Und weil inzwischen so ziemlich jeder über diese Eigenart Reisners Bescheid wusste, verursachte sie nur noch bei den wenigsten Kollegen wahres Unbehagen.

»… wäre soweit alles«, schloss Grant den Teil zu dem Toten ab.

»Was ist mit der Tochter? Haben Sie sie über den Tod ihres Vaters benachrichtigt?«

»Nein«, antwortete Grant.

»Wieso nicht?« Grant grinste innerlich und schlug nun ebenfalls in betonter Lässigkeit die Beine übereinander. Es war eine Art Spiel, das er sich mit der Zeit als eine Art kleine Replique auf Reisners Fragetaktik hatte einfallen lassen. Wenn der Mistkerl ihm das Leben unbedingt schwermachen wollte, so ließ er sich eben umgekehrt bei Nachfragen jede Information einzeln aus der Nase ziehen.

Zwar ließ sich der Commissioner zumeist nichts anmerken, aber Grant konnte an den zuckenden Mund- und Augenwinkeln seines Gegenüber ablesen, dass Reisner diese ein Korn nach dem anderen Methode selbst wahnsinnig machte.

»Sie ist momentan nicht in Montreal und auch über die Handynummer, die wir aus dem Handy ihres Vaters haben, nicht zu erreichen. Laut ihrer Mitbewohnerin verbringt sie das Wochenende bei Bekannten in Machiasport in Maine. Wir versuchen es weiter. Die Mitbewohnerin konnte uns die Namen der Leute nicht nennen.«

»Na schön«, murmelte Reisner während sein Unterkiefer malte.

»Und die Tatwaffe?«

»Eine Deringer .44«

»Eine was?«

Grant konnte sich ein kurzes Grinsen nicht verkneifen.

»Eine Deringer, Kaliber .44«, wiederholte er langsam, als erklärte er den Sachverhalt einem begriffsstutzigen Kind.

»Habe ich noch nie gehört«, antwortete Reisner mit zuckendem Mundwinkel.

»Was soll das sein?«

»Anscheinend eine Art Taschenpistole, die im Wilden Westen recht berühmt war. Hauptsächlich gebraucht von Berufsspielern und Frauen.«

»Hmm, interessant«, sagte Reisner und legte Daumen und Zeigefinger an das glatt rasierte Kinn. »Und weiter?«

»Vielleicht hat der Mörder ja einen Hang zur Nostalgie«, scherzte Grant, ehe er fortfuhr. »Aber weiter bringt uns das Ding nicht wirklich. Es gibt hunderttausende Sammler von historischen Waffen, allein in diesem Bundesstaat. Oder vielleicht ist die Waffe auch durch Generationen hindurch vererbt worden. Jedenfalls allesamt Spuren, die ins Nichts führen.«

Er rutschte ein wenig auf seinem Stuhl herum.

»Die Überwachungsbänder im National?«, blieb Reisner weiterhin hartnäckig.

Grant sah den Commissioner hinter seinem gewaltigen Schreibtisch für einige Sekunden lang wortlos an. Außerhalb der Fensterfront im Rücken von Reisner begann langsam aber sicher der neue Tag herauf zu ziehen. Die Sonne war bereits aufgegangen und tauchte den Park hinter dem Gebäude und die übrige Stadt in metallisches Licht.

»Leider eine Sackgasse«, sagte er.

»Wieso?«

Grant berichtete in knappen Worten, ließ aber gerade so viele Informationen einfließen, dass Reisner ihm nicht mangelnde Kooperation vorwerfen konnte. Er hatte diesen Mistkerl noch nie gemocht.

»Und dieser Bowe Tholkis, der mit in der Loge gesessen hat? Was ist mit dem?«, fragte Reisner als Grant die Erklärung beendet hatte.

»Möglicherweise eine Spur aber offenbar ein erfundener Name. Wir suchen weiter aber zumindest in diesem Staat existiert niemand mit diesem Namen. Ich tippe auf eine Erfindung allein um die Kartenreservierung zu bestätigen. Derlei Dinge werden nicht nachgeprüft.«

»Hmm«, machte Reisner erneut und lehnte sich noch ein Stück weiter in dem dicken Polster seines Sessels zurück. Sein Schädel und die ein wenig hervortretenden Augen badeten auf diese Weise im Licht der frühen Morgensonne.

»Wir bleiben an der Sache dran«, sagte Grant. »Es gibt noch ein paar Dinge zu überprüfen. Vielleicht wissen wir schon bald mehr.«

Es war wohl eine der am häufigsten gebrauchten Floskeln innerhalb der gesamten Strafverfolgungsbehörden auf diesem Planeten. Nichtssagend und weitestgehend bedeutungslos. Aber schließlich gab es auch wenig anderes, was sich in ihrer momentanen Situation vorbringen ließ. Grant wusste es. Er sah für einen kurzen Moment zu Reisner hinüber. Und der Commissioner wusste es auch.

Nach einigen weiteren kurzen Nachfragen von Reisner und einem finalen, gewohnheitsmäßig gemurmelten »Viel Glück bei den weiteren Ermittlungen«, war endlich der Zeitpunkt gekommen, an dem Grant die Anklagebank des großen Büros verlassen konnte.

Vor der Tür angekommen fischte er sein Handy aus einer der Jackentaschen und warf einen Blick auf das Display des Gerätes. Während seines Gesprächs mit Reisner war eine Anrufbenachrichtigung eingegangen.

»Entgangener Anruf um 6:35 Uhr. Teilnehmer: unbekannt.«

8. Juni, 20:42 Uhr

Die Frontscheibe des Wagens drohte langsam zu beschlagen, weswegen er das Fahrer- und Beifahrerfenster ein wenig herunterkurbelte, damit die Luft im Inneren des Autos besser zirkulieren konnte.

Er sah dem Flug einiger kleiner Mückchen zu, die sich im Halbdunkel an einer der bereits eingeschalteten Straßenlaternen tummelten und richtete dann den Blick auf die Uhr an seinem Handgelenk. Zufrieden atmete er aus. Lange konnte es nicht mehr dauern.

Der Mann, auf den er wartete, verhielt sich wie ein Uhrwerk. Jeden Tag verließ er zur fast exakt gleichen Zeit sein Büro. Danach ein kurzer Abstecher zu einer Bar in der Innenstadt, und seit etwas über zwei Wochen waren an den Montag-, Mittwoch- und Freitag-Abenden immer zur gleichen Zeit etwa halbstündige Läufe im Patuxent Research Refuge östlich der Laurel Bowie Road dazugekommen.

Der Mann verlagerte etwas sein Gewicht auf dem schmalen Sitz des Wagens und spähte zum wohl hundertsten Mal an diesem Abend in den Spiegel der Beifahrertür, der auf den Beginn des Waldpfades ungefähr hundert Meter hinter ihm gerichtet war.

Von dort aus würde der Mann aus dem Dunkel auftauchen.

Wieso er das tat, wusste er nicht. Womöglich bereitete sich der Kerl auf einen sportlichen Wettkampf vor. Vielleicht fand aber auch seine Frau, er habe ein paar Pfund zu viel auf den Rippen. Oder vielleicht hatte er ein derartiges Gesundheitsprogramm von seinem Arzt verordnet bekommen. Vielleicht, vielleicht, vielleicht.

Er schüttelte den Kopf und nahm einen Schluck von der Coke, die er gut gekühlt an der Tankstelle an der Ecke gekauft hatte. Eine solche Spekulation, derartige Mutmaßungen waren ohnehin hinfällig.

Es spielte keine Rolle. Wichtig war nur, dass der Mann so vorhersagbar blieb.

Jeden Tag der gleiche Weg zur Arbeit. Mit dem Cabrio zuerst Frau und Kind an Schule und Arbeitsplatz absetzen und dann auf dem kürzesten Weg in die Geschäftsfiliale in Downtown. Derselbe Wagen, dieselbe Route. Tag für Tag. Wie ein Uhrwerk.

Er nahm gerade einen weiteren tiefen Schluck und ließ sich die Flüssigkeit genüsslich die Kehle hinunterrinnen, als er mit einem Mal eine Bewegung im kleinen Viereck des Rückspiegels wahrnahm. Er kniff die Augen zusammen, sah genauer hin und ließ sich dann im Polster des Sitzes nach unten sinken.

Da war der Mann ja. Verstohlen sah er auf seine Uhr. Ein wenig später wie beim letzten Mal zwar, aber immer noch weniger als fünf Minuten über der gewohnten Zeit. Ein Muster an Zuverlässigkeit und Pünktlichkeit.

Die Gestalt kam schnell näher. Trotz des halbstündigen Laufs wirkten die Bewegungen und die Körperhaltung noch frisch und dynamisch, wie bei einem professionellen Athleten, der die Intensität der Belastung perfekt zu dosieren wusste.

Im Rückspiegel wurde der Mann, der einen hellen Trainingsanzug trug, im Licht der Straßenlaternen mehr und mehr angestrahlt, während das Dunkel des Pfades hinter ihm in der heraufziehenden Dunkelheit immer verschwommener und unklarer wurde und im verblassenden Tag immer weiter zurück zu weichen schien.

Für einen Sekundenbruchteil durchzuckte ihn Angst, der Mann könnte die teilweise geöffneten Fensterscheiben bemerken, aber die Gestalt setzte ihr Tempo am Wagen vorbei mit unverminderter Geschwindigkeit fort. Einen Augenblick lang vernahm er das angestrengte Schnaufen des Mannes, hörte die leise tapsenden Geräusche seiner Laufschuhe auf dem Asphalt des Gehwegs und roch den Schweiß, der selbst durch die halb geschlossenen Fenster noch leicht wahrzunehmen war.

Dann richtete er sich im Sitz wieder auf.

Die Gestalt entfernte sich nun schnell von ihm, durchquerte noch zwei Lichtinseln unter den Natriumdampflampen der Straßenbeleuchtung und bog dann nach rechts in eine Hauszufahrt ein, die von seinem jetzigen Standort nur ca. 200 Meter entfernt war. Kurze Zeit verlor er den Mann aus den Augen, als er den breiten Schatten eines großen Korallenbaumes durchquerte, sah aber dann, wie die Gestalt wieder auftauchte und vor dem Haus mit der Nummer 97 schließlich in ein gemächliches Schritttempo wechselte.

Der Kerl war nun bald zu Hause.

In dem Moment, in dem er im Haus verschwand öffnete der Mann im Auto die Fahrertür und stieg aus.

So schnell er konnte, tauchte er in die Schatten der Bäume ein und durchquerte einige durch niedrige Büsche voneinander getrennte Gärten, bis er unter einer großen Ulme schließlich stehen blieb. Einige der Hausbeleuchtungen schimmerten bis zu ihm herüber, während er in der Tasche seiner Jacke herumkramte und schließlich ein kleines Fernglas, das nicht größer als die Fläche seiner Hand war zu Tage förderte.

Er setzte es an die Augen und drehte ein wenig an dem kleinen Regelknopf herum, bis sich die menschlichen Silhouetten im Inneren des Hauses mit der Nr. 97 durch das große Panoramafenster deutlich vor ihm abzeichneten.

Zufrieden stieß er die Luft aus.

8. Juni, 22:05 Uhr

Der Regen, der vor gut einer Stunde eingesetzt hatte, trommelte auf das Dach des Hauses, was in Grant jedes Mal ein wohliges, behagliches Gefühl wach rief.

Der Ventilator über ihm drehte sich behäbig und er genoss die kühle Luft, die zusätzlich durch die geöffnete Verandatür hereinwehte und eine willkommene Abkühlung zu der stickig-schwülen Wärme des Tages bot.

Wie die Erfrischung nach einer schweißtreibenden Sporteinheit, auf die die Erde sehnsüchtig gewartet hatte.

Mit der rechten Hand stellte er den Fernseher leiser, in dem gerade die Wiederholung eines alten Bond-Streifens lief und verlagerte ein wenig seine Position auf den weichen Polstern des Ledersofas, an denen er aufgrund des eigenen Schweißes wie eine Fliege am Honigtopf zu kleben schien.

Dann griff er nach rechts zu dem kleinen Beistelltisch hinter seinem Kopf und tastete auf der Tischplatte zuerst nach dem kleinen, zusammengefalteten Zettel und dann nach der daneben befindlichen klobigen Form des altmodischen Telefons, das im Retro-Look noch über einen mit Kabel verbundenen Hörer und ein beinahe antik wirkendes Ziffernfeld mit großen, abgegriffenen Tasten verfügte. Der Klang des Freizeichens wirkte ebenso alt wie das Äußere des Gehäuses vermuten ließ und ging, nachdem er die Nummer eingetastet hatte, in ein metallisch abgehacktes Krächzen über.

Es läutete dreimal, viermal, fünfmal. Grant stellte den Fernseher noch eine Spur leiser, gab nach dem achten Klingelzeichen aber schließlich auf. Offenbar rief er zu einem ungünstigen Zeitpunkt an. Er warf einen kurzen Blick auf seine Armbanduhr. Dann zuckte er die Achseln und stand auf.

Die von draußen hereinwehende kühle Abendluft begleitete seinen Weg in die Küche, wo er sich eine Dose irgendeines koffeinhaltigen

Erfrischungsgetränks aus dem obersten Fach des Kühlschrankes nahm und nach einem kurzen, prüfenden Blick die Lasche an der Oberseite zischend aufriss.

Er war weder müde noch erschöpft. Die Geister, die ihn in seinen Träumen heimsuchen mochten, konnten noch eine Weile warten.

Nach ein paar Schlucken, die kühl und erfrischend seine Kehle hinunterrannen, kehrte er ins Wohnzimmer zurück. Er ließ den Film eine Weile in leisem Ton vor sich hin laufen und wählte dann erneut die Nummer, die in Claires geschwungener, gut leserlicher Handschrift auf die zerknitterte Oberfläche des Papiers gekritzelt worden war. Ein Notizzettel mit grünlich geschwungenem Emblem am unteren Seitenrand und dem Namen der Firma, für die sie seit gut drei Jahren arbeitete.

Das Telefon piepte. Irgendwo tausende Kilometer entfernt in Französisch-Polynesien, vermutlich in einer mit Bambus und Rattan eingerichteten Hütte direkt am Strand einer Hotelanlage, musste nun das Handy klingeln, das sich seine Schwester wenige Tage vor ihrem Abflug gekauft hatte.

Wahrscheinlich wieder die blechern klingende Version eines an den Nerven zerrender 90er-Jahre-Songs. Witzig, wenn man ihn einmal hörte, zum Verrücktwerden, wenn man dem Geräusch immer wieder ausgesetzt war.

Grant wartete.

Wieder ein mehrfaches Läuten. Aber dieses Mal wurde der Anruf nach dem fünften Klingelzeichen angenommen. Ein kurzes Knacken in der Leitung. Dann hörte er die Stimme, die ihm seit nunmehr über 30 Jahren wohl vertraut war.

»Hallo«, meldete sie sich in neutralem Tonfall.

»Hi.« Eine kurze Pause entstand. Grant kam der Gedanke, dass Claire womöglich aufgrund des neuen Gerätes seine Nummer noch nicht eingespeichert hatte. So war es nun einmal in der digitalen Zeit. Wer wusste schon noch irgendwelche Nummern auswendig?

»Ich bin es. Wie laufen die Flitterwochen?«, schob er aus diesem Grund mit betont heiterer Stimme hinterher. Ein kurzes Rascheln am anderen Ende. Wie als wechsle jemand den Apparat von dem einen auf das andere Ohr. Dann erklang Claires Stimme wieder.

»Ach du bist es«, sagte sie mit erkennender Sprachmelodie und lachte kurz.

»Naja mehr oder weniger, wenn du auf Flitterwochen alleine in einer riesigen Hotelanlage stehst.«

Grant war verwirrt. Er runzelte die Stirn.

»Ist irgendetwas mit dem Hotel nicht in Ordnung? Oder vertragt ihr vielleicht das Essen nicht?« Er musste bei den eigenen Worten grinsen. »Wenn man ansonsten nur irgendwelchen Schrott in sich hineinschaufelt, kann Essen von guter Qualität den Körper schon ein wenig durcheinanderbringen.« Er lachte kurz und diebisch amüsiert, während er durch den Hörer das elektronische Brummen von Claires entnervtem Schnauben hörte.

»Sehr witzig.«

»Aber mal im Ernst, was ist mit dem Hotel?«

»Oh, mit dem Hotel ist alles in Ordnung«, antwortete Claire mit einer Tonlage, die Grant bereits zur Genüge kannte. Im Hintergrund hörte er ein rauschendes Geräusch, das entweder von sich im Wind wiegenden Palmen oder von den anbrandenden Wellen des Ozeans kommen musste. Also weder Hotelzimmer noch irgendwelche Rattan oder Bambusmöbel. Daneben getippt.

»Also bleiben ja nicht mehr viele Alternativen übrig«, sagte er.

»Nein«, antwortete Claire.

»Was hat er diesmal angestellt?«

Vor Grants innerem Auge tauchte ein Bild von Michaelson auf, zu dem der paradiesische Flecken Erde im Südpazifik, den Claire ihm auf mehreren Bildern gezeigt hatte, in unvereinbaren Kontrast zu stehen schien. Er schüttelte den Kopf.

»Eigentlich gar nichts«, antwortete Claire mit einem leichten Zögern in der Stimme. Grant sagte nichts.

»Kann er ja auch schlecht. Dazu müsste er schließlich hier sein.«

Grants Verwunderung wurde noch eine Spur intensiver. Allerdings fragte er sich, warum er immer wieder aufs Neue überrascht von derlei Neuigkeiten war. Für sich selbst hatte er schließlich schon resignierend darüber nachgedacht, wie lange die Ehe seiner Schwester wohl dieses Mal andauern mochte. Ein paar Jahre, oder doch nur ein paar Monate? Ein paar Tage wären definitiv etwas Neues, mit dem er nicht einmal bei seiner pessimistischsten Schätzung gerechnet hatte.

»Was ist los?«, fragte er deshalb nur, was, wie er fand, mittlerweile fast wie eine abgedroschene Phrase klang.

»Geschäftliche Termine«, antwortete Claire. »Unvorhersehbar selbstverständlich. Wir sind nicht einmal gemeinsam hier angekommen. Der Anruf kam wohl während unserer Zwischenlandung in Acapulco. Genau weiß ich es nicht. Jedenfalls ist er postwendend zurückgeflogen.«

Grant schüttelte den Kopf und verkniff sich ein »Ich habe es dir ja schon immer gesagt«, das ihm auf der Zunge lag. Stattdessen brabbelte er ein paar tröstende Worte, von denen er hoffte, dass sie aufrichtig und ehrlich genug klangen, um seinen Ärger zu überdecken. Der Mistkerl war also wieder in Washington.

»Was wirst du jetzt tun?«, fragte er. Claire am anderen Ende seufzte.

»Zuerst einmal hierbleiben«, antwortete sie nach kurzem Zögern. »Er will sobald es möglich ist, nachkommen.« Und nach einer kurzen Pause fügte sie hinzu.

»Wer weiß, vielleicht vertreibe ich mir solange die Zeit mit einem netten Cabana-Boy von der Insel.« Sie lachte. Allerdings ein wenig zu aufgesetzt, als dass Grant an die Ernsthaftigkeit dieses Witzes glauben konnte. «Nun ja«, sagte er ausweichend, weil er einfach nicht wusste, was er sonst hätte sagen sollen.

Sie redeten noch einige Minuten über Belanglosigkeiten, ehe Grant die Verbindung beendete. Für ein paar Sekunden starrte er zuerst auf das Telefon, dann auf den Fernseher, wo der Film gerade in einer zerklüfteten Berglandschaft spielte. Dann stand er auf und schloss die Verandatür.

Als er zum Sofa zurückschlenderte meinte er für einen kurzen Augenblick, an der Vordertür irgendein Geräusch wahrzunehmen, verwarf den Gedanken jedoch rasch wieder. Er drehte den Fernseher wieder lauter und musste wohl irgendwann in der darauffolgenden Stunde auf dem Sofa eingenickt sein. In jedem Fall war es kurz vor Mitternacht, als er die Augen wieder öffnete.

Noch halb benommen blinzelte er gegen die verschwommenen Bilder vor seinen Augen an und setzte sich auf der Couch auf. Im Fernseher lief mittlerweile ein neuer Film in flirrenden, dunklen Bildern, der das Wohnzimmer in zuckendes Licht tauchte. Er schaltete das Gerät aus und tastete sich durch den nunmehr dunklen Raum zur Küche, die ihr Licht durch die

Tür und in den angrenzenden Gang warf. Am Durchgang zögerte er und blieb stehen.

Dann ging er die paar Schritte zur Vordertür. Auch hier herrschte nur schummriges Halbdunkel. Allerdings war es hell genug, um den viereckigen schmalen Umriss auf dem Boden zu beleuchten, der ihm jetzt erst richtig auffiel.

Es war die Silhouette eines Briefumschlags. Er hatte sich also nicht getäuscht. Eine eigenartige Zeit, um Werbesendungen zu verteilen, aber schließlich machte es auch keinen Unterschied, ob man die Briefe um vier Uhr morgens, zwölf Uhr mittags oder um zehn Uhr abends durch die Postschlitze der Häuser warf.

Er zuckte mit den Achseln und hob den Umschlag auf. Wieder einer der Umschläge in dem charakteristischen, altmodisch wirkenden, braunen, rauen Papier. Obwohl über eine Stunde vergangen war, spähte Grant durch das Fenster neben der Haustür. Nichts.

Der Vorgarten lag ebenso wie die übrigen Häuser auf der anderen Seite im Schatten, den die Straßenlaternen warfen. Kein Mensch, kein Tier war auf der Straße oder in den Häusern zu sehen. Einige Bäume wiegten sich im Wind der nächtlichen Brise.

Wieder zurück in der Küche riss Grant den Briefumschlag auf. Auf dem Blatt im Inneren standen dieses Mal in gewohnt schnörkeliger Schrift nur einige Worte, die nicht einmal eine komplette Zeile füllten.

10. Juni

Wir müssen die Zeit als Werkzeug gebrauchen, nicht als Couch.

Grant schmunzelte, während er darüber nachdachte, dass er dieses Mal dem philosophischen Text sogar einen Autor zuordnen konnte. Das Zitat stammte von einem Mann, den er seit Jahren bewunderte.

9. Juni, 10:30 Uhr

Der Anruf kam um kurz nach 10 Uhr morgens und wurde mit der gleichen neutral flötenden Stimme wie beim letzten Mal in den Telefonhörer gesäuselt.

»Mr. Samuels ist wieder zurück und hat mich gebeten, Ihnen mitzuteilen, dass er Ihnen um Punkt 11 Uhr für eine halbe Stunde zur Verfügung stehen wird. Haben Sie die Adresse?«

»Wie lange die Angelegenheit dauern wird, bestimmen immer noch wir«, hatte McNitt mit gewohnt barscher Stimme geantwortet.

»Ihr Boss kann froh sein, dass wir ihn nicht hierher zitieren. Sagen Sie ihm das.«

Die Telefonistin versprach es, aber Grant wusste ohnehin, dass sie nicht die geringste Absicht hatte, ihrem Versprechen nachzukommen. Er sah nach draußen durch die Seitenscheibe.

Und so waren sie nun auf dem Weg nach Downtown und versuchten, so gut es ging, sich durch den morgendlichen Verkehr zu schlängeln. Autogehupe, Fußgänger auf den Gehsteigen, der typische Morgen hier und überall sonst in städtischen Gebieten.

Grant sah hinüber zu McNitt, der sein Bestes gab, den Taurus durch jede noch so kleine sich bietende Lücke zu quetschen und dabei bemüht war, nicht jedem der Fahrer um sie herum obszöne Gesten oder Schimpfworte zuzuwerfen. Dann sah er wieder nach draußen. Der Himmel war blau, noch ein wenig dunstig und nur einige Cumuluswolken zeichneten sich am nördlichen Horizont ab. Die Wettervorhersage prophezeite einen Tag mit hohen Temperaturen und möglicherweise einigen Hitzegewittern. Bereits jetzt war das Thermometer auf dem Armaturenbrett auf 25 Grad Celsius angestiegen.

»Da vorne links«, sagte er und deutete auf eines der Straßenschilder an der nächsten Kreuzung. McNitt nickte knapp, setzte den Blinker und bog ab.

So ging es gut eine Viertelstunde weiter, ehe sie den Taurus in einem der Parkhäuser auf der Third Street abstellten und die restlichen Meter zu Fuß zurücklegten. Das Innere des Gebäudes, das von außen schlicht mit Glas und Stahl verkleidet war, war großzügig gehalten und über mehrere Ebenen in der Empfangshalle offen angelegt. Grant konnte die Türen von Büros erkennen, die sich gut 20 Meter und mehrere Stockwerke über seinem Kopf befanden.

»Beeindruckend«, sagte McNitt mit verkniffener Miene, wie als müsse er einem verhassten Gegner zerknirscht Respekt zollen. Dann gingen sie zum Empfangstresen hinüber, hinter dem eine adrett gekleidete junge Frau mit braunen voluminös lockigen Haaren saß.

»Willkommen, was kann ich für Sie tun?«, sagte sie mit geübter Stimme, als sie sie nähertreten sah. Dann lächelte sie, wobei sie einige mit kleinen Diamantsteinen verzierte Zähne entblößte. Grant musste erstaunt zweimal hinsehen, ehe er in knappen Worten ihr Anliegen erklärte. Dies war eindeutig nicht die Frau, mit der sie sich am Telefon hatten herumschlagen müssen. Von der melodischen Singsang-Stimme der Sekretärin waren die dunkel und volltönenden Worte der jungen Frau Lichtjahre entfernt.

»Einen Augenblick«, sagte sie und konsultierte ein Bedienpult hinter dem Sichtschutz des Tresens. Dann sah sie wieder zu ihnen auf.

»Sie können den Aufzug nehmen«, sagte sie schließlich und deutete an Grant und McNitt vorbei. »Zweiter Stock, Raum 2-21.«

Das Zimmer war ein Besprechungsraum.

Kühl und nichtssagend. Einige prototypische Zierpalmen in den Ecken des Raumes, eine weiße Leinwand an der Stirnseite und mehrere leere Tische, auf denen kleine Flaschen mit Erfrischungsgetränken und Gläser platziert waren.

Grant glaubte schon, die Rezeptionistin hätte ihnen versehentlich einen falschen Raum genannt, als sich plötzlich die Tür öffnete und ein Mann in schlichtem grauen Anzug das Zimmer betrat.

»Guten Morgen meine Herren, folgen Sie mir bitte.« Er reichte ihnen die Hand, die zuerst McNitt und dann Grant nacheinander ergriffen.

»Mr. Samuels?«, fragte Grant.

»Genau der bin ich«, sagte der Mann und schenkte ihnen ein strahlendes Lächeln.

»Entschuldigen Sie bitte diesen tristen Ort. Ich hatte bis gerade eben eine wichtige Besprechung und dachte, ich hole Sie auf dem Weg zu meinem Büro einfach ab. Nichts für ungut.«

»Kein Problem«, sagte McNitt in dessen Stimme nichts mehr von dem Ärger bezüglich der knappen Terminvorgabe des Mannes zu spüren war. Grant runzelte die Stirn.

»Sie verzeihen mir ebenfalls das knappe Terminfenster nicht wahr?«, fuhr der Mann mit melodiöser Stimme fort. »Meine Assistentin hat womöglich ein wenig übertrieben. Ich werde versuchen, all Ihre Fragen zu Ihrer Zufriedenheit zu beantworten.«

Mit diesen Worten führte er sie aus dem Besprechungsraum hinaus und einen Gang zu weiteren Fahrstühlen hinunter. Während sie vor den matt metallisch glänzenden Türen warteten, besah Grant sich den Mann ein wenig genauer.

Samuels war ein mittelgroß gewachsener Kerl, ein wenig schlaksig, der selbst in dem maßgeschneiderten Anzug, den er trug, wirkte als sei ihm das Kleidungsstück gut eine Nummer zu groß geraten. Dichtes, hellblondes Haar fiel ihm in Strähnen in das gutaussehende Gesicht. Ein Yuppie, wie er im Buche steht, fand Grant. Vermutlich aalglatt, unverbindlich, der selbst seinen Freunden gegenüber das einstudierte Verkäuferlächeln, das er geschäftsmäßig zur Schau trug, aufsetzte.

Sie fuhren mehrere Stockwerke bis ins achte Geschoss nach oben, durchquerten einen weiteren Gang, bis sie vor einer dunklen, schweren Tür aus Kirschholz mit zahlreichen Verzierungen ankamen. Der Tisch im Vorraum war leer. Vermutlich befand sich die Assistentin in der Frühstückspause.

»Treten Sie ein«, sagte Samuels mit einladender Stimme und öffnete ihnen eine der schweren Türflügel in den nächsten Raum. Das Büro des Firmenchefs war ähnlich wie der Konferenzraum nüchtern und zweckmäßig eingerichtet. Einzig ein paar Bilder an den Wänden und eine Sitznische mit Ledermöbeln verströmten etwas Gemütlichkeit und Wohnlichkeit in der tristen Einrichtung.

Samuels schritt ihnen voraus, deutete auf zwei Sitzgelegenheiten vor seinem Schreibtisch und nahm selbst in einem breiten Designerstuhl dahinter Platz.

»So«, sagte er zusammenfassend, nachdem er ihnen aus einer silbrigen Karaffe heraus Kaffee angeboten hatte.

»Dann legen Sie los. Ich hoffe, ich kann Ihnen helfen ein wenig Licht in diese tragische Angelegenheit zu bringen. Armer Nate. Wir waren seit Jahren befreundet.« Er setzte eine Miene auf, die wohl so etwas wie Bekümmertheit und Trauer ausdrücken sollte, in seinem geschäftsmäßigen Gesicht aber kläglich misslang.

Grant warf einen Blick zu McNitt hinüber, der das Angebot des dampfenden Gebräus angenommen hatte und nun in kleinen Schlucken an der in seinen großen Händen winzig wirkenden Tasse herum nippte.

»Vielleicht ist es am sinnvollsten, wenn Sie uns erzählen, in welcher Beziehung Sie zu Mr. Ruthledge standen«, sagte er und wandte den Blick von McNitt ab und Samuels zu.

Der Firmenchef sah ihn unter seinen blonden Strähnen heraus für einen Moment verständnislos an.

»Wissen Sie das nicht bereits?«, fragte er unsicher. »Nate, verzeihen Sie, Mr. Ruthledge hat über unser geschäftliches Projekt genaueste Aufzeichnungen geführt.«

Grant hob die Augenbrauen.

Schon wieder ein Hinweis, dass der Tote über einen zweiten Wohnsitz, zumindest jedoch über einen Ort verfügen musste, an dem er wichtige persönliche Besitztümer deponiert hatte. Es sei denn natürlich, der Mörder hätte sich gewisse Dinge einfach unter den Nagel gerissen.

»Wie die Haushälterin vermutet hat«, sagte McNitt mit leiser Stimme, wodurch Samuels nun ihm den Kopf zuwandte.

»Was sagen Sie?«, fragte er mit leicht schief gelegtem Kopf.

»Oh nichts Wichtiges«, wiegelte McNitt mit einer abfälligen Handbewegung ab. »Ich habe nur laut gedacht.« Grant beobachtete, wie Samuels McNitt abschätzend musterte.

»Wie dem auch sei«, fuhr er schließlich mit vorsichtiger Stimme fort, »ich kann Ihnen versichern, dass es dabei um etwas recht Harmloses ging.«

Er stand auf und ging zu einer schmalen Holzkommode hinüber, deren Verzierungen im verschnörkelten Stil des Barock gehalten waren. Aus der oberen Schublade förderte er mehrere dünne Papierstapel zu Tage, die durch Klemmen an der Oberseite der Blätter zusammengehalten wurden.

»Haben Sie schon einmal etwas von Shenzhen Nongke gehört?«, fragte er als er wieder hinter dem Schreibtisch Platz genommen hatte.

Grant hob die Augenbrauen.

»Shenzhe was?«, fragte McNitt. Er sah von dem kleinen Block auf, in den er eifrig irgendwelche Notizen kritzelte.

»Shenzhen Nongke«, wiederholte Samuels, lehnte sich in seinem Stuhl zurück und begann in einem der Stapel herum zu blättern.

»Das ist … «, er zögerte, dann schien er in einem der Stapel etwas zu entdecken, nachdem er gesucht hatte.

»Ah«, machte er, »mehr als 1000 Worte.« Mit diesem Satz zupfte er eine Fotografie aus einem der Stapel, die genauso groß wie die übrigen Blätter war, und reichte sie Grant über den Tisch.

»Das ist Shenzhen Nongke.« Grant nahm dem Firmenchef die Fotografie aus der Hand und drehte sie zu sich ins Licht. Auch McNitt lehnte sich interessiert herüber. Dann runzelte Grant die Stirn. Das Foto zeigte hauptsächlich einen grünen Hintergrund, irgendwelche großen, faserig grünen Blätter, Teile des Erdbodens und einige dunkelbraune, fast schwarze Zweige, die allesamt um ein Objekt in der Mitte herumgruppiert zu sein schienen.

Eine kleine, unscheinbare Pflanze. Das Bild war offenbar irgendwo in einem Dschungel oder Regenwald aufgenommen worden. Bedachte man die umgebenden Blätter und Größenverhältnisse, so konnte das Gewächs an sich, das aus einer kleinen Astgabel eines Strauches wuchs, kaum größer als zehn Zentimeter sein. Es war von intensiv gelblicher und dunkelroter Färbung, die an einigen Stellen bereits in ein dunkles Lila spielte.

»Wunderschön, nicht wahr?«, fragte Samuels und legte die Fingerspitzen aneinander, wodurch seine Finger eine Art kleines Zelt bildeten.

»Shenzhen Nongke gehört zur Klasse der Tracheophyta und zur Familie der Orchideen.« Grant sah ihn an.

Orchideen, Tracheophyta, das Ding war ganz einfach eine Blume wie tausend andere. Darüber hinaus noch recht klein und unscheinbar. Allerdings hatte er auch noch nie einen Sinn für derlei Dinge gehabt.

Abgesehen davon waren das Farbenspiel und die Intensität der unterschiedlichen Nuancen in der Tat beeindruckend.

»Shenzhen Nongke«, fuhr Samuels mit kaum verhohlener Begeisterung in der Stimme fort, »wurde in biologischer Züchtung entwickelt. Die Art ist zweifellos etwas Besonderes und gilt in Fachkreisen als eine der schönsten Züchtungen überhaupt. Sie blüht nur alle paar Jahre.« Grant sah den Mann über den großen Schreibtisch hinweg an. Er konnte sich beim besten Willen nicht vorstellen, dass dieser smarte aalglatte Bürohengst tatsächlich eine Schwäche für irgendwelche Blumen oder überhaupt irgendeine organische Schönheit an sich haben könnte. Noch immer beschlichen ihn Zweifel über die wahren Beweggründe des Mannes. Was allerdings für diese Geschichte sprach, waren die etlichen Herbarien und Gewächskästen, die sie im Obergeschoss des Hauses in der Harrington Street gefunden hatten.

Auch wenn Grant sich beim besten Willen nicht erinnern konnte, dort eine Blume wie die auf dem Foto in seiner Hand gesehen zu haben. Samuels ihm gegenüber lächelte.

»Ich weiß genau, was Sie denken«, sagte er mit amüsiert klingender Stimme. Grant legte den Kopf zur Seite.

»Und Sie haben Recht. Die Farbgebung und das Gewächs an sich interessieren mich nur sekundär.«

Jetzt kommts, dachte Grant.

»Es war allerdings Nate, der mich erst auf die Spur dieser wunderbaren Pflanze gebracht hat. Für gute Exemplare mit intensiver Farbgebung erhalten sie gut und gerne 200.000 Dollar.«

Ein mögliches Motiv, das aber höchstwahrscheinlich gar keines war. Aufgrund der schieren Größe der Zahl klappte McNitt den Mund wie ein Karpfen auf und zu.

»200.000 Dollar?«, wiederholte er als habe er Samuels nicht richtig verstanden, »für irgend so eine Tulpe?«

»Orchidee«, korrigierte Samuels mit Lehrmeisterstimme.

»Von mir aus.«

»Ja genau, Mr. … ich glaube ich habe Ihre Namen noch nicht mitbekommen.«

»McNitt.«

Samuels schloss für einen Sekundenbruchteil die Augen.

»Ja genau, Mr. McNitt. Es gibt lediglich zwei Gattungen auf der Welt, für die noch ein höherer Preis aufgerufen wird.« Der attraktive Mann mit den in die Stirn fallenden blonden Haaren lächelte geheimnisvoll. »Zum einen die Juliet Rose und zum anderen die so genannte Kadupul Flower, wobei diese allerdings als unbezahlbar und auch als nicht verkaufbar gilt.«

Er lehnte sich in seinem Stuhl nach vorne und fixierte erst Grant und dann McNitt mit den Augen. Da er offenbar die Unwissenheit in ihrem Blick gelesen hatte, sah er sich bemüßigt fort zu fahren.

»Die Kadupul ist nicht verkaufbar, da sie nicht, wie sage ich es am besten«, er vollführte eine unbestimmte Bewegung mit der Hand, »geerntet werden kann trifft es wohl am besten. Sie überlebt nach dem Ernteprozess nur wenige Stunden. Darüber hinaus blüht sie nur nachts.« Der Firmenchef machte eine kurze Pause und fuhr dann mit dozierender Stimme fort: »Und die Juliet Rose kam für uns von Anfang an nicht in Frage.«

Wieder ein kurzer Blick zuerst in Grants, dann in McNitts Augen.

»Wieso nicht?«, wollte Grant wissen, aber Samuels schien mit seinen Ausführungen noch nicht fertig zu sein.

»Nate kam zu mir mit der Idee der kommerziellen Nutzung. Allerdings fehlte ihm die nötige Infrastruktur, da die Pflanze recht schwierig zu kultivieren ist.« Er öffnete die zeltartig aneinandergelegten Hände ein wenig. »Und da kam ich ins Spiel.« Er rutschte ein wenig auf seinem Stuhl herum. »Natürlich war ich sofort begeistert von dem Potenzial der Idee, war aber natürlich auf seine Mithilfe angewiesen.«

Grant musterte Samuels aus zusammengekniffenen Augen. Das Motiv, das keines war.

Ohnehin konnte er sich kaum vorstellen, wie sich die beiden Männer, begeistert wie Schuljungen über irgendwelche Gewächskästen beugten und in Begeisterungsstürme aufgrund irgendwelcher grüner Keimlinge oder Knospen ausbrachen. Er kratzte sich am Kinn. Vor dem finanziellen Hintergrund hatte die Vorstellung allerdings durchaus ihre Berechtigung.

»Wo haben Sie die Blumen gezüchtet?«, fragte er. »Die paar Glaskästen, die wir in dem Haus Ihres Geschäftspartners gefunden haben, dürften für eine kommerzielle Nutzung kaum ausreichend gewesen sein.«

Samuels erwiderte Grants Blick mit kühler Gelassenheit. Dann lächelte er und deutete mit dem Zeigefinger über den Tisch in Grants Richtung.

»Sie sind scharfsinnig«, sagte er in anerkennendem Tonfall. »Das gefällt mir.« Und nach einer kurzen Pause fügte er hinzu.

»Falls Sie die Polizeiarbeit jemals Leid sind, melden Sie sich bei mir. Ich hätte mehr als genug Arbeit für Sie.«

Grant ging nicht auf die Bemerkung ein.

»Nun?«, fragte er und sah wie Samuels in einer entschuldigenden Geste die Hände hob.

»Verzeihen Sie«, sagte er, »ich neige dazu des Öfteren vom Thema abzuschweifen. In einer gesicherten Anlage in Resida.«

Grant hörte aufmerksam zu. Womöglich der Ort, an dem Ruthledge seine übrige Zeit zugebracht hatte. Die Theorie der spanischen Haushälterin geriet mehr und mehr ins Wanken.

»Was hat es mit der Nachricht auf sich, die Sie Ihrem Geschäftspartner kurz vor dessen Tod haben zukommen lassen?«, fragte McNitt und zog den Blick von Samuels auf sich.

Der smarte Geschäftsmann wirkte für einen Moment verwirrt. Dann sagte er mit einer kurzen Konsultation der goldenen Uhr an seinem Handgelenk.

»Es gab ein kleines Problem mit dem Kühlsystem der Anlage. Nichts Ernstes.« Er machte ein unglückliches Gesicht. »Aber diese Probleme sind ja nun hinfällig nicht wahr?«

McNitt zuckte mit den Achseln.

»Woher kennen Sie sich?«, wollte er wissen, »ursprünglich, meine ich.«

Samuels sah McNitt aufgrund dessen Taktlosigkeit mit einem leicht abfälligen Ausdruck im Gesicht an, antwortete aber folgsam auf die Frage.

»Wir waren gemeinsam in Stanford«, sagte er knapp, fügte dann aber noch hinzu: »allerdings haben wir uns einige Jahre aus den Augen verloren. Nate hat einige Zeit im Ausland verbracht, wie sie sicher bereits wissen.«

McNitt nickte und wollte noch etwas erwidern, als es plötzlich an der Tür klopfte. Ein dumpfer Ton, der sich in dem karg ausgestatteten Raum eigenartig zu verstärken schien.

»Ja bitte«, sagte Samuels und richtete den Blick zur Tür, wo nun eine rehäugige kleine Frau mit blonden Haaren ihren Kopf zur Tür hereinstreckte.

»Mr. Mullholland wartet im Konferenzzimmer«, sagte sie mit neutraler Stimme, die Grant jedoch sofort wieder erkannte. Die gleiche einstudiert wirkende Neutralität, die er schon durch den blechernen Lautsprecher des Telefons deutlich herausgehört hatte.

»Danke Miss Avert«, sagte Samuels mit einem kurzen Kopfnicken in

Richtung seiner Assistentin. »Sagen Sie ihm bitte, ich komme so schnell wie möglich.« Dann wandte er sich wieder Grant zu während die Assistentin wie eine Spinne, die sich langsam wieder in ihren Bau zurückzog aus dem Türspalt verschwand.

»Sind wir fertig?«

»Wen will der Mistkerl eigentlich für dumm verkaufen?«, polterte McNitt los als sie wieder auf dem Gehweg vor dem Gebäude angekommen waren.

»Irgendwelche Pflanzen und ausgefallene Kühlsysteme. Dass ich nicht lache.«

Grant sah nach oben, wo sich die Fassade reflektierend gegen das Blau des Himmels abhob. Verspiegelte Scheiben säumten beinahe die gesamte Front zu dieser Straßenseite. Er fragte sich, ob der Firmenchef dort oben, irgendwo an einem der Fenster stand und in diesem Moment auf sie herunter blickte.

»Möglicherweise«, sagte er nur und nickte dann mit dem Kopf in Richtung Süden, entlang des Bordsteins, wo sich in einer der dunklen Parkbuchten des Parkhauses irgendwo der Taurus befand.

»Möglicherweise.«

McNitt blieb noch einen Moment lang leise fluchend auf dem Bordstein stehen. Dann trottete er ihm gemessenen Schrittes hinterher.

10. Juni, 8:45 Uhr

Martha Crandler beäugte mit zufriedener Miene die Gestalt ihres Mannes, die sich, bereits mit Hemd und Sakko bekleidet, über die silbern spiegelnde Anrichte in der Küche beugte.

Sie selbst saß an dem großen runden Esstisch und musste sich erneut innerhalb weniger Tage eingestehen, dass das Training, zu dem ihr Mann nunmehr jeden Montag, Mittwoch und Freitag im Resaerch Refuge Areal aufbrach, ihm selbst und auch ihrer Ehe mehr als gut tat.

Verschwunden waren die bereits eindeutig erkennbaren Fettpölsterchen über Hüfte und Bauch und auch die Laune ihres Gatten schien sich, gleichzeitig zu der besser werdenden körperlichen Konstitution, von Tag zu Tag zu steigern.

Vermutlich lag es daran, dass er nicht mehr allen Ärger direkt vom Büro mit nach Hause brachte. Sport, dazu die grüne, beruhigende Atmosphäre des parkähnlichen Gebiets hatten offenbar eine positive Wirkung auf ihn. Sie musste innerlich lächeln.

Auch wenn sie wusste, dass er dies alles nicht für sie, sondern nur für diese idiotische Wette mit Karl Silvermann tat. Ein Marathon, in seinem Alter. Sie verdrehte die Augen.

Allerdings war es ihr in der Zwischenzeit gleichgültig geworden. Zu Anfang hatte sie sich zwar ein wenig über die dreiste Lüge, er tue das alles nur für sie, geärgert. Aber so oder so. Das Ergebnis war das Gleiche.

Einmal ganz abgesehen von dem Spaß, dass er immer noch dachte, sie wäre komplett ahnungslos.

»Gut siehst du aus«, sagte sie und hob ihre Kaffeetasse in Richtung Küchenzeile, wo sich auf Charles Gesicht ein ehrlich erfreutes Lächeln abzeichnete.

»Danke Liebling«, sagte er und warf ihr einen Kussmund zu, ehe er sich wieder der Packung Instant-Kaffee vor sich auf der Anrichte zuwandte.

Mittlerweile nicht mehr mit Milch und Zucker, sondern schwarz und stark. Gleichzeitig begonnen mit den Ausflügen zum Training, die eine Woche nach der Gartenparty bei den Silvermanns begonnen hatten.

»Fahren wir«, sagte Martha gut 15 Minuten später und rief nach ihrer Tochter, die wenige Augenblicke darauf eifrig die Treppe ins Erdgeschoss hinuntergetrampelt kam. Zusammen mit bereits angelegter Schuluniform und einem etwas wild frisierten Haarschopf, der jedoch zu ihrem mit Sommersprossen übersäten Gesicht beinahe perfekt passte.

»Fahren wir Mami. Wo ist Daddy?«

Charles setzte mit dem Auto in der Auffahrt zurück, öffnete das Verdeck und brauste mit ihnen, nachdem Emma auf den Rücksitz geklettert war, in hohem Tempo die Straße der Wohnsiedlung hinunter.

Ihre Tochter, der auf dem Rücksitz der Wind durch die Haare wirbelte jubilierte ausgelassen. Es war Freitagmorgen. Noch ein paar Stunden und die lästige Arbeit konnte für mehr als zwei Tage ruhen.

Martha lehnte sich in dem Sitz zurück und genoss die herrliche Morgenluft und das selbst durch den Motorenlärm zu ihr dringende Zwitschern der Vögel im morgendlichen Tau.

Die Wohnsiedlung lag bald hinter ihnen.

Nachdem Sie Emma eine Querstraße von ihrer Schule entfernt abgeladen hatten, denn es war seit neuestem peinlich von den Eltern direkt vor den Freunden abgesetzt zu werden, fuhren sie in einem Schlängelkurs, den Martha inzwischen auswendig kannte, zwischen den Blocks in Richtung Pennsylvania Avenue.

Aus dem Radio dröhnten die Rhythmen eines alten Rock-Songs und der Verkehr war, gemessen an der Tageszeit, erstaunlich gering.

Charles sang ein paar der Textzeilen gutgelaunt aber mehr schlecht als recht mit, ehe er an der vor ihnen auftauchenden Ampel plötzlich anhalten musste. Er wandte sich zu Martha um und lächelte sie an.

Im nächsten Moment explodierte sein Kopf vor ihren Augen in einer Blutfontäne. Rotes klebriges Blut klatschte zusammen mit grauer Hirnmasse auf Armaturenbrett und Windschutzscheibe. Nur Sekundenbruchteile später zerbarst das Glas der Windschutzscheibe. Über die albtraumhafte Szenerie donnerte der nur Augenblicke später einsetzende Abschussknall einer aufbrüllenden Waffe hinweg.

10. Juni, 9:16 Uhr

Der Resida-Komplex war eine Ansammlung grauer Gebäude mit noch dunkleren Dächern, die auf dem Computermonitor vor dem Grün eines beginnenden Parks seltsam deplatziert wirkten. Das gesamte Gelände, das an die 15 bis 20 Gebäude zu umfassen schien, war mit einem Drahtzaun umgeben, der auf dem Bildschirm nur wie eine dünne mattschwarze Linie aussah.

Grant scrollte auf dem Satellitenbild ein wenig näher heran und bemerkte erst jetzt die aufflimmernde Schrift am unteren Rand des Areals.

»Resida Complex and real estates«, stand dort in weißen, dicken Buchstaben, die sofort wieder verschwanden, wenn man nur ein wenig aus dem Bild herauszoomte.

Grant nahm einen Schluck von seinem Kaffee. Dann kniff er die Augen zusammen. Das Büro um ihn herum war leer, still. Unterbrochen einzig von dem Geräusch der sich alle paar Minuten öffnenden und schließenden Fahrstuhltüren draußen am Ende des Ganges. Ein kurzes Klappern, wenn die Edelstahlplatten sich schlossen, ein kurzes Klappern, wenn sie sich öffneten. Alle paar Minuten. Aber es kam niemand.

Mit den Augen ging er ein wenig näher an den Bildschirm heran und öffnete dann mit einem kurzen Klicken ein anderes Fenster, das die Website des Komplexes zeigte.

Er atmete aus, ehe er einen weiteren kleinen Schluck des Kaffees nippte, die Tasse anschließend jedoch in der Hand behielt.

Es war eigenartig. Die riesigen zu vermietenden Hallen, die ihm auf mehreren Bildern mit beinahe schwindelerregend hohen Mieten entgegensprangen. Für einen kurzen Moment musste er lächeln. Hatte er doch bei dem Namen Resida zunächst an das gleichlautende Stadtviertel in Los Angeles gedacht.

Er wechselte wieder die Seite, scrollte ein wenig mit dem Zeigefinger nach oben, was den Bildausschnitt beinahe augenblicklich vergrößerte. Die Linien und Konturen wurden für einen Augenblick lang unscharf, bis der Computer mit seiner behäbigen Rechenleistung das verschwommene grünbraune Bild wieder aufbaute.

Die Gebäudeansammlung befand sich in einem gut fünf Kilometer langen Tal, dessen Hänge grün und dicht mit Vegetation bewachsen waren.

Die nächste Ansiedlung lag laut Maßstab der Karte zwei Kilometer entfernt, was Grant schlussfolgern ließ, dass die parkähnliche Anlage, die er auf der 3-D-Version der Karte gesehen hatte, direkt zu dem Komplex gehören musste.

Als Erholungsort für die dort arbeitenden Menschen möglicherweise. Eine Art künstlicher Garten Eden, in dem man die möglichen Strapazen des Jobs vergessen konnte. In der Mitte ein kleiner, höchstwahrscheinlich künstlich angelegter See, der sich auf der Karte nur als eine dunkelblaue, fast schwarze Fläche ausnahm.

Mit einem Stirnrunzeln betrachtete Grant den Bildausschnitt von oben nach unten, von links nach rechts. Welches der Gebäude mochten die beiden Stanford-Absolventen für ihr kleines Pflanzen-Versuchslabor gemietet haben? Er betrachtete die einzelnen Gebäude. Einige ein wenig größer als die anderen, einige ein wenig langgestreckter. Eigentlich eine ziemlich wirre Ansammlung, die wenig an eine reißbretthaft geplante Anlage erinnerte. Er atmete aus.

Auch wenn die Sache höchstwahrscheinlich unwichtig war, das Konzept eines derartigen Komplexes, der gut 70 Kilometer südlich, abgeschieden von der Stadt lag, interessierte ihn.

Wie war man ausgerechnet auf diesen Ort verfallen? Möglicherweise …

In diesem Moment klingelte das Telefon.

Die Fahrt in den John McCormak Drive dauerte nur gut zehn Minuten. Grant sah das CUA Soccer Field an sich vorüberziehen, als er bereits die ersten zuckenden Blaulichter durch die Bäume hindurch wahrnehmen konnte. Auf der anderen Seite näherte sich auf der Bahntrasse ein Güterzug, dessen Ende Grant durch die Vegetation nicht einmal erahnen konnte. Einzig das laute Signalhorn war deutlich durch das geöffnete Seitenfenster zu hören.

Nach weiteren hundert Metern trat Grant auf das Bremspedal und brachte den Taurus in einiger Entfernung von dem Absperrband, das ein uniformierter Cop mit verspiegelter Sonnenbrille bewachte, zum Stehen. Er stieg aus.

Die Luft um ihn herum war erfüllt von leisem Vogelgezwitscher und frischem, nach nassem Gras riechendem Duft. Belebend, energiegeladen, was ihn dazu brachte, noch einmal tief durchzuatmen, ehe er die letzte Entfernung zum im morgendlichen Wind flatternden und leise ratternden Absperrband zurücklegte und dem Officer, an dessen Brust er das Namensschild H. Draeper las, seinen Ausweis entgegen hielt.

»Schon in Ordnung, gehen Sie durch«, sagte der Cop mit unbewegter Miene. »Ist kein schöner Anblick.«

Grant ignorierte die Bemerkung, die er schon zum weiß Gott wievielten Male gehört hatte und duckte sich unter dem Absperrband hindurch.

Dahinter parkten gut ein halbes Dutzend Streifen- und Krankenwagen, deren Signallichter sich in stummem Pflichtbewusstsein drehten.

Ein weiterer Cop trat nach wenigen Metern auf ihn zu.

»Kommen Sie mit Lieutenant, das müssen Sie sich ansehen«, sagte er aufgeregt, wobei Gant sich fragte, wie lange der Mann die Polizeischule schon hinter sich haben mochte.

Der Kerl konnte kaum älter als Anfang 20 sein. Mit unruhigem Schritt ging der junge Mann neben ihm her, wobei er versuchte, eine so beiläufig aussehende Miene wie möglich zur Schau zu Tragen.

Grant sah blondes, kurz geschnittenes Haar in ein jugendlich wirkendes Gesicht mit unreiner Haut hineinfallen und bemerkte das Klemmbrett des Jungen, das dieser wie eine Trophäe ehrfürchtig in den Fingern zu halten schien.

Wahrscheinlich war es der erste Mordfall des jungen Polizisten. Grant musterte den Mann kurz aus den Augenwinkeln. Allerdings schien ihn dieser Umstand nicht sonderlich zu stören, vielmehr in erwartungsvolle Aufregung zu versetzen.

»Hier lang Lieutenant«, sagte der Junge. Grant registrierte auch das Namensschild an dieser Uniform. J. McGrady.

Sie umrundeten einen Krankenwagen und zwei Autos der Polizei ehe Grant den Tatort vor sich auftauchen sah.

»Da vorne«, sagte McGrady neben ihm diensteifrig und deutete auf ein Auto, das einsam in der Mitte der Straße vor einer gerade auf Grün umschaltenden Ampel im strahlenden Morgenlicht stand.

»Ist allerdings … «

»Kein schöner Anblick?«, beendete Grant fragend den Satz des Jungen. Der Kerl würde einen vortrefflichen Streifenpolizisten abgeben. McGrady nickte eifrig.

»Oh ja, Sir«, sagte er.

Grant schüttelte den Kopf.

Sie gingen stumm weiter und blieben schließlich einige Meter von dem Fahrzeug entfernt stehen, um das mehrere Mitarbeiter der Spurensicherung herumwimmelten. Ein paar grelle Entladungen des Blitzlichts von einem der Männer waren zu sehen.

Vor Grant stand ein in metallisch-hellblauer Farbe lackiertes Cabriolet, dessen Frontscheibe in tausend Teile zerborsten war. Auf dem in cremefarbenen Leder gehaltenen Innenraum lagen zahllose winzige Scherben herum, die jedoch auch auf Teile der Motorhaube und des umgebenden Asphalts gerieselt waren.

Er bemerkte McGrady aus den Augenwinkeln. Der Junge neben ihm machte ein bekümmertes Gesicht, wobei Grant nicht genau sagen konnte, ob es ein ehrlicher Ausdruck der Bestürzung war oder ob der Bursche nur so dreinschaute, weil man eben bei einem solchen Anblick verdammt nochmal so auszusehen hatte.

Die Szenerie selbst war so, wie Grant es nach der knappen Beschreibung am Telefon erwartet hatte.

Die Leiche eines Mannes hing vornübergekippt auf dem Lenkrad des Wagens. Sofern sich dies bei all dem Blut und den Gewebeteilchen des zerfetzten Kopfes sagen ließ, musste der Mann bereits ein wenig älter gewesen sein.

Teilweise bereits ergrautes Haar an den Schläfen, das jedoch nun zum größten Teil mit dunklem Blut und Gehirnmasse verklebt war, wovon sich auch etliche Spritzer auf den Polstern des Wagens und den Fußräumen wieder fanden.

Ein größerer See des karmesinroten Stromes hatte sich im Fußraum direkt unter dem Sitz gebildet.

Grant zögerte kurz, ehe er sich ein wenig um den Wagen herum in Richtung Motorhaube bewegte.

Die Eintrittsstelle der Kugel musste nach dem Winkel des verdrehten Kopfs und dem weggerissenen Teil der linken Gesichtshälfte am rechten Hinterkopf liegen. Grant fand die Stelle und sah, dass die Kugel bei ihrem Weg durch das Gehirn und dem Austritt durch das Gesicht mehrere klumpige Gewebebrocken auch auf das Armaturenbrett und Lenkrad geschleudert hatte.

Für einen kurzen Moment ging er in die Hocke und verharrte in dieser Position. Dann wandte er sich um.

»Hat jemand das Auto bewegt nachdem der Schuss gefallen ist?«, fragte er, während er sich umwandte und die Szenerie schräg hinter dem Heck des Wagens in sich aufnahm.

Der junge Kerl wirkte verunsichert.

»Ähm … «, sagte er zögerlich, während er auf seinem Notizboard mit hin und her huschenden Augen herumsuchte. »Nein. Niemand. Alles noch sozusagen im Originalzustand.«

Grant warf McGrady einen kurzen Blick zu. Dann wandte er sich wieder um.

Schräg hinter dem Cabriolet erstreckte sich auf der rechten Seite die leicht ansteigende Böschung, die hinauf zu der Trasse der Bahnschienen führte. Der Güterzug war inzwischen vorbeigefahren, wobei Grant das Signalhorn noch in weiter Ferne hören konnte.

Weiter hinten erblickte er die letzten Ausläufer des CUA Soccer Fields durch eine Reihe weit auseinanderstehender Bäume, die nur durch ihre Kronen teilweise zu einer undurchdringlichen Wand verbunden waren. Davor lagen an der linken Straßenseite mehrere Gebäude. Die meisten offenbar Wohnhäuser mit vereinzelten Geschäften in den unteren Straßenzeilen.

Direkt neben dem Park jedoch ein etwa siebenstöckiges, aus braunen Backsteinen bestehendes Gebäude, das ein wenig alt und heruntergekommen aussah.

In der Mitte der Stockwerkreihen sah Grant nun hinter einem der Fenster ebenfalls das ihm mit den Jahren vertraut gewordene Zucken von kurz hintereinander aufleuchtenden Kamerablitzen.

Er wandte sich McGrady zu, der neben ihn getreten war. Der junge Mann zwinkerte zustimmend.

»Sie haben gute Augen, das muss ich Ihnen lassen«, sagte er und nickte mit dem Kopf in Richtung des Gebäudes.

»Das hätte ich Ihnen als nächstes gezeigt. Aber machen Sie sich auf etwas gefasst.«

Mit diesen Worten marschierte er los.

Grant sah ihm einen Augenblick lang wortlos nach, noch immer nicht wissend, was er von dem Jungen eigentlich halten sollte. Dann setzte auch er sich in Bewegung.

McGrady führte ihn den Bordstein entlang und im Gebäude angekommen geradewegs an den Aufzugtüren vorbei auf eine Tür mit einem aufgebrachten Treppensymbol zu.

»Ist außer Betrieb«, sagte er als er Grants fragenden Blick bemerkte. »Offenbar seit Monaten schon. Wir müssen wohl oder übel die Treppe nehmen.«

Sprach es und zog die schmuddelig wirkende Tür auf, die in ein noch heruntergekommener wirkendes Treppenhaus dahinter führte. Sie stiegen in dem mit abgestandener Luft gefüllten und mit abblätternder Farbe verzierten Schacht fünf Stockwerke nach oben, ehe McGrady eine der Ausgangstüren nahm und einen langen Gang mit grünem Filzteppich entlangging.

An dessen rechtem Ende öffnete er erneut eine Tür. Grant spürte sofort, dass in dem Raum dahinter ein Fenster geöffnet sein musste, denn die unverkennbare kühle Morgenluft zog, als McGrady die Tür öffnete, in einem deutlich wahrnehmbaren Hauch an ihnen vorbei. Vermischt mit einem an alte Bücher oder Lesestuben erinnernden Duft, den Grant durchaus als angenehm empfand.

Er folgte McGrady weiter.

Das Innere des lang gezogenen Raums, in dem sie sich nun befanden, war mit hohen Regalen und aberhunderten an Büchern verschiedenster Größe und Form gefüllt.

Auf der linken Seite standen Stapel mit aufgetürmten Kartons herum, von denen einige an den Unterseiten teilweise aufgeplatzt waren und, wie Grant erkannte, weitere Exemplare von Büchern enthielten. Teilweise alt und abgegriffen, teilweise neu und hin wieder sogar noch mit der ursprünglichen Lieferfolie verpackt.

»Was ist das hier?«, wollte er wissen. Für eine Bibliothek war der Raum zu verwahrlost und heruntergekommen.

Auf der rechten Seite entdeckte Grant zwischen den Regalreihen altmodisch wirkende Rundbogenfenster mit mehrfach unterteilten Glasscheiben, die fast bis zum Bodden des Raumes reichten.

»Das werden Sie schon noch sehen«, sagte der Jüngling mit einem geheimnisvollen Lächeln.

»Ich sagte ja, machen Sie sich auf etwas gefasst. Wenn ich Ihnen alles vorher verrate, ist es nur halb so schön.«

»Vollidiot«, dachte Grant und folgte McGrady weiter durch Schluchten von Regalen, die von dem gleichen grünen Filzteppich wie schon auf dem Flur aufragten. Er kam sich mittlerweile wie in einem verfluchten Labyrinth vor.

Kurz erhaschte er einen Blick über die Schulter des jungen Polizisten und sah, dass zwischen zwei Regalreihen direkt vor ihnen wieder das kurze Aufflammen eines Kamerablitzes zu sehen war.

Dann einige gedämpft klingende Stimmen, das Rascheln von Stoff. Ehe wieder ein kurzes Blitzlichtgewitter den Raum erfüllte.

»Wir sind gleich da«, sagte McGrady vor ihm wie zur Bestätigung, ehe er um das letzte Regal bog. Dann blieb er stehen.

Grant sah den jungen Mann an.

Ob der Ankündigung McGradys hatte er mit einer weiteren Leiche oder einer anderen Art obszöner Grausamkeit gerechnet. Aber das Einzige, was er abgesehen von den Männern des Spurensicherungsteams sah, war ein Gewehr, das auf dem Boden neben einem im unteren Teil geöffneten Fenster lag.

Nicht besonders neu, eher alt und abgegriffen und in einer eigenartigen Form.

Er ging hinüber zum Fenster, kniete sich neben der Waffe auf den Boden und sah durch die geöffnete Scheibe nach draußen. Das himmelblaue Cabriolet mit dem Toten wirkte bei weitem nicht so weit entfernt wie er gedacht hatte.

Ein Stückchen weiter links und beinahe direkt unter ihnen sah er den Beamten, der das Absperrband bewachte. Auch er war deutlich näher als angenommen. Grant sah, dass der Mann durch seine verspiegelte Sonnenbrille direkt zu ihnen hinauf spähte.

Dann wandte er sich wieder der Waffe auf dem Boden des Raumes zu, dessen dicke Staubschicht vor dem Fenster auf einer Länge von gut zwei Metern deutlich aufgewühlt und verwischt worden war.

Kein Zweifel, dachte Grant. Der Schütze musste hier gelegen haben, den Schuss von hier aus abgefeuert haben. Rechts neben der Waffe entdeckte er am Fuße eines Regals die vertraute, mit einem weißen Markierungsfähnchen gekennzeichnete Form einer Geschosshülse.

»Ein einzelner Schuss«, murmelte er vor sich hin.

Im Geiste hörte er vor sich ein imaginäres Klicken.

Diese ganze Szenerie kam ihm auf irgendeine Art bekannt, ja beinahe vertraut vor. Der Raum, die Waffe, das Auto. Wieder klickte es in seinem Kopf. Wie der Schlitten eines Diaprojektors, der ein einzelnes Bild zu greifen versuchte, aber abrutschte.

»Interessant, nicht wahr?«, sagte McGrady hinter ihm. Der Junge war direkt hinter Grant getreten. Das Rascheln seiner Uniform war deutlich zu hören. Grant nickte.

»Und ich weiß genau, was Sie denken.« Grant wandte den Blick nach hinten.

»Dallas 1962«, sagte MacGrady mit vertraulich flüsternder Stimme.

Klick. Wieder versuchte der Diaprojektor das Bild zu greifen, rutschte aber ab.

»Dallas 1962«, murmelte Grant. Der Junge hatte Recht. Es war das Bild, das er unbewusst vor Augen gehabt hatte. Aber irgendetwas fehlte. Klick. Der Projektorschlitten griff erneut ins Leere.

»Wie kommen Sie ausgerechnet auf diesen Vergleich?«, wollte er von McGrady wissen, obwohl es ihm nicht anders ergangen war.

Der Junge hob theatralisch die Hände.

»Die gesamte Szenerie«, sagte er. »Ich meine sehen Sie sich doch nur einmal alle Einzelbilder an.« Er kniete sich neben Grant auf den staubigen Boden.

»Dort drüben die Bahnlinie, die leicht abschüssige Straße, das Cabriolet. Alles ähnlich wie in Abraham Zaprudas Filmaufzeichnungen«, er machte eine kurze Pause, in der er nachzudenken schien, fuhr dann aber fort: »Gut, der Geschosswinkel und die Anzahl der Schüsse stimmen nicht überein, aber das dürfte wohl an dem besonderen Ort liegen, an dem wir uns gerade befinden.«

Grant kniff die Augen zusammen.

»Was meinen Sie?«, fragte er.

»Sehen sie sich um«, sagte McGrady und deutete auf die Regal- und Kartonreihen um sie herum. Grant konnte hören, wie sich die zwei Männer der Spurensicherung weiter hinten leise unterhielten.

»Was glauben Sie ist das hier?«

Grant wandte den Blick nach hinten, ließ seine Augen über die Bücher und Regalreihen gleiten. Direkt neben ihm stand eine Ansammlung Weltatlanten, darunter einige schmale Bücher, deren kindliche Aufmachung ihm sofort ins Auge stach. »Mina, die Lesemaus«, stand in bunter Schrift über einer lächelnden, mit großen Augen dargestellten Maus, die einen riesigen Bleistift in der Hand hielt. Dahinter einige mit Zahlen und mathematischen Formeln bedruckte Einbände. Ein Eindruck drängte sich ihm auf, der ein verstörendes Bild von der Situation lieferte.

»Es stimmt fast alles«, sagte McGrady plötzlich mit beinahe feierlich belegter Stimme.

»Bei Oswald war es nicht anders. Ein Schulbuchlagerhaus direkt neben dem weltbekannten Grashügel.« Er deutete nach unten. »Nur das der Tote da unten«, er nickte in die Richtung, »nicht der Präsident der vereinigten Staaten ist.«

Grant runzelte die Stirn und sah ebenfalls durch das Fenster nach draußen, wo gerade einer der Männer in weißem Overall irgendwelche Beobachtungen am zerfetzten Gesicht des Toten vornahm.

»Ich glaube sogar«, begann McGrady hinter ihm wieder, »die Waffe ist das gleiche Modell, das ich auch im Fernsehen gesehen habe.« Der junge Polizist kratzte sich am Kinn, ehe er aufstand und sich zu den beiden Männern in der weißen Uniform der Spurensicherung umwandte.

»Ich brauche noch Fotos von hier, hier und hier«, sagte er gestikulierend zu den Männern, die sich einen kurzen vielsagenden Blick zuwarfen. Grant musste innerlich grinsen. Dann richtete er seine Aufmerksamkeit wieder auf das in der Mitte der Straße stehende himmelblaue Cabrio.

Mochte es ein, wie es wollte. Auch wenn die Szenerie ein paar Gemeinsamkeiten mit einer bereits Jahrzehnte zurückliegenden Geschichte aufwies, war es doch nicht diese Tatsache gewesen, die ihn hatte stutzen lassen.

Er verlagerte ein wenig seine Position und klopfte sich den dicken braunen Staub, der sich wie eine Pulverschicht auf ihm niedergelassen zu haben schien, von seinen Kleidern. Dann stand er auf und verließ nach einem kurzen Nicken zu McGrady und den beiden Männern der Spurensicherung den Raum.

Klick. Noch immer konnte der Projektor das Bild nicht greifen, obwohl Grant eindeutig spürte, dass es direkt vor ihm lag. Draußen auf der Straße sah er noch einmal zu dem Cabrio hinüber, ehe er an dem Cop mit der verspiegelten Sonnenbrille vorbeikam.

»Ich sagte ja, es ist kein schöner Anblick«, meinte der Mann, ohne ihm im Vorbeigehen das Gesicht zuzuwenden. Grant tauchte unter dem Absperrband hindurch und hielt, die Schlüssel für den Taurus bereits in der Hand, keine drei Meter vor dem Wagen entfernt an. Weiter hinten spielten einige Kinder auf der weitläufigen Rasenfläche des Soccerfields und kreischten in ausgelassenem Spaß wild durcheinander.

Während er auf den weichen Fahrersitz des Taurus glitt, konnte er sich erneut dieses merkwürdigen Eindrucks nicht erwehren, dass es etwas gab, das eindeutig vor ihm lag und das er eigentlich erkennen musste.

Klick, der Diaschlitten rutschte wieder ab.

Er startete den Motor. Irgendetwas stimmte nicht.

11. Juni, 00:13 Uhr

Der Mann im Schatten stand an der Ecke Dee Street und New Jersey Avenue und sah zum beleuchteten Eingang der Capitol South Station hinüber, die zu dieser Tageszeit nur noch von wenigen Nachtschwärmern aufgesucht wurde. Vornehmlich irgendwelche Betrunkene, die von Partys nach Hause zurückkehrten oder Menschen, die in Lokalen bis spät in die Nacht hinein hatten arbeiten müssen.

Zufrieden atmete er aus und begann dann in gemütlichem Schlenderschritt die Dee Street in Richtung des Eingangs der U-Bahn Station entlang zu gehen. Besonders eilig hatte er es nicht.

Er sah auf die Uhr, dann warf er einem am Bordstein sitzenden Mann im Mantel einen Blick zu, ehe er die Straße überquerte und im Schatten der Häuser auf dieser Seite weiterschritt.

Das Leben im Schatten war etwas, an das er sich im Laufe der Jahre gewöhnt hatte. Hinter ihm irgendwo im Dunkel der Stadt schickte die Glocke einer Kirche einen einsamen Gong in die ansonsten nur vom Rauschen der Bäume erfüllte Nachtluft hinaus.

Aber nun war es an der Zeit aus den Schatten hinaus ins Licht zu treten. Es spähte im Vorbeigehen in dunkle Hauseinfahrten, warf kurze Blicke in erleuchtete vorhanglose Wohn- und Esszimmer, in denen er die unterschiedlichsten Menschen durch die Glasscheiben beobachten konnte.

Trotzdem.

Er sah sich argwöhnisch nach hinten und dann nach allen anderen Seiten um. Er durfte nicht unvorsichtig werden.

Eine Mutter mit ihrem Kind kam aus einer der Gebäudeeinfahrten und schickte sich an die Straße zu überqueren, wobei sie jedoch ob eines vorüberfahrenden Autos kurz am Bordstein anhalten musste. Das Kind, eine

Mädchen mit lockigem Haar bemerkte ihn und wandte ihm das Gesicht
zu. Ein dunkel gekleideter Mann, der einsam durch die Schatten der Stadt
schritt.

Er beschleunigte seinen Gang, durchquerte die Lichtinsel einer einsamen
Straßenlaterne und bog dann in den Eingang der Capitol South Station
ein, deren hell beleuchtete Öffnung ihn wie ein gewaltiger Schlund zu verschlucken schien.

Regen setzte ein und wusch wenige Minuten später in trommelnden
Tropfen Gehweg und Straße von Schmutz und Unrat rein, der sich gurgelnd
in den Abflüssen an der Straße sammelte.

11. Juni, 19:23 Uhr

Grant schaltete den Fernseher aus und trat auf die Veranda hinaus. Mit einem leisen Ächzen ließ er sich auf einer unter dem Vordach liegenden Stufen nieder und drehte den Zettel in seiner Hand gedankenverloren mal in die eine, mal in die andere Richtung. Schließlich sah er auf.

Ob er Claire anrufen sollte? Auf dem Eiland, auf dem sie sich befand, musste es nun ungefähr Mittag sein.

Er überlegte, drehte den Zettel mit der Geschäftskarte, auf das sie ihre neue Mobilnummer gekritzelt hatte, weiter in der Hand und entschied schließlich, einen Versuch zu unternehmen.

Es klingelte mehrmals am anderen Ende der Leitung, ohne dass Claire jedoch abnahm.

Auch gut, so musste er sich wenigstens nicht das in Selbstmitleid zerflie-ßende Gejammer anhören, in dem seine Schwester mittlerweile mit Sicher-heit bereits wohlig badete.

Vielleicht war seine ursprüngliche Schätzung bei weitem zu optimistisch gewesen. Er sah die verblassenden Strahlen Tageslicht hinter den Bäumen schwächer werden. Dann brummte er missmutig. Licht eines Tages, der wenig erfolgreich gewesen war. Einmal abgesehen vom Namen des To-ten und einigen Zeugenaussagen hatten sie wenig bis keine Informationen vorzuweisen.

Er lehnte sich zurück und streckte sich auf dem unebenen Untergrund des hölzernen Dielenbodens aus, während das Summen der Zikaden um ihn herum mit jeder Minute, die verging lauter und eindringlicher zu wer-den schien.

Charles Phlipp Crandler. 51 Jahre alt, einmal geschiedenen und nun, mittlerweile seit 16 Jahren im zweiten Versuch glücklich verheiratet.

Ein Angestellter einer Biotechnologiefirma, die ursprünglich in San Jose in Costa Rica ansässig gewesen war, mittlerweile aber Niederlassungen in Palo Alto und Washington D.C. unterhielt.

»Biotechnologie?«, hatte Masters naserümpfend gesagt. »Schon wieder so ein verkappter Hobbybotaniker«, was McNitt zu einem glucksenden Lachen veranlasst hatte.

Und einem Kind, das nun durch die Flugbahn einer Kugel damit zurechtkommen musste, ohne Vater aufzuwachsen. Grant kratzte gedankenverloren an einem vom Holz abstehenden Splitter herum, während er mehr automatisch als bewusst die Wahlwiederholung auf seinem Handy betätigte.

Wieder erschallte der elektronische Ton, dessen Pendant auf einer abgelegenen Südseeinsel wohl vergeblich vor sich hin klingeln würde. Er ließ den Ton sich fünfmal wiederholen, ehe er den Anruf beendete. Erleichtert zuckte er mit den Achseln. Er hatte immerhin seine Pflicht getan und es versucht.

Mit einem leisen Ächzen rollte er sich auf die Seite und wollte sich gerade aufsetzen, als die krächzende Türklingel mit einem Mal unter einer in der Stille ohrenbetäubenden Lautstärke zum Leben erwachte. Gefolgt von weiterer Stille, ehe sich das Geräusch in einem Abstand von einigen Sekunden wiederholte.

Grant zögerte. Zu dumm, dass er das Licht in Flur und Küche eingeschaltet hatte. Keine Möglichkeit, sich tot zu stellen.

Er erhob sich mühsam und trottete durch das Haus zur Vordertür, während sich das Klingeln, gefolgt von einem schnellen Klopfen, erneut wiederholte.

Er warf einen kurzen Blick auf seine Uhr. Sein unangemeldeter Gast hatte es offenbar eilig. Mit einer vorsichtigen Bewegung spähte er durch eines der kleinen Fenster neben der Tür. Draußen stand eine schwere, massige Gestalt, deren Rücken von dem Licht der bereits eingeschalteten Straßenlaternen angeleuchtet wurde.

Grant erkannte den militärisch gestutzten Bürstenhaarschnitt, der in dem Licht wie ein abgemähtes Weizenfeld aussah. Dann drehte er den Schlüssel im Schloss herum und öffnete die Tür.

»Abend«, sagte die im Gegenlicht dunkle, hoch gewachsene Gestalt von Liebermann mit der für ihn typischen brummigen Bärenstimme.

»Darf ich für einen Augenblick reinkommen?«

Grant runzelte die Stirn, musterte Liebermann mit einem vorsichtigen Blick. Der stets gut gelaunte Mann von über dem Gartenzaun zog die Stirn in eigenartig tiefe Falten, die ausgeprägter als sonst zu sein schienen. Ein leicht schwerfälliger Ton weckte in Grant zudem die Vermutung, dass der große Mann womöglich bereits eine nicht unerhebliche Menge Alkohol zu sich genommen hatte, ehe seine Schritte ihn an seine Haustür gelenkt hatten. Mehr als dass man es hätte vertuschen und überspielen können, weniger um torkelnd und lallend in irgendwelche Blumenbeete oder Büsche zu fallen.

»Alles in Ordnung?«, fragte er.

»Wie?«, antworte Liebermann irritiert, wie als habe Grant ihn in einer Phase tiefer Konzentration gestört. »Oh, ja ja, alles bestens. Es ist nur..«, er zögerte.

»Hast du vielleicht noch ein Glas von deinem 18 Jahre alten Glenlivet?«, er sah Grant aus verschleierten Augen an. »Ich könnte wirklich eines gebrauchen. Du weißt, ich mache mir nicht viel aus Whiskey..«, er rieb sich das Kinn, kratzte für einen Augenblick verlegen mit den Sohlen seiner Schuhe über die hölzerne Stufe, »aber ich habe gerade einen kleinen Ausnahmezustand.«

Grant musterte Liebermann noch immer. Die geknickte Stimme passte so gar nicht zu dem Mann, der gewöhnlich wirkte, als könne er, wenn es möglich wäre, die ganze Welt umarmen.

»Dafür wird Whiskey ja gemacht«, sagte er mit einem Augenzwinkern und einem Grinsen, das Liebermann jedoch nicht zu bemerken schien.

»Komm rein«, sagte er deshalb mit einer einladenden Geste und sah zu wie Liebermann langsam an ihm vorbei in Richtung Wohnzimmer trottete.

»Polster für die Verandamöbel sind in dem kleinen Schrank an der Tür«, schob er hinterher, während er aus der Küche zwei frische Gläser aus einem der Schränke holte.

Fünf Minuten später saßen sie auf der kleinen, hölzernen Terrasse, nippten an ihren Drinks herum und sahen zu, wie sich das Tageslicht immer weiter verflüchtigte und den Schatten und der Stille der hereinbrechenden Nacht wich.

»Also was ist los?«, wollte Grant wissen als Liebermann auch nach weiteren zwei Minuten nichts außer den Schluckgeräuschen des Whiskeys produziert hatte.

Der große Mann mit dem rundlich wirkenden Gesicht und den freundlichen Augen sah ihn an.

»Warst du schon einmal so weit, alles in Frage zu stellen?«, fragte er. »Dich zu fragend, welchen gottverdammten Sinn deine Existenz auf diesem runden Ball, der durch das Weltall trudelt, überhaupt hat?«

Grant blieb stumm, ließ sich die Frage durch den Kopf gehen.

Fast jeden Tag seit Sarahs Tod. Wenn die Wände in der Stille des Hauses immer näher kamen. Jedes Mal, wenn er deswegen die Kappe der Whiskey-Karaffe öffnete. Jedes Mal, wenn er den ersten Schluck trank.

Aber ein Wort brachte er nicht heraus.

Er öffnete lediglich den Mund, ließ ihn aber wieder zuklappen. Liebermann schien auf die Frage überhaupt keine Antwort zu erwarten.

Abwesend nahm er einen großen Schluck aus dem Glas und sah zum Dunkel des Wäldchens hinüber.

»Ich habe ihr immer alles geboten, weißt du«, fuhr Liebermann schließlich mit leiser Stimme fort. »Und nun will sie nichts mehr von mir wissen.«

Er verscheuchte mit der rechten Hand eine Fliege, die versuchte, sich auf seinem Unterarm nieder zu lassen.

»Stattdessen nun lieber Weihnachten mit dem Prinzenpaar in einer Hütte in den Rockies.« Wieder ein Schluck aus dem Whiskeyglas.

Allmählich kamen Grant zwei Vermutungen. Zum einen, dass er sich Sorgen machen musste, dass seine Vorräte an erstklassigem Whiskey den heutigen Abend nicht überleben könnten. Zum anderen, dass Liebermann offensichtlich über seine Tochter sprach. Das Prinzenpaar war eine Bezeichnung, die er stets für seine Exfrau und den sonnengebräunten Fitnesstrainer verwendete, dessen Hautfarbe auf dem einzigen Bild, das Grant je von ihm gesehen hatte, so künstlich wie das Weiß der unregelmäßig gebleichten Zähne aussah.

»Ich verstehe das nicht«, fuhr Liebermann fort und fuhr sich mit der Hand durch den eigenen Bürstenhaarschnitt.

»Nicht genug damit, dass ich sie ohnehin kaum zu Gesicht bekomme … « Er machte eine Pause, sah Grant an, dann hellten sich seine Züge ein wenig auf, wie als wäre ihm plötzlich etwas Wichtiges eingefallen.

»Aber eigentlich«, sagte er, »bin ich ja wegen etwas ganz anderem hier.«
Grant sah ihn an. Verblüfft über die plötzliche Wendung des Gesprächs zog
er die Augenbrauen nach oben.

»Ach ja?«, fragte er misstrauisch. Er hätte wohl besser doch nicht an die
Tür gehen sollen.

Liebermann nickte eifrig. Die betrübte Stimmung schien von einer Sekunde auf die andere aus seinem Geist gewichen zu sein.

»Komm mit, ich möchte dir etwas zeigen.« Mit diesen Worten stand er
auf.

»Aber … «, wollte Grant verwirrt fragen, aber da hatte der Bär ihn schon
am Arm gepackt und auf die Beine gezerrt.

»Komm schon«, sagte er, nun wieder mit der gutgelaunten, brummenden
Stimme, die Grant eigentlich kaum anders kannte.

»Es lohnt sich.«

Eine weitere Diskussion erübrigte sich und würde sowieso nur das Un-
ausweichliche in die Länge ziehen. Dafür kannte Grant den Mann vom
Gartenzaun inzwischen zu gut.

Liebermann schleifte ihn fast nach drüben zu seinem Haus und durch
einige Zimmer des Erdgeschosses, bis sie vor einer schmalen Holztür mit
dunkel gemaserter Oberfläche schließlich Halt machten. Die schlechte
Laune des großen Mannes schien niemals existiert zu haben und hatte
sich in den mitreißenden Enthusiasmus eines begeisterten Fremdenfüh-
rers verwandelt.

»Du wirst begeistert sein«, sagte er und kramte aus einer Kommode einen
altmodisch wirkenden Schlüssel hervor, mit der er die Tür aufschloss. Dahinter herrschte Dunkelheit. Grant sah Liebermann fragend an. Der große
Mann trat vor und betätigte in dem undurchdringlichen Dunkel einen
schnappenden Lichtschalter, wodurch eine einzelne Neonröhre in dem
Raum flackernd zu leuchten begann.

»Ach herrje«, sagte Grant verblüfft, als er sah, was da vor ihm in das kalte
Licht der Neonbeleuchtung getaucht wurde.

Eine leichte Ahnung von Staub lag in der trüben Luft und Grant registrierte, dass sie sich in einer halb mit Wohnmöbeln eingerichteten Garage
befanden.

Die andere Hälfte war ebenfalls belegt, aber nicht mit dem alten Chrysler, der, wie Grant fand, nur noch wenige Jahre von der Museumsreife entfernt gewesen war, sondern von der Silhouette einer in krachendem Rot lackierten Chevrolet Corvette mit dunklen Lederpolstern und aggressiv ausladenden Radkästen.

Er war verblüfft, gleichzeitig voll Unglauben und ließ seinen Blick immer wieder zwischen dem Auto und Liebermann hin und her gleiten.

»Nicht schlecht, was?«, sagte der große Mann.

Er war noch nie hier gewesen. Gut möglich, dass der rote Sportwagen schon hier gestanden hatte seit Liebermann eingezogen war. Gartenpartys oder Superbowlabende hatten sich immer nur auf Küche, Wohnzimmer und Gästetoilette des Hauses beschränkt. Aber das stolze Gehabe seines Nachbarn ließ eigentlich nur einen möglichen Schluss zu.

»Nicht übel«, sagte Grant anerkennend, während er insgeheim nun noch mehr bedauerte, die Tür vor wenigen Minuten geöffnet zu haben. Er umrundete einmal in gespielter Begeisterung den roten Sportwagen, dessen Innenraum den Neuwagengeruch in die ganze Garage ausdünstete.

»Fantastisch«, sagte er, weil Liebermann ein »Fantastisch« hören wollte und fuhr mit den Fingern bewundernd über die glänzende Lackierung, weil man das ebenfalls so machte. Ein wenig kam er sich bei dieser Charade so vor, wie ein Wissenschaftler, der bei einem Stammesfest eingeladen war und die Rituale einer fremden Kultur befolgte, ohne sie auch nur im Mindesten zu verstehen.

»Da hast du recht«, sagte Liebermann nach ein paar Sekunden und ließ die Autoschlüssel liebevoll durch seine Hände gleiten.

»Drehen wir doch eine kleine Runde. Du darfst zwar nicht fahren, aber ich zeige dir, was das Baby so drauf hat.«

Grant wandte seine Aufmerksamkeit von dem roten Lack und den Ledersitzen ab. Keine gute Idee.

»Keine gute Idee«, sagte er und deutete auf ein niedriges Regal, in der einige Flaschen mit bunten Etiketten darauf herumstanden. Liebermann folgte seinem Blick.

»Oh ja«, sagte er als er einige der bauchigen Weinflaschen entdeckte. »Du hast Recht. Vielleicht ein andermal.«

»Vielleicht ein andermal«, wiederholte Grant und besah sich die Instrumententafel, die ebenfalls in dunklen Tönen gehalten war, wobei er hoffte, dass sich dieses »vielleicht ein andermal« noch einige Zeit lang hinziehen würde.

Sie bestaunten noch einige Zeit den neuen Wagen, ehe Liebermann das Licht löschte und Grant, nachdem dieser ein weiteres Bier dankend abgelehnt hatte, wieder Richtung Haustür führte. Kurz vor dem Hauseingang blieben sie erneut stehen als Grant in einer der Glasvitrinen in dem Raum davor unter weißem Kunstlicht eine Sammlung alter Säbel und Gewehre mit aufgepflanzten Bajonetten erblickte.

»Was ist das?«, wollte er wissen.

Unter den Waffen war, sozusagen als Polster oder Unterlage eine Uniform der Nordstaatler aufgespannt und auch hinter der Vitrine hingen Aufnahmen, die Männer in derselben Uniform zeigten.

»Ach das«, sagte Liebermann »nun ja.« Er deutete auf einen weiteren Glaskasten, in dem eine weitere Uniform, diesmal eindeutig jüngeren Datums, sorgfältig zusammengefaltet war. Daneben mehrere Orden, ebenfalls ordentlich aufgereiht, die um ein gerahmtes Foto mit weiteren fotografierten Soldaten auf dem Schlachtfeld angeordnet waren.

»Die Wand der Erinnerungen sozusagen. Mein Dad hat die Sachen jahrelang aufgehoben.«

»War er … «, begann Grant.

»Er war in Vietnam. Zwei Mal für mehrere Monate.« Liebermann schürzte die Lippen.

»Hat es wieder nach Hause geschafft. Zwei Mal. Mehr oder weniger unversehrt, bis auf einige vereinzelte Splitter einer Granate in seinem linken Knöchel. Schlecht verheilt, weshalb er seitdem einen ein wenig hinkenden Gang hatte. Ansonsten nichts Dramatisches, wobei er vielleicht einen kleinen Knacks hatte, als der Krieg für ihn vorbei war.« Der große Mann kratzte sich nachdenklich am Kinn.

»Posttraumatisches Stresssyndrom nennt man das heute glaube ich«, fuhr er fort. »Allerdings nur verständlich, wenn man bedenkt, was unsere Jungs dort alles erleben mussten.« Er sah wieder zu der ersten Vitrinen hinüber.

»Und mein Urgroßvater väterlicherseits hat im Bürgerkrieg gegen die Südstaaten gekämpft. Mein alter Herr war darauf sehr stolz.« Er beugte sich zu der Vitrine hinunter und wischte in liebevoller Fürsorge ein wenig den Staub beiseite, der sich auf dem Glas gesammelt hatte.

»Dein Urgroßvater hat Seite an Seite mit einem großen Mann für eine gute Sache gekämpft, hat er immer gesagt, wobei er mit einer guten Sache gegen die Sklaverei und mit einem großen Mann natürlich Lincoln meinte.«

»Klick«, der Diaschlitten in Grants Kopf war wieder da. Er blinzelte. Immer noch eigenartig, dass er sich dieses Eindrucks nicht erwehren konnte.

»Dämlicher John Wilkes Booth«, sagte Liebermann mit harter Stimme. »Und andere Ignoranten, aber es war damals eine andere Zeit.« Er machte eine kurze Pause, in der er nachzudenken schien.

»Und später Johnson. Nur seinetwegen wurde mein Vater in diese Hölle geschickt.«

»Klick«, da war der Diaschlitten schon wieder.

»Man hatte geglaubt, dieser Krieg sei im Handumdrehen beendet.« Liebermann lachte säuerlich auf, während der Diaschlitten in Grants Kopf dieses Mal ein Bild zu fassen bekam.

Er warf einen Blick zu Liebermanns Haustür, registrierte den Haustürschlüssel und einen Stapel Briefe, die auf einem kleinen Tisch daneben lagen.

»Scheiße«, fluchte er laut.

»Da ist was Wahres dran«, sagte Liebermann und wollte gerade die Vitrine öffnen, um eines der Fotos wieder gerade zu rücken. »Hey, wo willst du hin?«

Grant riss die Tür auf und stolperte auf den Gehweg vor dem Haus hinaus.

»Später«, rief er über die Schulter nach hinten.

Mit diesen Worten überquerte er die Rasenfläche zwischen den beiden Häusern, umrundete den niedrigen Zaun und stürzte, im eigenen Erdgeschoss angekommen, zu dem Papierkorb, der vor dem Durchgang zu Küche stand.

Wahllos begann er Klumpen zusammengeknüllten Papiers daraus hervor zu ziehen.

12. Juni 6:48 Uhr

»Er tut was?«, fragte Masters ungläubig während McNitt ihn aus dem Hintergrund vor seinem Schreibtisch nur verständnislos anzuglotzen schien.

»Lies mir bitte noch einmal den Bericht über die Waffe aus dem John McCormak Drive vor«, sagte Grant anstelle einer Antwort. Masters sah ihn aus zu schmalen Schlitzen verengten Augen skeptisch an, tat dann aber wie ihm geheißen und zog einen dünnen Stapel Papiere hinter sich vom Schreibtisch.

Nach einem kurzen Räuspern und einem nochmaligen misstrauischen Blick begann er zu lesen.

»Laut forensischem Bericht handelt es sich bei der Tatwaffe um ein Gewehr Mannlicher Carcano, Modell 91, gefertigt um die 1890er Jahre in Italien.« Er machte eine kurze Pause.

Grant ließ einen Bleistift durch seine Finger wandern, eine unbewusste Angewohnheit und hörte mit geschlossenen Augen zu.

»Das Carcano Modell 91 trägt seinen Namen als Referenz an den Italiener Salvatore Carcano, der als Waffeningenieur mehrere Gewehrsysteme bedeutend weiterentwickeln konnte.«

Wieder eine kurze Pause, in der Grant das Umblättern von Papier hörte.

»Bei dem Carcano handelte es sich um ein Mehrladergewehr mit sechs Schuss. Der Verschlusszylinder … «

»Danke das reicht«, sagte Grant und öffnete die Augen wieder, »kommt der Bericht von Conway?«

»Von wem sonst«, antworte Masters, »du kennst doch den alten Schwafler.«

»Aber das Wichtigste hat er vergessen.«

»Du spinnst doch.« Masters schüttelte resignierend den Kopf und zeigte mit dem dünnen Papierstapel, auf dessen erster Seite mehrere Farbbilder von Gewehren abgebildet waren, auf Grant.

»Die gleiche Waffe, die Oswald sich damals für nicht einmal zwanzig Dollar beschaffen konnte, um Kennedy in Dallas abzuknallen. Ich habe Conway angerufen. Die Waffentypen stimmen genau überein.«

»Na und?«, sagte Masters. »Das beweist rein gar nichts.« McNitt im Hintergrund nickte beifällig.

»Für sich allein genommen natürlich nicht«, gab Grant zu.

»Auch nicht zusammen genommen«, gab Masters zurück. »Das sind doch alles nur Indizienbeweise.«

»Immer eins nach dem anderen«, sagte Grant. »Fürs Erste musst du zugeben, dass es sich zumindest plausibel anhört.«

Masters rutschte ein wenig unbehaglich auf seinem Stuhl herum, nickte dann aber schließlich. »Wenn man einige Dinge außer Acht lässt, dann … «

»Und zweitens sind das für meinen Geschmack ein paar Zufälle zu viel. Was sagt dir dein Instinkt?«

Er sah forschend zuerst in das Gesicht von Masters, dann von McNitt.

Nach einiger Zeit zuckte Masters kaum merklich mit den Schultern.

»Möglich ist es schon.«

»Genau«, sagte Grant zustimmend, »ich habe schon Verrückteres gesehen. Und ihr beide genauso.«

»Naja, ich weiß nicht«, blieb McNitt hartnäckig. »Genau dieselben Szenarien? Und wieso denkst du, dass er mit uns kommuniziert?«

»Nicht mit uns, mit mir.«

»Na schön, wieso mit dir?«

Grant sah McNitt für einen Augenblick wortlos an.

»Ich habe nicht die leiseste Ahnung.« Er ließ gedankenverloren die Finger über die alten, braunen Papierseiten gleiten, die er nach Eingangsreihenfolge vor sich geordnet hatte. »Zufall, nehme ich an.«

»Ganz schön merkwürdiger Zufall«, sagte Masters.

Wieder nickte McNitt beifällig.

»Okay, dann liefere mir eine bessere Erklärung.« Masters schwieg. McNitt im hinteren Teil des Büros erhob sich.

»Ich muss mir das noch einmal ansehen«, sagte er und kam zu Grants Schreibtisch herüber gewackelt. »Falls deine Vermutung stimmt, habe ich so etwas Verrücktes schon lange nicht mehr gesehen. Das würde ein völlig neues Licht auf die Sache werfen.«

Er trat neben Grant und ließ seinen Blick einige Sekunden über die vor ihnen ausgebreiteten Papiere mit der altmodischen Textur und der antiquiert wirkenden Schrift gleiten.

5. Juni

»Alles geht vorüber.« Wie unterschiedlich ist doch die Bedeutung dieses Satzes. In einer glücklichen Stunde wirkt er ernüchternd, angesichts von Kummer und Schmerz hingegen tröstlich. »Alles geht vorüber.«

5. Juni

»Es gelingt wohl, alle Menschen einige Zeit und einige Menschen allezeit, aber niemals alle Menschen alle Zeit zum Narren zu halten.«

10. Juni

Das Leben ist ungerecht. Aber denke daran: nicht immer zu deinen Ungunsten.

10.Juni

Wir müssen die Zeit als Werkzeug gebrauchen, nicht als Couch.

»Und das hier ist der letzte«, sagte Grant und ließ ein weiteres Blatt auf den Tisch fallen. McNitt beugte sich noch weiter nach unten, sodass er mit aufgestützten Händen auf der Tischplatte wie ein Feldherr über seinen Kriegskarten aussah.

14. Juni

Ideen beherrschen die Welt.

»Sehr kryptisch«, sagte er als er die Zeilen gelesen hatte.

Grant ging nicht auf die Bemerkung ein.

»Das Zitat von James A. Garfield«, sagte er nur, während er das bräunliche Blatt mit seiner dicken, an Papyrusrollen aus dem alten Ägypten erinnernden Struktur in die Hand nahm und McNitt wieder zu seinem Schreibtisch im Halbdunkel zurück schlenderte.

»Das ist doch albern«, meinte Masters, offenbar immer noch nicht überzeugt. »Wahrscheinlich nur ein Werbegag oder so etwas und ein zugegebenermaßen erstaunlicher Zufall.« Er ließ den Stift, den er in der Hand hielt, vor sich auf die Arbeitsplatte fallen und schob sich einen Kaugummi in den Mund.

Grant fuhr unbeirrt fort: »Es gelingt wohl, alle Menschen einige Zeit und einige Menschen allezeit, aber niemals alle Menschen alle Zeit zum Narren zu halten«, zitierte er den Text des zweiten Briefes, der ohne irgendeinen Absender durch seinen Briefschlitz geflattert war. Die Worte von Abraham Lincoln.

»Willst du mich jetzt mit den ausgesuchten Zitaten deines vermeintlichen Nostalgie-Killers überzeugen?«, fragte Masters beinahe amüsiert, wobei er bei dem Wort Killer mit den Fingern in der Luft ein Anführungszeichen nachstellte.

»Ich wäre ja geneigt, dir zuzustimmen«, antwortete Grant, »wenn nicht die Daten auf den Briefen exakt mit den beiden dazu passenden Morden zusammengefallen wären.«

Immer noch zeigten sich tiefe Falten auf der Stirn von Masters, der offenbar versuchte, die Informationen in irgendeinen logischen Zusammenhang zu bringen.

»Unser Mann vollzieht die Morde an den vier getöteten US-Präsidenten nach«, sagte Grant mit gedämpfter Stimme, was in dem Raum irgendwie wie eine halb verschüttete Grabesstimme klang.

Er nahm das Blatt in die Hand, das McNitt vor ein paar Augenblicken noch betrachtete hatte.

»Das hier ist eine Schnitzeljagd«, sagte er, »zwei Zitate von Lincoln, der Mord im National Theater, zwei Äußerungen von Kennedy, der nachgestellte Mord aus Dallas. Wir bekommen Hinweise von ihm.«

Eine kurze Stille entstand, in der keiner von ihnen etwas sagte.

»Aber wieso?«, fragte McNitt schließlich, während er geräuschvoll seine Position auf dem für ihn gut zwei Nummern zu kleinen Bürostuhl verlagerte.

Grant zuckte mit den Achseln. »Keine Ahnung.«

»In Ordnung«, sagte Masters und lehnte sich nach vorne, »nehmen wir einmal an, deine Theorie stimmt und wir haben es mit irgendeinem Verrückten zu tun, der tatsächlich die vier Präsidentenmorde wiederholt. Weshalb sollte er uns Hinweise liefern?«

Wieder zuckte Grant mit den Achseln.

»Ich hatte das erste Mal dieses komische Gefühl als einer der Cops im John McCormak Drive mich auf die Waffe und das gleiche Szenario wie in Dallas 1963 aufmerksam gemacht hat.«

»Vielleicht ist der Cop ja unser Killer«, warf mit McNitt mit einem glucksenden Lachen ein. »Eine bessere Tarnung gibt es nicht. Steht neben dir, während du gegen ihn selbst ermittelst und führt dich noch auf die richtige Spur. Ich hoffe, du hast den Mann ebenfalls verhört.«

Masters musste grinsen.

»Ich hätte schon im Büro von Conway etwas ahnen müssen. Die Deringer Kaliber .44. Es ist die gleiche Waffe, mit der damals John Willkes Booth Lincoln erschossen hat.«

»Hattest du nicht gesagt, das Ding sei irgendeine altmodische Damenwaffe gewesen?«, fragte McNitt.

Grant warf ihm einen kurzen Blick zu.

»Dann scheint es ihm aber auf historische Genauigkeit nicht anzukommen«, warf Masters mit skeptischer Stimme ein. »Mal ganz davon abgesehen, dass keiner der Toten der Präsident der vereinigten Staaten, nein noch nicht einmal der Präsident von irgendetwas war.« Er machte eine kurze Pause. Dann fuhr er fort.

»Lincoln wurde nicht im National, sondern im Fords Theater erschossen, Kennedy nicht in Washington, sondern in Dallas.«

Für einen kurzen Moment versanken alle in Schweigen.

»Nur einmal angenommen. Was also bleibt noch übrig?«, fragte McNitt schließlich.

»Schließlich stimmt auch die Reihenfolge nicht.«

»Nach Lincoln kamen Garfield und McKinley, nicht Kennedy.«

»Zweifellos sind es die zwei bekanntesten Morde«, sagte Masters.

McNitt öffnete einen Internetbrowser und hackte ein paar Worte in die Tastatur.

»Das Attentat auf Präsident Garfield fand vier Monate nach seinem Amtsantritt auf einem Bahnhof in Washington statt. Der Attentäter war der psychisch kranke Charles Guiteau.«

»Gibt es irgendwelche Fingerabdrücke auf den Briefen?«, fragte Masters, während McNitt weiter die Seite auf dem Computerbildschirm absuchte.

»Keine außer meinen eigenen«, antwortete Grant.

»Woher bekommt man überhaupt solch uraltes Papier?«, fragte McNitt über die Schulter. »Das Zeug sieht aus wie Schriftrollen aus der Zeit der Pharaonen.«

»Womöglich bist du nicht der Einzige, der diese Briefe erhält«, sagte Masters immer noch mit einem Anflug von Skepsis in der Stimme.

»In meiner Straße bin ich zumindest der einzige.«

»Und was beweist das?«

»Hey hallo, hört zu«, meldete sich die Stimme von McNitt wieder aus dem Hintergrund.

»Das Attentat auf William McKinley ereignete sich auf der Pan-American Weltausstellung im Jahre 1901. Verübt wurde es von einem gewissen Leon Czolgosz, wobei McKinley erst einige Tage später an den Verletzungen verstarb.«

Er machte eine Pause und gab weitere Buchstaben in das Suchfenster des Browsers ein.

»Interessant, nicht wahr?«, fragte er über die Schulter, während er ein weiteres Fenster öffnete und nun ebenfalls Informationen auf dieser Seite suchte.

»Wenn deine Theorie stimmt, stehen uns noch zwei weitere Morde bevor«, sagte Masters mit zusammengekniffenen Augen. »Irgendwelche Ideen?« Und mit einem süffisanten Grinsen fügte er hinzu:

»Irgendwelche Weltausstellungen in Washington in der nächsten Zeit?«

Grant hielt seinem Blick stand, sagte dann, indem er erneut den Brief in die Höhe hielt, der am Morgen zwischen den übrigen Sendungen gesteckt hatte: »Garfield ist als nächstes dran, nicht McKinley. Die zeitliche Progression weicht ab, aber das Katz und Maus Spiel mit den Zitaten stimmt.«

Masters sah ihn noch einen Augenblick an.

»Irgendetwas über den genauen Ort oder den Namen des Bahnhofs, auf dem Garfield getötet wurde?«, fragte er über die Schulter an McNitt gewandt, der sich sogleich eifrig an die Arbeit machte.

In das Klackern der Tastatur hinein sagte Grant: »Das ist vermutlich bedeutungslos.« Und an Masters gewandt fuhr er fort: »Deine eigenen Worte. Offenbar nimmt es unser Mann mit dem geschichtlichen, genauer gesagt mit dem geografischen Hintergrund nicht sonderlich genau.«

Masters zog die Augenbrauen zusammen. »Was uns zwangsläufig zu der nächsten Frage bringt«, sagte Grant und legte die Fingerspitzen aneinander, sodass eine Art kleines Zelt entstand.

»Wonach wählt er die Orte, viel eher aber die Personen aus?« Wieder entstand eine kurze Stille, in der nur das Klackern von McNitts Tastatur zu hören war.

»Ruthledge, Crandler als Nummer zwei. Trifft er diese Entscheidungen, wählt er diese Leute rein zufällig aus oder steckt mehr dahinter? Ich meine legt er sich einfach in dem Schulbuchlager im John McCormak Drive auf die Lauer und wartet, bis jemand in einem Cabrio vorbeifährt oder ist die Sache auf längere Sicht geplant?«

»Du meinst, es besteht womöglich eine Verbindung zwischen den Opfern?«, fragte McNitt, noch immer mit dem Bildschirm seines Computers beschäftigt.

»Das habe ich nicht gesagt, aber möglich ist auch das. Auf der anderen Seite wäre es auch nicht das erste Mal, dass ein geplanter Mord lediglich mit einer Serie weiterer Taten getarnt würde, wobei der Aufwand hierfür recht hoch erscheint.«

»Also zurück auf Anfang«, sagte McNitt seufzend und schnaubte verächtlich.

»Gehe nicht über Los, ziehe keine 1000 Dollar ein.«

»Oder es trifft die einfachste Erklärung von allen zu und wir haben es schlicht mit einem total durchgeknallten Wahnsinnigen zu tun«, fuhr Grant mit nachdenklicher Stimme fort. »Die Variablen lassen sich beliebig in alle Richtungen wenden.«

»Was also tun wir?«, fragte Masters und breitete die Hände aus.

»Was ist mit der Frau?«

»Von Crandler?«

Grant nickte.

»Nichts. Ich habe über eine Stunde mit ihr gesprochen, was hauptsächlich daran lag, dass sie immer wieder in Tränen ausgebrochen ist.« Er zog eine Augenbraue nach oben. »Verständlich zwar, aber ich hatte Mühe selbst die Worte dazwischen zu verstehen.« Er zog ein weiteres Blatt vom Schreibtisch und überflog die darauf geschriebenen Zeilen.

»Allerdings auch hier nichts Außergewöhnliches.« Er schlug leicht mit dem Handrücken gegen das Papier.

»Seit 16 Jahren verheiratet, davor beide jeweils eine Ehe, die allerdings beide kinderlos blieben, eine gemeinsame Tochter und ein wahrhaftes amerikanisches Bilderbuchleben aus der Vorstadt. Nach der Schilderung der Frau kein einziges Wölkchen am Himmel, das das Familienglück hätte trüben können, weder beruflich noch privat.« Er warf einen kurzen Blick in die Runde und legte dann das Blatt wieder zurück.

»Sackgasse. Um es kurz zu machen.«

»Da erscheint mir unser Immobilienhai und sein kleines Pflanzenexperiment mit unserem ersten Toten schon bei weitem verdächtiger, nur um einmal etwas in Richtung einer Vertuschungstheorie zu sagen.«

»Dem stimme ich zu«, sagte McNitt von seinem Schreibtisch aus, ehe er erneut mit lehrmeisterlicher Stimme sagte: »Wirklich interessant, was man hier alles erfährt. Ich meine die ganze Geschichte um Kennedy, die Verschwörungstheorien und die widersprüchlichen Geschichten, mal abgesehen von Abraham Zaprudas Filmaufnahmen und der Ermordung Oswalds durch Jack Ruby vor dem Prozess kennt man ja, aber viele Details beim Mord an Lincoln waren mir beispielsweise neu.«

Begeistert scrollte er weiter durch die Seiten, während Masters noch etwas anderes einzufallen schien.

»Haben die genauen Daten etwas zu bedeuten?«, fragte er und wandte seine Aufmerksamkeit wieder Grant zu.

»Eine Sackgasse leider auch hier«, antwortete Grant. »Das Attentat auf Lincoln wurde am 14. April verübt, das auf Kennedy am 22. November.«

»Also auch hier kein Ziehen über Los«, brummte McNitt mit dumpfer Stimme. Dann wandte er sich wieder seinem Computer zu und las laut vor: »Garfield wurde am 2. Juli 1881 an der Pennsylvania Station in Washington D.C. angeschossen.«

12. Juni, 13:24 Uhr

Er beobachtete das bunte Mittagstreiben auf dem Bahnsteig, lehnte an einer der Säulen und sah zu, wie eine nach der anderen Personen geduldig in ein und ausfahrende Züge ein oder ausstiegen.

Familien mit Kindern, smarte Yuppies mit Aktentasche und geschäftigem Blick, die auf ihre Handys einhämmerten als gäbe es kein Morgen.

Dazwischen um diese Uhrzeit vereinzelt ein paar Jugendliche, vermutlich Halbstarke, die die Schule schwänzten oder gar nicht zu Schule gingen und sich hier zwischen der gleichgültigen Masse der Menschen und Ladenzeilen die Zeit vertrieben. In einigen Geschäften im rückwärtigen Teil der Halle und den anschließenden Passagen sah er weitere Personen, die, während sie auf ihre Züge warteten, in Zeitschriften blätterten oder sich einen kleinen Mittagssnack gönnten. Er sah sich zum wiederholten Male um.

Nur die Person, auf die er wartete, war noch nicht eingetroffen. Ein warmer Luftzug wehte durch die Halle als der nächste Zug sich durch das Dunkel des unterirdischen Schienennetzes näherte.

»Bitte treten Sie von den Gleisen zurück«, erklang eine elektronisch leicht verzerrte Stimme aus den Lautsprechern, die an den verkachelten Wänden der U-Bahn-Station angebracht waren.

Er trat einen Schritt zurück, ließ einige der Wartenden passieren und machte sich dann, um nicht mehr als nötig aufzufallen, in Richtung einer der kleinen Buchläden davon. Aus den Augenwinkeln warf er einen Blick auf die Sicherheitskameras, die an unauffälligen Orten an der Decke und den Wänden der Halle angebracht waren. Mit raschem Schritt entfernte er sich. Er konnte nicht ewig auf dem Bahnsteig stehen und Zug um Zug an sich vorbei fahren lassen. Irgendwann würde er so Aufmerksamkeit erregen.

Zwischen einem Burgerladen, der mit dem Slogan »Tonys Giant-Burgers sind die besten der Stadt« Werbung machte und einem kleinen Buchladen blieb er wieder stehen. Wie ein interessierter Kunde zog er eines der Bücher aus einem Aufsteller, ein Reiseführer über Südafrika, und begann zum Schein darin zu blättern.

Er zog sich die Baseballmütze ein wenig tiefer ins Gesicht und sah am Ende der Halle schließlich die Tür aufgehen, auf die er gewartet hatte.

Die Pforte, die mit einer stählernen Tür verschlossen war, öffnete sich und gut ein halbes Dutzend Männer in dunkler Kleidung und orangefarbenen Warnwesten ergoss sich in den Strom der auf dem Bahnsteig wartenden Menschen.

Der Mann hielt im Blättern inne, sah einen kleinen Jungen, der zusammen mit seinem Vater ebenfalls an den Aufsteller trat, und wandte seine Aufmerksamkeit dann wieder den Männern von der Tunnel-Wartungsschicht zu, die nun an den Leuten vorbeisteuernd auf den Ausgang aus der Halle zuhielten. In wenigen Augenblicken würden sie bei ihm vorbeikommen.

Er senkte den Blick wieder in das Buch, wobei er aus den Augenwinkeln die Gestalt beobachtete, die als vorletzte aus dem Wartungstunnel getreten war. Ein schmächtiger, leicht untersetzter Mann mit Halbglatze und tätowierten Unterarmen, der nun gemeinsam mit einem seiner Kumpel eine Abzweigung durch die Passagen nach Süden nahm. Noch einen Augenblick lang blieb der Mann vor dem Buchladen stehen, wartete, bis die beiden Gestalten sich gut zehn Meter von ihm entfernt hatten und stellte dann das Buch wieder in die aufgestellte Halterung zurück. Kurz fing er dabei den Blick des kleinen Jungen auf, der ihn aus großen Augen anstarrte. Dann setzte er sich in Bewegung.

Für einige Minuten folgte er den beiden Männern durch das Labyrinth unterirdischer Gänge und Rolltreppen, bis der größere der beiden schließlich eine weitere Wartungsluke in einer der Wände öffnete, die ebenso wie die vorherige Tür mit mattem Stahl überzogen war. Mit einem lauten metallischen Klong fiel das schwere Gebilde zurück ins Schloss und erzeugte in dem unterirdischen Gewölbe ein von den gekachelten Wänden zurückprallendes Echo.

Der Mann ging an der Tür vorbei. Dann folgte er dem Gang weiter und war nach wenigen Sekunden hinter der nächsten Biegung verschwunden.

13. Juni, 9:41 Uhr

Grant überquerte den Madison Drive und tauchte in die weitläufigen Park-
anlagen dahinter ein. Rechts und links von ihm erstreckten sich Laufwege,
die zwischen riesigen, exakt rechteckigen Rasenflächen angeordnet und
akkurat kurz geschnitten waren.

Feiner Schotter knirschte unter den Sohlen seiner Schuhe, während er
im klaren Morgenlicht die burgähnliche Anlage vor sich auftauchen sah.

Das Informationszentrum des Smithsonian Museums, dem größten
Museumskomplex der Welt, war in braunem Stein mittelalterlicher Wehr-
festungen gehalten und Grant verstand nun, warum das Gebäude, das tatsächlich wie eine altertümliche Burg aussah, von vielen einfach nur »the
castle« genannt wurde.

Er ging schräg über eine der Rasenflächen, die zu dieser Tageszeit noch
mit dem Tau der vergangenen Nacht bedeckt waren, und steuerte auf die
Eingangstür zu.

Die Informationsschlange schien zu dieser Stunde noch nicht sonderlich
ausgeprägt zu sein. Er warf noch einen Blick gegen die noch tief stehende
Sonne und betrat dann das Gebäude. Im Innern roch es genau so, wie er es
erwartet hatte, wie man sich im Allgemeinen wohl den Geruch in Museen
und Archiven vorstellte.

Eine Ahnung von staubgeschwängerter Luft und dem Odem der Geschichte schien in der Luft zu liegen und die dicken Wände und die Oberfläche behauenen Steins erzeugten ein Gefühl stiller Erhabenheit.

Grant blieb für einen Augenblick stehen.

Er genoss einen kurzen Moment die Wirkung des Ortes und steuerte
dann auf einen der Informationsschalter zu, hinter dem eine ältere Frau
mit schneeweißen Haaren saß.

»Guten Morgen«, sagte er mit einem Lächeln als er vor die Glasscheibe der Frau trat. Dann nickte er freundlich.

»Guten Tag.«

Ein paar Minuten später war er wieder unterwegs.

Erneut zwischen penibel gepflegten Rasenflächen und wie es schien immer in exakt gleichem Abstand gepflanzten Bäumen, die mit ihren Ästen verzweigte Schatten auf das Grau des Schotterbandes vor ihm warfen. In seiner Hand knisterte das Papier eines Lageplans, in dem sämtliche Museen des Komplexes mit kleinen zeichnerischen Abbildungen hervorgehoben waren und auf dessen unterer Hälfte die Dame vom Informationsschalter mit ihrem Stift einen dicken Kreis gezeichnet hatte.

»National Museum of American History«, hatte die Frau in einer leicht rauchigen Stimme gesagt, »dritter Stock, wenn ich mich recht erinnere. Fragen Sie einfach am Empfang.«

Genau das hatte er vor.

Es waren nur wenige Leute in der weitläufigen Parkanlage unterwegs als er nun in nördlicher Richtung auf einem etwas breiteren Schotterpfad der Wegbeschreibung der alten Dame folgte und noch einmal einen kurzen, prüfenden Blick auf die raschelnde Karte in seiner Hand warf. Kein Zweifel. Der riesige Säulenbau, der sich schräg vor ihm erhob, musste das richtige Gebäude sein.

Er betrat den Bau über mehrere Reihen ausgetretener Betonstufen und bekam am Einlass von der Rezeptionistin tatsächlich die Information, sich in den Westflügel im dritten Obergeschoss zu begeben.

»Dort hinten ist der Aufzug«, sagte die junge Frau, nachdem er ihr seinen Dienstausweis gezeigt und sein Anliegen erklärt hatte. »Halten Sie sich im dritten Stock auf der rechten Seite.«

Grant bedankte sich und wurde von einem der Sicherheitsleute in einen Bereich vorgelassen, der für das öffentliche Publikum der Museumsbesucher gesperrt und normalerweise nicht zugänglich war. Er fand den Aufzug, den die junge Frau beschrieben hatte, am Ende eines kurzen, breiten Ganges und fand sich keine zwei Minuten später in einem zweiten Gang drei Etagen höher wieder.

Er ging los, überflog im Vorbeigehen die Beschriftungen der Zimmertüren und hielt schließlich vor einer Tür, die mit einem dunklen Kirschholzmuster versehen war, an.

»Prof. Dr. Alice McTaggert«, stand in geschwungenen Lettern auf dem breiten Türschild.

Grant räusperte sich, steckte die Karte in eine seiner Hosentaschen und klopfte an die Tür.

»Ja bitte«, ertönte eine leise Frauenstimme von der anderen Seite.

Grant trat ein und sah dann in das erwartungsvolle Gesicht einer Frau, die hinter einem kleinen Holzschreibtisch saß und kaum älter als 30 sein konnte.

»Guten Morgen, ich möchte zu Prof. McTaggert«, sagte er und warf einen Blick auf das Namensschild auf dem Tisch der Frau, auf dem in goldenen Buchstaben H. L. Milton stand.

»Sicher«, sagte die junge Frau. »Haben Sie einen Termin?«

»Nein«, antwortete Grant und zeigte ihr anstelle weiterer Erklärungen schlicht seine Dienstmarke.

»Oh, ich verstehe«, sagte die Sekretärin überrascht und verunsichert und schlug das Buch mit Termineintragungen, das sie bereits geöffnet hatte, wieder zu. »Einen Moment bitte.«

Grant nickte.

Dann sah er zu wie die junge Frau den Hörer ihres Telefons abnahm und mit einer der Kurzwahltasten einen Anschluss anwählte, der sich direkt im nächsten Zimmer befinden musste. Grant hörte das Klingelzeichen des Gegenanschlusses durch eine weitere dunkle Holztür, die sich nur wenige Meter direkt vor ihm befand.

Dann wurde der Anruf entgegengenommen. Grant hörte eine dunkle, wohlklingende Stimme, die simultan aus dem Telefonhörer und dem Raum hinter der Tür an sein Ohr drang.

»Ja, was gibt es?«

»Frau Professor, hier ist ein Mann von der Polizei, der Sie sprechen möchte«, sagte die junge Frau in geflissentlichem Ton. Ein Knacken in der Leitung war die Antwort, dann eine kurze Pause, ehe Grant die gereizt klingende Stimme von McTaggert aus dem Telefon und hinter der Tür simultan antworten hörte.

»Ich bin beschäftigt Heather«, sagte sie in abweisendem Tonfall und fügte nach einer weiteren kurzen Pause an: »Wenn der Gentleman nicht die Absicht hat, mich zu verhaften, dann soll er sich gefälligst wie alle anderen einen Termin geben lassen.« Noch ein kurzes Schnauben, dann ertönte ein knappes Klicken und die Leitung war tot.

Grant beobachtete die Miene der jungen Frau, die unsicher den Hörer zurück auf die Gabel legte und offenbar bereits überlegte, wie sie diese Absage mit dem Holzhammer am besten verzuckern konnte.

»Prof. McTaggert ist im Moment leider sehr beschäftigt«, begann sie »und sie kann Sie im Moment leider nicht … hey«, aber da war Grant schon an ihrem Schreibtisch vorbei und öffnete mit einer halben Drehung des kupferfarbenen Knaufs die Verbindungstür zu McTaggerts Büro.

Die Tür glitt lautlos auf und in dem Raum dahinter sah eine Frau in einem ledernen Blazer und mit schwarzen, ebenholzfarbenen Haaren von den Papieren auf ihrem Schreibtisch auf.

»Aha«, sagte sie, weniger überrascht als er angenommen hatte. Vermutlich hatte sie bereits seine sich nähernden Schritte auf dem Fußboden gehört.

In seinem Rücken hörte Grant die Sekretärin halbherzig protestieren. »Sir, hier kann doch nicht jeder einfach reinlaufen.«

»Die typische Coppermanier«, sagte McTaggert mit herablassender Stimme als sie ihn nun breitbeinig auf der Türschwelle stehen sah.

Grant musterte die Frau vor ihm, die seinem Blick unbeeindruckt und mit herausfordernd nach vorne gerecktem Kinn standhielt. Prof. Alice McTaggert war eine groß gewachsene Frau um die 50.

Gezeichnet mit einer Attraktivität, die in früheren Jahren wohl als aufreizend bezeichnet werden konnte, nun aber zunehmend zu verblassen schien.

Besonders ihre Augen, um die sich tausend Fältchen zogen, schienen, trotz der Härte ihres Gesichts, ständig zu lächeln. Ein Zwiespalt, der in scharfem Kontrast zu der feindseligen Stimme stand, mit der sie ihn nun ansprach: »Was wollen Sie?«, fragte sie knapp und begann sich bereits wieder den Papieren auf ihrem Schreibtisch zuzuwenden.

Wie als habe sie einen lästigen Käfer oder ein anderes Krabbeltier bemerkt, davon Notiz genommen und es anschließend zu ignorieren beschlossen.

»Prof. McTaggert«, begann Grant, während er die Tür hinter sich schloss, »ich bin hier, weil Sie eine weltweit anerkannte Expertin für Geschichte und historische Dokumente sind.«

Er spürte die Tür mit einem Klicken ins Schloss fallen und nahm auf einem der Besucherstühle vor dem Schreibtisch Platz.

»Und?«, fragte die Professorin, wobei sie noch immer nicht von ihrem Schreibtisch aufblickte.

»Und ich bin hier, weil ich Ihre professionelle Hilfe benötige.« Die Frau hob für einen Sekundenbruchteil den Blick, wandte sich aber beinahe sofort wieder ihren Papieren zu.

»Was Sie nicht sagen.« Sie raschelte ein wenig mit ihren Dokumenten herum, lehnte sich aber, nachdem sie merkte, dass ihr Besuch nicht weitersprach mit einem Seufzen in ihrem Sessel zurück. Ein leises Knarzen des Leders war zu hören.

»Also, worum geht es?«, fragte McTaggert mit der resignierenden Stimme von jemandem, der sich in sein Schicksal ergibt.

»Ich glaube kaum, dass ich Ihnen helfen kann, es sei denn die Mörder und Attentäter dieser Welt verspürten plötzlich den Wunsch ihre Kalaschnikows und thermonuklearen Bomben gegen Papyrus und Pflanzenfasern einzutauschen.«

Sie nestelte bei diesen Worten ein wenig an ihrer dunkel umrandeten Brille herum. Dann hob sie in ungeduldiger Erwartung die Augenbrauen und sah zu, wie Grant aus der Innentasche seines Jacketts Bündel bräunlichen beschriebenen Papiers hervorholte.

Er breitete alles ohne weitere Erklärung vor der Professorin aus und fixierte die Frau sodann über den Schreibtisch hinweg mit den Augen.

»Ich möchte gerne wissen, was Sie mir über dieses Papier sagen können.« Eine kurze Stille entstand. McTaggert hielt Grants Blick noch einen Augenblick stand, dann beugte sie sich, offenbar mit einem aufkeimenden akademischen Interesse, nach vorne und zog einen der Papierbögen zu sich heran. Grant beobachtete sie.

»Hmmm«, machte die groß gewachsene Frau und ließ das Papier langsam und vorsichtig durch ihre Finger gleiten. Der braune Stoff schien in ihren Händen stabiler als übliches Schreibpapier zu sein und knisterte leise, als sie mit ihren Fingerspitzen prüfend darüber rieb.

»Eindeutig kein herkömmlich hergestelltes Gewebe«, sagte sie und untersuchte für einen Moment die Ecken und Kanten des bräunlichen Blattes.

Ein leichtes Kribbeln stellte sich in Grants Fingerspitzen ein, als die Frau nun die Kante des Blattes mit dem Daumen abfuhr.

»Interessant«, murmelte die Professorin vor sich hin, wobei sie bereits völlig zu vergessen haben schien, dass Grant sich auch noch in dem beengten Raum befand.

»Eindeutig auch kein Papyrus, Tapa, oder Amatl«, fuhr sie fort, um im nächsten Moment aufzusehen. »Woher haben Sie das?« Grant sah sie einen Moment lang verständnislos an.

»Papyrus, Tapa oder Amatl?«, wiederholte er fragend. »Ich fürchte, ich kann Ihnen bereits jetzt nicht mehr folgen Professor.« McTaggert lächelte kurz. Es war ein ehrliches Lächeln, wobei Grant auch einen Hauch Überlegenheit und Belustigung darin zu erkennen glaubte.

»Es handelt sich um Pseudopapier, oder auch Papierähnliche«, antwortete McTaggert, nachdem sie die Situation noch einen Augenblick lang ausgekostet hatte.

»Alle pflanzlichen Ursprungs. Man unterscheidet unter dem Oberbegriff Papier im Allgemeinen zwischen insgesamt drei Arten müssen Sie wissen.«

Grant lehnte sich interessiert nach vorne, während die Professorin das Blatt wieder intensiv zu mustern schien.

Das Rascheln wurde nun eine Spur lauter als McTaggert ein zweites Blatt vom Schreibtisch aufnahm und ebenfalls zu begutachten anfing.

»Das gleiche Material«, murmelte sie leise, ehe sie mit lauterer Stimme fortfuhr:

»Papierähnliche unterscheiden sich vom Papier vor allem durch die Technik der Herstellung.«

Sie sah Grant über den Rand ihrer Brille hinweg an, schien ihn zu mustern. Wie eine Lehrerin, die ihm Gesicht eines Schülers abzulesen versuchte, ob dieser den Lerninhalt verstanden hatte.

»Obwohl es Material aus China gibt, das auf etwa 150 v. Chr. datiert wurde, gilt als Erfinder des Papiers nach heutigem Verfahren Ts'ai Lun, ein Beamter am chinesischen Kaiserhof um etwa 100 v. Chr.«

Grant hörte interessiert zu, während seine Augen die Wand hinter McTaggert streiften, wo auf mehreren Regalebenen Bücher aneinandergereiht waren, die so alt aussahen, als würden sie bei der geringsten Berührung einfach zu Staub zerfallen.

Er fragte sich, welchen Wert diese Aufreihung von faserigen Seiten vor ihm wohl haben mochte. Mit Sicherheit gab es auch für derlei Dinge einen nicht unbeträchtlichen Markt. Er fuhr sich mit der Hand über das Kinn. Es gab für so ziemlich alles einen Markt.

McTaggert ihm gegenüber schien mit jedem Wort, das sie sagte, tiefer in die Materie abzugleiten und mehr einen dozierenden Monolog mit sich selbst als ein Gespräch mit ihm zu führen.

Grant bewunderte insgeheim die Fähigkeit der Professorin, sich so sehr für ein einziges Thema begeistern zu können. Es war etwas, das er selbst nie fertig gebracht hatte. Von den Werken seiner Lieblingsbands einmal abgesehen. Er musste innerlich grinsen bei dem Gedanken, ob McTaggert wohl einem Monolog über diese Themen ebenso viel Begeisterung abgewinnen würde können.

Personen wie die Professorin gehörten gemeinhin seiner Erfahrung nach eher zu den Menschen, die diesen Dingen einen Opernbesuch samt elitärem Sektempfang oder eine Konzertarie bei weitem vorzogen.

»Im 2. Jahrhundert gab es in China schon so etwas wie Papiertaschentücher. Wussten Sie das?«, fragte ihn McTaggert mit einem Mal, ohne jedoch auf ihre Frage eine echte Antwort zu erwarten.

»Außerdem wurde dort wenig später bereits Toilettenpapier in großen Mengen hergestellt.«

Grant hatte es nicht gewusst. Vergessen würde er diese Information aber wohl nie mehr. Er hörte weiterhin geduldig zu, obwohl die Ausführungen von McTaggert ihn bislang um keinen Millimeter weiter gebracht hatten.

»Es ist allerdings unter Experten umstritten, wann genau das erste Papier dann in der arabischen Welt produziert wurde«, fuhr die Professorin fort.

»Jedenfalls gelangte das Schreibmaterial seit dem 11. Jahrhundert dann auch nach Europa.«

Die Professorin nahm einen kleinen Schluck aus einer kunstvoll gearbeiteten Keramiktasse, in der eine dunkle, halb transparente Flüssigkeit zu sehen war. Zu hell um Kaffee zu sein und nach der Farbgebung vermutlich irgendein Grün- oder Schwarztee.

»Nun ja«, sagte er und schlug die Beine übereinander, »das ist alles wirklich interessant und aufschlussreich Professor, jedoch … «

»So viel zum groben Hintergrund«, unterbrach ihn McTaggert brüsk, »ich weiß sehr wohl, dass Sie nicht deswegen gekommen sind, aber was ihr Papier betrifft sind einige zusätzliche Informationen nötig, die ohne einen exakten Hintergrund möglicherweise nicht allgemein verständlich sind.«

Sie schob ihm eines der Papiere über den Tisch zurück.

»Eine zeitliche Datierung des Materials lässt sich aufgrund einiger charakteristischer Merkmale des Stoffes zwar vornehmen, gleichzeitig muss sie aus verständlichen Gründen auf eine grobe Datierung von einem Zeitraum von ein paar Jahrzehnten beschränkt bleiben.«

Grant hob überrascht den Blick. Eine Eingrenzung eines Zeitraums von einigen Jahrzehnten war weit mehr als er erwartete hatte. Er nickte der Professorin mit verständiger Miene zu.

»Ich verstehe«, sagte er.

»Also«, begann McTaggert wieder.

»Die Daten, die die zeitliche Eingrenzung des Herstellungszeitpunkts ihres Papiers markieren und ermöglichen sind das Natronverfahren und die sogenannte regenerierte Cellulose.«

»Die was?«, fragte Grant.

»Die regenerierte Cellulose«, wiederholte McTaggert. »Aber dazu komme ich noch.« Sie legte die rechte Hand flach auf eine der Seiten vor ihm.

»Um die Mitte der 1850er Jahre begannen drei Engländer Watt, Houghton und noch ein weiterer, dessen Name mir leider momentan nicht einfällt, mittels des Natronverfahrens Holzzellstoff herzustellen. Sie können dies eindeutig an der Textur des Materials fühlen. Im Vergleich zu älteren Papiererzeugnissen ergab sich so eine bei weitem weichere und gleichmäßigere Oberfläche. Aber dies ist nur die eine Seite der Geschichte.«

Grant legte prüfend eine Hand auf eines der bräunlichen Blätter und ließ seine Finger über die Oberfläche des Papiers gleiten. Er fühlte nichts außer der rauen Beschaffenheit des Stoffes, der erheblich unebener als die glatte Oberfläche modernen Papiers war und sich irgendwie wie die fein gekörnte Scheibe einer Schleifmaschine anfühlte.

»Die zweite Erfindung, die für die Eingrenzung von Bedeutung ist, ereignete sich um das Jahr 1920 als es erstmals gelang, Papier aus halbsynthetischen Fasern herzustellen. Dieses Verfahren wurde unter der Bezeichnung regenerierte Cellulose bekannt, die ich bereits erwähnt habe. Außerdem markiert die gleiche Zeit den Beginn der Chlordioxid-Bleiche, die das Papiermaterial im Gegensatz zu Ihrem mitgebrachten Stoff erheblich aufhellte.«

Die Professorin nahm die Hand von dem Papier, wobei sie erst in diesem Augenblick zu bemerken schien, dass einige wenige Zeilen auf jedem einzelnen zu lesen waren.

»Interessant«, sagte sie und las den Text auf dem Blatt, das ihr am nächsten war.

5. Juni

»Alles geht vorüber.« Wie unterschiedlich ist doch die Bedeutung dieses Satzes. In einer glücklichen Stunde wirkt er ernüchternd, angesichts von Kummer und Schmerz hingegen tröstlich. »Alles geht vorüber.«

»Eine sehr philosophische Sichtweise«, sagte sie und kniff die Augen zusammen.

»Eigenartig.«

»Was?«

»Die Zeilen kommen mir vertraut vor. Ein bekanntes Zitat?«, fragte sie mit hochgezogenen Augenbrauen.

»Mehr oder weniger«, antwortete Grant.

»Wie dem auch sei«, sagte McTaggert.

»Somit ergibt sich für den Herstellungszeitpunkt Ihrer Schriftstücke ein Zeitraum von grob 1850 bis 1920.«

Grant ließ sich den Zeitraum durch den Kopf gehen. Die Zahlen, die McTaggert genannt hatte, waren wenig beruhigend.

»Ist es möglich«, begann er, »solches Papiermaterial, ich weiß nicht … «, er machte eine kurze Pause, »zu fälschen?«

Die Professorin runzelte die Stirn.

»Eine exakte Imitation des Stoffes und der Textur, meinen Sie?« Sie sah ihn fragend an. Grant nickte.

»Es wäre äußerst schwierig«, sie zeigte auf die aufgereihten Blätter.

»Viel zu viele Einzeleinflüsse, die heute anders sind als zu der damaligen Zeit. Man könnte sicherlich eine ähnliche Oberflächentextur und Farbgebung erreichen, allerdings würde sie von jedem einigermaßen mit der Materie vertrauten Fachmann sofort als Fälschung entlarvt werden.«

Sie fixierte ihn mit den Augen.

»Nein, nein, Lieutenant, glauben Sie mir, Sie halten wirklich ein außergewöhnlich altes Stück geschöpfte Zellulose in der Hand.« Sie lächelte.

Grant blickte auf die Blätter vor sich auf dem Tisch hinunter, dann lehnte er sich nach vorne.

»Aber die Blätter waren bis vor kurzem unbeschriftet«, sagte er. McTaggert blieb stumm.

»Wo würde man heute noch derart altes, unbeschriebenes Material herbekommen?«

Die Professorin erwiderte seinen Blick für ein paar Sekunden wortlos. Dann begann sich ein Lächeln in ihrem Gesicht auszubreiten.

13. Juni, 17:38 Uhr

Die Menschenmassen in der Pennsylvania-Station begannen um diese Uhrzeit langsam ihren abendlichen Höchststand zu erreichen. Etliche Berufstätige, vornehmlich Männer und Frauen in dunkler, nichtssagender Kleidung drängten sich zwischen einigen vereinzelten Jugendlichen und älteren Personen auf dem Bahnsteig.

Gerade fuhr der Zug ein und schob eine heiße Welle abgestandener Luft vor sich her, die sich wie eine Walze über die wartenden, dicht an dicht stehenden Menschen ergoss.

Grant verzog das Gesicht und stieg auf der Treppe, auf der er sich befand, eine Stufe höher nach hinten, was natürlich nichts half. Aber in der, wie es ihm vorkam, mit Millionen Schmutzpartikeln aufgeladenen Luft war ihm jedes noch so kleine Sinnbild von Abstand und Distanz willkommen.

Er drehte sich um als der Zug mit zischenden Bremsen hielt und stapfte die letzten Stufen nach oben auf die nächste Ebene, in der sich in den aufzweigenden Wegen etliche kleine Geschäfte und Imbissbuden aneinanderreihten.

Von links sah er die massige Gestalt von McNitt auf sich zukommen.

Er ging noch ein paar Meter weiter, um dem Menschenstrom, der in Kürze von unten heraufbranden würde, nicht im Weg zu stehen und lehnte sich dann mit dem Rücken gegen eine Wand zwischen zwei abzweigenden Gängen.

»Und?«, fragte McNitt als er schwer atmend bei ihm anlangte. Auf seiner Stirn und den Wangen perlten deutlich zu sehende Schweißtropfen.

Grant zuckte die Achseln und sah sich suchend für einige Sekunden um, ehe er die Gestalt von Masters in der Menge erkannte.

»Ein Albtraum«, sagte Masters, als er bei ihnen anlangte mit missmutiger Stimme.

»Abgesehen von den Kameras könnte man nicht einmal mit zehn Leuten eine ausreichend dichte Überwachung herstellen.« Er kratzte sich am Kopf.

Grant nickte.

»Und wie viele U-Bahn bzw. Bahn-Stationen gibt es im Stadtgebiet?«

»25?«, fragte McNitt.

»Weit über 50.«

»Und die Kameras helfen uns dabei auch nicht weiter«, fuhr Masters fort. »Es gibt hunderte Kilometer von Wartungs- oder Luftschächten, durch die man sich, wenn man sich ein wenig auskennt, mehr oder weniger ungestört bewegen kann.«

»Aber das hier ist die Penn-Station«, warf McNitt ein und verlagerte sein Gewicht vom einen auf das andere Bein. »Wir haben einen Wissensvorsprung.«

»Wieder falsch«, entgegnete Masters.

»Unserem Mann kommt es offenbar auf historische Detailtreue, mal abgesehen von den verwendeten Waffen, nicht an. Schon vergessen? Er könnte somit an jeder verdammten Station in der Stadt auftauchen.«

McNitt schnaubte verärgert.

»Was ist mit den Briefen?«, wollte Masters an Grant gewandt wissen.

Wieder zuckte Grant mit den Achseln.

»Nicht viel. Offenbar gibt es einige Bestände unbedruckten Papiers aus dem fraglichen Zeitfenster«, antwortete er lakonisch. »Eine Art Fälschung ist offenbar unmöglich, aber die Professorin wird sich unter einigen Kollegen erkundigen.«

Er wandte sich ab, um den Kaugummi in seinem Mund in einen der Abfallbehälter zu befördern. Dann sagte er: »Sie hat recht zuversichtlich gewirkt, allerdings könne die Sache ein wenig dauern.«

»Wie lange?«

»Keine Ahnung.«

Das Rumpeln eines weiteren Zuges übertönte beinahe Grants Antwort. Die Luft, die sie einatmen mussten, schien Grant dick wie eine neblige Suppe zu sein.

»Wir sprechen hier nicht über irgendwelche Drogerieprodukte oder

Zeitschriften. Normalerweise werden Listen über derlei Dinge geführt. Ich werde sehen was ich tun kann«, hatte McTaggert gesagt, ehe sie mit nachdenklicher Stimme wie zu sich selbst hinzugefügt hatte: »Donald schuldet mir noch einen Gefallen.«

Das Papier stammte aus dem Zeitfenster zwischen 1850 und 1920. 1865 wurde Lincoln im Fords Theater erschossen. Eine zeitliche Übereinstimmung drängte sich bei beiden Ereignissen auf, die Grant alles andere als gefiel.

»Was also tun wir?«, fragte McNitt in die Stille hinein.

Ja, was sollten sie tun? Grant brummte missmutig. Eine lückenlose Überwachung sämtlicher U-Bahn-Stationen war unmöglich. Schon allein deshalb, weil Reisner eine derartige Aktion niemals genehmigen würde. Grant konnte sich bereits lebhaft vorstellen, wie der Commissioner auf eine derartige Anfrage reagieren würde.

»Sind Sie verrückt geworden? Wir haben ja kaum genügend Personal um alle Schichten ausreichend zu besetzen.« So oder auf ähnliche Weise würde ihr recht kurzes Gespräch wohl ablaufen.

Er trat mit der Sohle seines Schuhs eine verloschene Zigarettenkippe beiseite, die schon so festgetrampelt war, das sie schon fast ein Teil des Betonbodens hätte sein können.

Aber was war die Alternative? Auf gut Glück auf ein paar Bahnsteigen herumpatrouillieren und auf den sprichwörtlichen glücklichen Zufall hoffen?

Er richtete seinen Blick wieder nach vorn, wo nun die Menschenmassen aus der unteren Ebene nach oben drängten und sich wie ein gewaltiger Strom in dem verzweigten Tunnelsystem in sämtliche Richtungen verteilten.

13. Juni, 23:44 Uhr

Grant öffnete die Haustür und stand, nachdem die Tür wieder hinter ihm ins Schloss gefallen war, einige Sekunden einfach nur in dem dunklen Korridor und lauschte.

Das Haus lag in kompletter Stille und so erschien das Schnappen des Lichtschalters rechts neben ihm beinahe so laut wie der Startschuss des Zeitnehmers bei einem Leichtathletikwettkampf zu sein.

Zwei Lampen nahmen an der Decke flackernd ihren Dienst auf und enthüllten auf dem dicken Teppichboden das, was er bereits erwartet hatte. Ein dicker, durcheinandergewürfelter Stapel von Werbeprospekten, Postwurfsendungen und Briefumschlägen, aus dem im unteren Drittel schon die charakteristische bräunliche Färbung eines altmodischen Umschlags hervorragte.

Grant bückte sich, zog den Umschlag aus dem Stapel hervor und stand weitere Sekunden bewegungslos in dem nun spärlich erleuchteten Gang.

»Wieso schickst du es ausgerechnet mir?«, murmelte er kaum hörbar vor sich hin.

Dann ging er, nach weiteren Augenblicken der Stille, durch den Gang und ließ sich auf dem Leder der Wohnzimmercouch nieder. Noch immer im Halbdunkel öffnete er den Umschlag und zog das zweimal sorgfältig gefaltete raue Papier heraus.

Bereits jetzt konnte er die schnörkelige Schrift erkennen und die Zeilen, die zweifellos das zweite unvermeidliche Zitat von James A. Garfield enthalten würden. 20. Präsident der vereinigten Staaten, gestorben im Dezember 1881 an den Folgen einer durch die Attentats-Kugel ausgelösten Wundinfektion.

14. Juni

Ein Pfund Mut ist mehr wert als eine Tonne Glück.

»Was du nicht sagst«, dachte Grant und zerknüllte das Blatt samt Umschlag.

Er hatte damit gerechnet. Dennoch klangen die Worte des ehemaligen US-Präsidenten wie Hohn in seinen Ohren. Eine Tonne voll Glück.

Er ließ sich die Worte einige Sekunden lang durch den Kopf gehen. Genau das brauchten sie jetzt, eine Tonne voll Glück.

Mit einem leisen Seufzen erhob er sich, trat an eines der Regale neben dem Durchgang zur Küche heran und zog einen zusammengefalteten Plan der Stadt aus einem der unteren Fächer.

Er setzte sich damit an den Küchentisch, strich den raschelnden Plan sorgfältig glatt und begann dann mit einem Stift sämtliche U-Bahn-Stationen der Stadt mit kleinen Kreisen oder Kreuzen zu markieren.

Kleine Kreise für Haltepunkte, die weniger als einen Kilometer von der Pennsylvania-Station entfernt waren, kleine Kreuze für Stationen, die sich außerhalb dieses Radius befanden.

Er verzog nach einigen Minuten missmutig das Gesicht. Der Plan glich schnell einem wahren Spinnennetz an Halte- und Knotenpunkten, der sich vor seinen Augen in einen wirbelnden Strudel verwandelte.

»Eine Tonne voll Glück.«

Mehr brauchten sie ja nicht.

Es war ein sinnloses Unterfangen. Grant gab das Spiel mit den Markierungen auf und besah sich die Kreise, die sich am nähesten zum Haltepunkt der Pennsylvania-Station befanden.

Judicairy Square Metro Station, Madison Drive und Independence Avenue. Er runzelte die Stirn. Hätten ihm diese drei Haltepunkte irgendetwas sagen können, so taten sie es nicht.

Eher wahllose, ziellose Orte, die ihm die Sinnlosigkeit einer möglichen großflächigen Überwachung noch einmal vor Augen führten. Aber irgendetwas mussten sie tun.

Er faltete den Plan wieder zusammen, holte sich ein Bier aus dem Kühlschrank und trat mit der Flasche in der Hand auf die Veranda hinter dem Haus hinaus.

Die Fragen kreisten weiter in seinem Kopf.

In der zu dem kleinen Wäldchen hingewandten Seite von Liebermanns Haus konnte er, wie so oft in abendlichen Stunden, das flirrende Licht eines Fernsehbildschirms flackern sehen, ohne jedoch hinter den Vorhängen genauere Schemen erkennen zu können.

Er ließ sich auf der Verandacouch nieder. »Eine Tonne voll Glück«, murmelte er noch einmal vor sich hin. »Eine Tonne voll Glück.«

Er lehnte sich zurück, wobei sein Blick zufällig das Windspiel streifte, das Sarah sich vor so vielen Jahren während eines Aufenthaltes in Wisconsin gekauft hatte.

»Eine Tonne voll Glück.«

Er beobachtete, wie sich die kunstvolle Konstruktion sacht im Luftzug drehte und dabei leise, kaum wahrnehmbare Laute erzeugte. Seine Gedanken wanderten, untermalt von den sanften Klängen, für einige Augenblicke in der Zeit zurück, ehe er ein weiteres Geräusch durch den Vorhang seiner Erinnerungen wahrnahm.

Im Dunkel des Wäldchens war das leise Knacken einiger Zweige zu hören. Er richtete seinen Blick in die Richtung. Es war ein alltägliches, beinahe schon gewohntes Geräusch, das in all den Jahren inzwischen mehr zu einem Hintergrundrauschen als zu einem bewusst wahrgenommenen Laut geworden war, nun aber, vor dem Hintergrund der Ereignisse irgendwie wieder aus dem Schatten der Bedeutungslosigkeit heraus zu treten schien.

Ein Tier, zweifellos, das sich zwischen den Schatten der gewaltigen Kiefernstämme bewegte und doch begannen Grants Gedanken, beeinflusst durch die Bilder der vergangenen Tage, nun unheilvolle Assoziationen und Zusammenhänge herzustellen.

Und im Zentrum dieser Gedanken stand eine Frage. Wieso kommunizierte der Schattenmann ausgerechnet mit ihm? Ein beunruhigender Gedanke.

Seine Augen versuchten die Schwärze, die unter den Ästen des Wäldchens herrschte, zu durchdringen.

Allerdings war dieses Unterfangen beinahe noch aussichtsloser als in dem Durcheinander der Kartenpunkte auf dem Plan der Stadt irgendwelche möglichen Informationen herauslesen zu wollen. Ein leichtes Unbehagen machte sich in ihm breit. Und weiter kam er auf diese Weise auch nicht.

Er trank einen weiteren Schluck und ließ die kühle Flüssigkeit langsam seine Kehle hinunter rinnen.

»Wenn du nicht weiter kommst, durchbrich den Kreis«, hatte einer der Ausbilder an der Akademie in ihrem ersten Semester zu ihnen gesagt. »Tu etwas, dass du in einer solchen Situation normalerweise nicht tun würdest.«

Er sah durch die Verandascheibe zu dem grauen Umriss des Telefons im Wohnzimmer hinüber. Ein kleiner Schatten auf der Anrichte der Küchenzeile.

Aber plötzlich begannen unheimlicherweise in diesem Moment die Anzeigenfelder funkelnd zum Leben zu erwachen.

Ein rotes Licht blinkte in schneller Folge und der dezent eingestellte Klingelton begann penetrant durch die Räume der unteren Etage und bis auf die hölzerne Veranda hinaus zu summen.

Grant runzelte die Stirn.

Die Stille, die durch das Klingeln unterbrochen wurde, war, abgesehen von den Geräuschen des Windspiels, beinahe perfekt gewesen. Keine zirpenden Zikaden, die die Nacht in ihre eigene Konzertbühne verwandelt hatten. Kein Rauschen der Baumwipfel.

Er erhob sich mit einer fließenden Bewegung und betrat, nachdem er sich noch einmal zum Waldrand umgesehen hatte, das Wohnzimmer.

Das Telefon läutete immer noch. Grant warf einen kurzen Blick auf seine Uhr. Beinahe Mitternacht.

Er nahm den Hörer ab.

Nichts.

Am anderen Ende der Leitung herrschte Stille. Dann aber glaubte Grant aus dem Mikrofon des Hörers ein schweres Atmen zu hören.

»Wer ist da?«

Immer noch nichts.

»Bruderherz«, tönte es mit einem Mal schallend und so laut aus dem Lautsprecher, dass Grant den Hörer reflexartig ein wenig von seinem Kopf weg hielt. Er zuckte ob der Lautstärke des Geräuschs zusammen.

»Ich wusste, dass du zu Hause bist. Wie laufen die endlosen Nächte in deiner Festung der Einsamkeit?« Grant zog eine Augenbraue nach oben.

Sie musste es ja wissen. Noch einige weitere bissige Antworten fielen ihm auf die Schnelle ein, aber er sagte nur:

»Schön von dir zu hören.«

»Finde ich auch.«

An der Art, wie Claire Vokale und ganze Wörter in die Länge zog und die Sätze lallend miteinander verband, tippte Grant auf mindesten drei oder vier Cocktails an der Poolbar, die von vermutlich mehreren Drinks gefolgt wurden, die ihr von allein reisenden flirtwilligen Männern entweder dort oder bereits auf einem der Zimmer spendiert worden waren.

Drei Monate. Eine bei weitem zu optimistische Schätzung. Er grinste. Vielleicht hätte ihn der Umstand mehr beunruhigen sollen, wenn nicht diese Entwicklung der Ereignisse mittlerweile zu fast so etwas wie Claires Standardrepertoire geworden wäre.

Sozusagen eine kurze Revue, ein Best of ihrer beliebtesten Evergreens, die man sich nicht unbedingt gerne anhörte, die einem jedoch über die Jahre hinweg durchaus vertraut geworden waren.

»Hast du getrunken?«, fragte er.

»Vielleicht ein zwei Gläschen«, kicherte sie.

»Wohl eher Flaschen.«

»Hey, was würdest du an meiner Stelle tun?«, sagte sie vorwurfsvoll.

»Von deinem eigenen Mann auf einer Südseeinsel sitzen gelassen. Wenn es wenigstens mehr zu tun gäbe, als den ganzen Tag den Ozean und die Wellen anzuglotzen. Irgendwie muss ich mich schließlich beschäftigen.«

Offenbar hatte sich nichts geändert.

Wieder war ein leises Kichern zu hören.

»Ich muss Schluss machen, wir … .« Die Leitung war von einer auf die andere Sekunde tot.

Grant betrachtete irritiert den Telefonhörer.

Was war das denn? Dann legte er ihn wieder auf die Gabel, ehe er durch die Verandascheibe wieder nach draußen zu den Stämmen und Ästen des Wäldchens sah.

Ja, vielleicht sollte er wirklich beunruhigter sein.

14. Juni, 7:57 Uhr

Carl Herrera streifte sich die orangefarbene Warnweste über und überprüfte die Taschenlampe an seinem Gürtel auf ihre Funktionsfähigkeit.

Alles war in Ordnung. Aber dennoch war dieser Umstand nicht dazu angehalten seine Laune auch nur im Geringsten zu bessern. Sie hatten ihm schon wieder die undankbarste Aufgabe von allen zugeteilt.

Er fluchte verärgert und schloss den Reißverschluss der Weste mit einer ruckartigen Bewegung.

Gut, die letzten paar Male hatte er Glück gehabt. Und natürlich wusste er, dass diese Glückssträhne nicht für ewig anhalten konnte. Aber er hatte nicht damit gerechnet, dass sie wirklich so schnell enden würde.

»Kontrolle der Abwasser- und Leitungsrohre in Sektion C«, las er noch einmal zur Sicherheit auf dem Papier auf dem Klemmbrett, als ob sich dadurch vielleicht doch noch etwas an seiner Situation ändern würde.

Er schnaubte.

Das bedeutete beinahe den kompletten Vormittag in engen Schächten und Verbindungstunneln herum zu kriechen. Und als wäre dieser Umstand nicht schon ungemütlich genug, hatten diese Idioten ihm auch noch als Unterstützung Clint Stapelton aufs Auge gedrückt.

Herrera seufzte.

Ausgerechnet Stapelton, den faulsten und unfähigsten Vollidioten, den ihre Abteilung je gesehen hatte. Und das wollte in seinen Augen schon etwas heißen.

Er klemmte sich einen der Werkzeugkästen unter den Arm und verließ über eine matte Edelstahltür, die einmal vor Ewigkeiten in einem metallisch polierten Glanz erstrahlt war, das Materiallager.

Im Gang dahinter umfing ihn bereits zu dieser Stunde die charakteristische, abgestandene Luft des U-Bahn-Netzes von Washington D.C.

Herrera rümpfte die Nase.

Man sollte meinen, er habe sich über die Jahre an den penetranten Geruch gewöhnt, aber dieser Umstand würde sich, wenn nicht jetzt, dann wohl nie mehr einstellen.

Er trottete los.

Keine 200 Meter weiter gelangte er über eine Rolltreppe auf den Bahnsteig, schloss eine weitere Tür auf und folgte dann einem parallel zum Gleisbett verlaufenden Tunnel, bis er sich grob auf halbem Weg zur nächsten Haltestelle befand.

Der Tunnel um ihn herum war spärlich und an einigen Stellen überhaupt nicht beleuchtet. Mehrere der vergitterten Neonröhren über seinem Kopf waren ausgefallen oder schlicht gar nicht vorhanden. Herrera schüttelte den Kopf. Das konnte ja interessant werden.

Er grunzte, nahm die Taschenlampe vom Gürtel und suchte in dem Lichtstrahl die rechte Wand nach dem Einstieg in Sektion C ab.

Es war eine quadratische Stahlklappe, die er nach einigen Augenblicken in der gemauerten Backsteinwand fand. Zwei Trittstufen aus Eisen führten dorthin hinauf. Ansonsten war der Gang leer.

»Was für eine Überraschung«, dachte Herrera verärgert. Sie hatten sich an diesem Punkt treffen wollen.

Er warf einen Blick auf seine Uhr. Dann dachte er an die Sicherheitsbestimmungen, die ihnen Henretty jede Woche aufs Neue bei den Besprechungen einbläute.

Für einige Sekunden zögerte er noch. Dann packte er den Griff der Verriegelungsklappe.

Zum Teufel damit, der Mistkerl würde schon noch auftauchen. Er hatte keine Lust, nicht mit der Arbeit fertig zu werden, nur weil dieser Volltrottel es nicht für nötig hielt, sich an vereinbarte Zeiten zu halten. Der Mistkerl konnte sich auf etwas gefasst machen, wenn er erschien.

Die schwere Klappe schwang mit einem metallischen Knarzen auf. Herrera kletterte durch die schmale Öffnung in den Gang dahinter, wobei er für einige Sekunden gegen den aufgewirbelten Staub anhusten musste.

Dann richtete er sich auf.

Der Gang, in dem er kaum aufrecht stehen konnte, bestand aus einem schmalen Laufsteg und etlichen an den Wänden verteilten Spinnweben, wobei Herrera sich fragte, ob sich überhaupt jemals eine Fliege hier hinunter verirrt haben mochte.

An der linken Wand des Tunnels zogen sich gut ein Dutzend größerer und kleinerer Röhrenbündel dahin, die im Licht seiner Taschenlampe gespenstische Schatten auf die Wände und weiteren Röhren dahinter malten.

Er setzte sich mit eingezogenem Kopf in Bewegung.

Wenn er den Plan richtig im Kopf hatte, so musste in weiteren hundert Metern eine erneute Abzweigung nach rechts vor ihm auftauchen, die sich anschließend in weitere Gabelungen verzweigen würde. Ein wahrhaftes Labyrinth, in dem man schneller als einem lieb war auf Nimmerwiedersehen verschwinden konnte.

Plötzlich blieb er stehen. Dann dreht er sich um. Aus dem Tunnel hinter ihm außerhalb der Verbindungsklappe war ein leises metallisches Klicken zu hören.

Na endlich!

»Clint?«, rief er in die Dunkelheit.

Keine Antwort.

Das von dem fahlen Licht erhellte Viereck der Verbindungsluke blieb leer. Herrera wartete noch einen Augenblick, dann zuckte er die Achseln. Offenbar hatte er sich geirrt.

Er würde dem Vollidioten gehörig die Meinung sagen, wenn er ihn zu fassen bekam. Er wandte sich wieder um.

Plötzlich schrak er zusammen.

Die Luke hinter ihm fiel mit einem derart lauten Krachen ins Schloss, dass sich der Knall dumpf wie ein Echo in dem gesamten Gang ausbreitete.

Er fuhr wieder herum.

Im Licht der Taschenlampe breitete sich von der Luke her eine Staubwolke in seine Richtung aus. Er erkannte eine Gestalt, die sich schnell durch die Staubwolke näherte.

»Clint?«, fragte er.

14. Juni, 14:43 Uhr

Der Minutenzeiger der großen Uhr in der Pennsylvania-Station war kurz davor in die Dreiviertel-Position vorzurücken als das Handy in seiner Tasche zu vibrieren begonnen hatte.

Grant hatte den Anruf entgegengenommen und dann zwei kurze Telefonate mit McNitt und Masters geführt. Einmal in den Judiciary Square, einmal in die Haltestelle in der Madison Avenue. Wie es schien, hatten sie bei weitem daneben gelegen.

Nun stand er nach einer kleinen Odyssee über mehrere Plattformen in einem dunklen, nur von einigen sporadisch leuchtenden Neonröhren erhellten Gang und betrachtete eine quadratische Luke in der Wand vor sich, hinter der er das lautlose Gewitter von Kamerablitzen sehen und das dumpfe Rauschen von gedämpften Stimmen und raschelnden Uniformen hören konnte.

Ein kleiner untersetzter Cop mit schütterem Haar und beeindruckendem Schnauzbart stand neben ihm und murmelte unablässig irgendwelche Flüche vor sich hin. Schließlich steckte einer der Männer seinen Kopf durch die Luke.

»Okay, Sie können reinkommen.«

Grant kletterte über die Eisenstufen nach oben und zwängte sich durch die Öffnung in der Backsteinwand.

Das Bild, das er dahinter zu sehen bekam, war zunächst einmal geprägt von schummrigem Zwielicht.

Mehrere Leitungsrohre liefen an der linken Wand entlang und irgendwo in der Ferne konnte Grant das leise stetige Geräusch nach unten tropfenden Sickerwassers vernehmen. Der Boden war bedeckt von einer dicken Staubschicht.

In den ersten paar Sekunden fiel es Grant schwer zu atmen, da er beinahe den Eindruck hatte, der von Dutzenden von Schuhsohlen aufgewirbelte Staub würde seine Atemwege verstopfen. Dann jedoch gewöhnte er sich recht schnell daran.

Einer der Uniformierten machte ihm ein Zeichen und führte ihn dann unter den stummen Blicken der übrigen Männer einige Meter weiter den Gang hinunter. Wieder war das Aufflammen von Kcamerablitzen zu sehen.

Grant versuchte in dem Gang, der ihnen nicht ermöglichte nebeneinander zu gehen, an den Schultern des Cops vorbei nach vorn zu sehen. Er erspähte eine Lichtinsel einige Meter weiter.

Sie legten die Entfernung recht schnell zurück während Grant der abgestandene Geruch nach U-Bahn-Luft, Schmierfett, Rattenexkrementen und allgemeinem Moder in die Nase stieg. Je weiter sie in der engen Röhre nach vorn kamen, desto mehr mischte sich jedoch ein weiterer unangenehm süßlicher Geruch unter die übelriechende Mixtur.

Grant kannte diesen Geruch sehr gut, es war der Geruch des Todes.

Der Körper des Toten hing schlaff halb auf der Seite.

Mit einigen dicken Lederriemen an die Rohre hinter seinem Rücken gekettet.

Die Arme waren brutal nach hinten gerissen, während im Bereich des Brustkorbs und des Bauchraums mehrere Einschusslöcher klafften.

Grant ging vor dem toten Körper in die Hocke, unter dem sich in einer großen, karmesinroten Pfütze die Sturzbäche von Blut gesammelt hatten. Ein riesiger, öliger Fleck, der im Licht des Scheinwerfers auf eigenartige Weise zu funkeln und zu glitzern schien.

»Wer hat die Leiche entdeckt?«, fragte er den Cop, der bis jetzt noch keinen Laut über die Lippen gebracht hatte.

»Einer der Männer von der Wartungsmannschaft«, antwortete der Mann knapp und nickte mit dem Kopf den Gang hinunter. »Wir haben ihn erst einmal nach oben gebracht.«

»In Ordnung.«

Grants Aufmerksamkeit richtete sich auf einen mit einem kleinen weißen Fähnchen markierten Punkt ein wenig rechts von dem toten Körper, wo vor einer der Rohrleitungen die vertraute Form einer altertümlich aussehenden Waffe zu sehen war. Daneben einige Abdrücke von stark profilierten

Schuhsohlen, die in dem grauen Staub gut zu erkennen und ebenfalls mit weißen Fähnchen markiert waren.

Er schnaubte. »Du verdammter Mistkerl.«

»Was haben Sie gesagt?«, fragte der Cop.

Grant antwortete nicht.

»Hey«, war mit einem mal ein Ruf von weiter hinten im Tunnel zu hören. Grant wandte den Blick in die Richtung, sah das in der Dunkelheit tanzende Irrlicht einer weiteren Taschenlampe hinter einer Biegung aufleuchten.

»Das müssen Sie sich ansehen.«

Er erhob sich und ging zusammen mit dem Cop, dessen Namen er nicht kannte, weiter.

»Was für ein beschissener Ort«, sagte der Mann, als sie sich unter einer knapp unter der Decke verlaufenden Stahlstrebe hindurchzwängen mussten.

Dann waren sie am Ziel.

»Kommen Sie«, sagte ein weiterer Uniformierter als sie im Lichtkegel der Taschenlampe angekommen waren.

Sie gingen weiter den Gang entlang, was Grant in ihrer im Gleichschritt marschierenden Dreiergruppe beinahe wie eine Art Prozession im Untergrund unter der Stadt vorkam. Dann blieb der Mann wieder stehen.

»Sehen Sie.«

Er leuchtet mit dem starken Strahl der Lampe nach links hinter eines der Röhrenbündel.

»Was ist das?«, wollte der Cop wissen. Der andere Mann schwieg.

Grant zwängte sich an einer der dickeren Röhren im unteren Teil vorbei und streckte die Hand nach hinten aus. Der Mann reichte ihm die Taschenlampe, die Grant so weit wie möglich nach vorne in Richtung der Wand schob.

Dann hielt er inne.

»Was sehen Sie?«, fragte der Cop. Grant schwieg, beobachtete weiter die beiden Gegenstände, bei denen es sich um zwei nagelneu wirkende Wanderschuhe aus dunkelbraunem Leder handelte.

Er presste die Lippen aufeinander, versuchte sich das Muster der Sohlen einzuprägen. Hatte die Leiche Schuhe getragen? Er versuchte sich zu erinnern.

»Was sehen Sie?«

Sie kehrten wieder zu der Leiche zurück, wo Masters und McNitt nun mittlerweile ebenfalls angekommen waren. Beide standen am Rande der Scheinwerferinsel herum, wobei das Licht des Strahlers ihre Gesichter geisterhaft von unten zu beleuchten schien.

Grant warf noch einen Blick auf die gekennzeichneten Abdrücke im Staub des Bodens, ehe er Masters mit gepresster Stimme fluchen hörte.

15. Juni, 7:23 Uhr

Er saß in dem kleinen Café an der Ecke des Blocks und spähte durch die kleinen Dampfwölkchen, die von seinem Kaffee aufstiegen, hinüber zur Fassade des Gebäudes, in das seit ungefähr einer halben Stunde beständig uniformierte Cops hinein und hinaus liefen.

Vermutlich war gerade für die meisten die Nachtschicht zu Ende und die Beamten der neuen Schicht schleppten sich übellaunig und lustlos zur Arbeit. Wie es auch sein mochte, es konnte ihm egal sein.

Er nahm einen kleinen Schluck der dampfenden Flüssigkeit, schloss die Augen und genoss das frühmorgendliche Zwitschern der Vögel, die sich in dem kleinen Park in seinem Rücken wohl zu Hunderten tummeln mussten.

Dann öffnete er die Augen wieder, als einer der Kellner mit seinem Frühstück an den Tisch trat. Ein Glas Orangensaft, Rührei und zwei Scheiben Toast. Dunkel geröstet, so wie er es mochte.

Er schenkte dem Mann ein freundliches Nicken, ehe er einen weiteren Schluck des Kaffees nahm, der für seine Begriffe ein wenig zu stark, gerade so aber noch genießbar war.

Wäre es nach ihm gegangen, so hätte er eine andere Lokalität bevorzugt. Das kleine Café in seiner Straße, das von einem alten Franzosen geführt wurde, der vor mehr als 30 Jahren aus einem winzigen Nest nördlich von Marseille hierher ausgewandert war, servierte bei weitem eine wohlschmeckendere, bekömmlichere Röstung. Aber dafür würde ja immer noch genug Zeit sein. Später.

Er wollte sich gerade dem Rührei und dem Toast auf dem Teller zuwenden, als er aus den Augenwinkeln die wohlbekannte Silhouette des Ford Taurus wahrnahm, der wie die letzten Male auch mit einer elegant schwungvollen Kurve in dem Parkhaus einen Block südlich von seiner Position verschwinden würde.

Er lächelte, allein für sich. Nur eine Frau am Nebentisch bemerkte sein Grinsen und warf ihm einen kurzen irritierten Blick zu. Wenigstens hatte er nicht lachen müssen. Er wandte das Gesicht ab. So ausgelassen und unauffällig Lachen in Gesellschaft auch war. Sobald man allein lachte, hörte es sich verrückt, ja sogar irre an.

Er zwang sich innerlich zur Ruhe und griff mit der Hand in die ausladende Tasche seiner Jacke. Mit einer geschmeidigen Bewegung zog er einen alt wirkenden, bräunlichen Umschlag aus rauem Papier daraus hervor.

15. Juni, 22:35 Uhr

Grant saß im Licht einer schwachen Leselampe, die er auf den Küchentisch gestellt hatte, auf einem der nur mäßig bequemen Holzstühle, kaute an der Kappe des Kugelschreibers herum und betrachtete zum wohl hundertsten Male an diesem Abend die Karte des vor ihm ausgebreiteten Stadtplans.

Er hatte die Punkte der drei Morde mit Kreisen markiert, aber so lange er auch auf das Gitternetz an Straßen und Verbindungslinien vor sich starren mochte, es wollte sich ihm kein Muster, kein Sinn dahinter offenbaren.

Mit einem resignierten Seufzen lehnte er sich zurück und fuhr sich mit der Hand über das Gesicht.

»Bislang habe ich noch keine Daten erhalten, aber ich arbeite daran.« Die Worte von McTaggert und ihrem Telefongespräch am Nachmittag klangen ihm in den Ohren. Er schloss die Augen. Dann begann er sich die Schläfen zu massieren.

Die übrigen Neuigkeiten waren, so wie er es erwartete hatte, nacheinander eingetroffen. Die Tatwaffe, natürlich antik, übereinstimmend mit einem gewissen Modell, das schon einmal für einen ähnlichen Zweck etliche Jahre zuvor verwendet worden war.

Ansonsten wenig bis keinerlei Spuren am Tatort, lediglich die Erkenntnis, dass die Abdrücke des gefundenen Paar Schuhe mit den Spuren am Fundort der Leiche identisch waren. Aber was half ihnen das schon weiter? Der Mörder hatte sich offenbar, aus welchen Gründen auch immer, dazu genötigt gesehen, das Paar Schuhe an seinen Füßen zu wechseln.

Ohnehin unnötig zwar, da die Staubschicht am Tatort sich im weiteren Verlauf des Tunnels vollkommen aufgelöst hatte. Aber dennoch ein Detail, das nicht recht ins Bild zu passen schien.

Der Mistkerl war durch das Labyrinth unterirdischer Rohrleitungen aus dem Nichts gekommen und offenbar auch wieder im Nirgendwo verschwunden. Und warum hatte er das Paar Schuhe ausgerechnet hinter eine der Rohrleitungen geklemmt zurückgelassen?

Grant zog, ob der eigenen Müdigkeit die Augenbrauen nach oben und blinzelte.

Es ergab keinen Sinn, wie so vieles an dieser Geschichte keinen Sinn ergab und die Aussicht, ohne irgendeine Spur den Dingen zu harren, die da kommen mochten, war ein Gedanke, der alles andere als ermutigend war.

»Mir ist schon klar, dass Sie nicht deswegen gekommen sind.« Grant öffnete die Augen wieder. Irgendwie bekam er die Stimme von McTaggert nicht mehr aus seinem Kopf.

Sein Blick streifte den Papierkorb vor dem Durchgang zur Küche, neben dem etliche Papiere und Fetzen verstreut lagen, die er auf der Suche nach den zusammengeknüllten Resten der Briefe wahllos auf den Boden hatte fallen lassen. Ein wahres Bild eines Schlachtfelds und der Verworrenheit, die jedoch eigenartig passend wirkte für die Situation, in der sie sich befanden.

Er stand auf.

Dann ging er hinüber zum Durchgang. Er bückte sich und begann eines nach dem anderen die Papiere, die zerrissenen Fetzen geschöpfter Zellulose, wie McTaggert es wohl ausdrücken würde, wieder in ihr dafür vorgesehenes Behältnis zurück zu befördern.

Der erste Briefumschlag aus dem altertümlichen rauen braunen Papier kam an die Reihe, der zweite, dann der dritte. Wieder einige Fetzen zerrissenen normal weißen Papiers, ehe er den vierten Briefumschlag mit einer Briefmarke darauf in die Hand bekam, die sich schon wieder bereits leicht von dem rauen Material darunter zu lösen begann. Dann wieder einige Blätter normalen Papiers. Der fünfte Umschlag und dann …

Plötzlich hielt Grant in der Bewegung inne.

Er begutachtete den Umschlag genauer, zögerte und warf dann einen Blick in den Papierkorb, wo zwischen dem weißen Material einige braune Punkte die übrigen Umschläge verrieten. Er zog einen davon wieder aus dem Haufen heraus, besah sich auch dessen raue Oberfläche.

Er legte ihn neben den vorherigen Umschlag auf den Boden, zog einen weiteren heraus und betrachtete diesen ebenso eingehend.

Konnte das wirklich wahr sein? Oder spielte ihm sein eindeutig überreizter

Geist einen ausgeklügelten Streich? Plötzlich begann ihm gleichzeitig heiß und kalt zu werden.

Mit klammen Fingern schichtete er die Briefumschläge nebeneinander auf, ehe er mühsam aus dem Durcheinander im Papierkorb die beiden folgenden Umschläge herausfischte.

Er legte auch diese nebeneinander auf den dicken Teppichboden.

Dann kniff er die Augen zusammen und versuchte die Erkenntnis, die wie eine Welle über ihn hereinbrach, irgendwie mit den Gedanken zu fassen.

»Du verdammter Hurensohn!«, entfuhr es ihm. Dann sah er sich suchend um.

15. Juni, 23:02 Uhr

Der Vorgarten und die Straße dahinter lagen im trüben Licht, das die Natriumdampflampen von der Straßenkreuzung 100 Meter weiter die Straße hinunter noch bis hierher zu werfen vermochten.

Der Nachthimmel hingegen war mit Wolken verhangen. Nur hin und wieder konnte Grant eine Ahnung des Mondes wahrnehmen, wenn einige Wolkenfetzen hin und wieder einen kleinen Teil der Sicht auf den Himmelskörper freigaben.

Er warf einen Blick nach links, wo hinter seinem Explorer die letzten Ausläufer der Garage Liebermanns zu sehen waren, in der die neue rote Corvette nun schon seit einigen Tagen friedlich und sicher vor sich hin schlummerte. Dann zog er die Jalousie wieder ein wenig zu und verlagerte sein Gewicht auf dem weichen Untergrund des Teppichbodens.

Er hatte nicht damit gerechnet, dass in seiner Straße, seiner Nachbarschaft um eine Uhrzeit, die sich bereits auf Mitternacht zubewegte noch derart viele Personen auf den Gehsteigen unterwegs hätten sein können.

Einige Halbstarke, die mit alkoholischen Getränken in der Hand lautstark grölend den Heimweg in ihr sicheres Vorstadtleben antraten, Hundebesitzer, die ihren Vierbeiner des Nachts noch einmal spazieren führten, Workaholics, die später als alle anderen von der Arbeit heimkehrten. Es war ein wildes, ungeordnetes Durcheinander.

Er warf einen Blick rechts neben sich, wo auf dem Teppichboden direkt vor der Eingangstür die Briefumschläge feinsäuberlich nebeneinander aufgereiht lagen.

Alle nach der Systematik geordnet, nach der sie eingegangen waren.

Grant knetete sich zornig die Hände. Er hätte es schon früher bemerken müssen.

Seine Augen wanderten noch einmal über die im faden Licht dunkelbraun wirkenden aufgerissenen rauen Oberflächen.

Nummer eins mit einem Poststempel vom 3. Juni, zwei Tage vor dem Mord an Scamanger.

Nummer zwei, Poststempel 7. Juni, drei Tage vor dem nachgestellten Kennedy-Mord an Crandler im John McCormak Drive, direkt neben dem CUA Soccer Field.

Und Nummer drei mit einem Poststempel vom 13. Juni, zwei Tage bevor die Leiche von Carl Herrera in den Tunneln unter der Capitol South Station gefunden worden war.

Grant schloss für einen Moment die Augen. Er hätte es früher bemerken müssen.

Viel wichtiger waren die Briefumschläge, die in einer Reihe daneben lagen.

Grant betrachtete sie mit einem beinahe feindseligen Ausdruck im Gesicht. Wie als wären sie ein Widersacher, der ihn mit unerlaubten Tricks geschlagen hatte. Nur, dass er selbst derjenige gewesen war, der unaufmerksam gewesen war.

Er ließ seine Finger über den zuoberst liegenden Umschlag gleiten, den auf den ersten Blick nichts von den übrigen unterschied. Die gleiche Briefmarke mit dem gleichen bunten Blumenemblem wie auf allen übrigen Umschlägen, aber der entscheidende Aufdruck fehlte.

Grant zog die Jalousie mit zwei Fingern wieder ein wenig auseinander und spähte halb auf dem Bauch liegend nach draußen.

Wieder einer der Nachbarn, der mit seinem Hund, einem gewaltig anmutenden Rottweiler, die Straße in schräger Richtung überquerte. Grant fluchte in sich hinein.

Der Hurensohn hatte die Hälfte der Briefe höchstpersönlich durch seinen Briefschlitz geworfen.

Er überlegte kurz. Wenn er nicht jemand anderen dafür bezahlt hatte, wobei er glaubte, dass der Mistkerl eine so wichtige Aufgabe in dem Spiel bestimmt keinem eventuell Unzuverlässigen überlassen hätte. Keine Poststempel auf der Hälfte der Briefe, wobei es sich jeweils um die ersten Exemplare handelte. Diese Umschläge hatten noch nie ein Postamt von innen gesehen. Er ballte die rechte Hand zur Faust.

Dieser Kerl spielte mit ihnen. Schon seit Beginn an. Grant warf einen Blick auf seine Uhr. 23:12 Uhr.

Er konnte sich nicht sicher sein, aber wenn der Schweinehund sein perfides Spiel weiterspielen wollte, so musste er den nächsten Umschlag innerhalb der folgenden 24 Stunden platzieren.

Grant grübelte nach, betrachtete die Wipfel der Bäume, die sich unter den schnell ziehenden Wolkenfetzen leicht hin und her bewegten. Die Wolkendecke riss für einen Moment lang auf und das silbrige Licht des Mondes flutete über die gemähten Vorgärtenrasen und reflektierte in den Scheiben am Bordstein geparkter Autos.

Versetzte er sich in die Situation dieses Mistkerls, so war der Schutz der Nacht womöglich die taktisch klügere Zeit, seine wertvolle Ware abzuliefern. Keine neugierigen Fußballmütter, die den Vormittag damit verbrachten neugierig die Nachbarn zu beobachten.

Keine in ihren Vorgärten arbeitenden Rentner, die bisweilen ein bemerkenswert gutes Personengedächtnis haben konnten. Oder bevorzugte er den Schutz des allzu Offensichtlichen? Schließlich würde sich kaum jemand an einen Kerl erinnern, der einen Brief in den Briefschlitz irgendeines Hauses warf.

Keine verdächtige Handlung, keine erhöhte Aufmerksamkeit. Es sei denn, das Ereignis wiederholte sich immer wieder. Vielleicht Argwohn, auf jeden Fall gesteigerte Aufmerksamkeit.

Grant verlagerte wieder etwas seine Position. Nein, der Schattenmann würde den Schutz der Dunkelheit bevorzugen.

Er griff nach rechts zu der bis oben gefüllten Kanne voll Kaffee, die er sich, bereits im Schutz der Dunkelheit, zubereitet hatte und goss sich eine Tasse beinahe bis zum Rand voll. Stark, so wie er ihn eigentlich nicht mochte, aber ungewöhnliche Situationen erforderten eben bisweilen ungewöhnliche Maßnahmen.

Ebenso wie sein vorgetäuschtes zu Bett gehen. Die Lichter im Erdgeschoss löschen, nach oben gehen und alibimäßig das Licht im Badezimmer für eine gute Viertelstunde eingeschaltet lassen. Er hatte zwar noch nie darauf geachtet, schätzte aber, dass dies die ungefähre Zeit war, die er für die allabendlichen Rituale benötigte.

Anschließend das gleiche Spiel im Schlafzimmer. Die gleiche Schätzaufgabe, das gleiche Kribbeln auf der Haut bei der Vermutung in diesem Moment womöglich beobachtet zu werden.

Er nahm ein paar große Schlucke und fühlte die Wärme, als ihm die Flüssigkeit die Kehle hinabrann.

Er musste wach bleiben. Auch wenn das Coffein sich schwer tat, gegen die Müdigkeit, die ihm seit Tagen in den Knochen steckte, anzukämpfen. Wieder ein Blick auf die Uhr.

Für eine Sekunde hatte er überlegt McNitt oder Masters anzurufen, überhaupt irgendjemanden um Hilfe zu bitten, den Gedanken jedoch wieder verworfen.

Wenn sie es mit einem Gegner zu tun hatten, der ein derart ausgeklügeltes Spiel zu spielen im Stande war, würde er mit Sicherheit jede noch so kleine Veränderung sofort bemerken.

Er tastete nach dem Griff des Revolvers neben sich. Das Metall der Trommel fühlte sich angenehm kühl und schwer an.

Wieso tat dieser Kerl das?

Wieso ging er dieses Risiko ein?

Wollte er lediglich sicher gehen, dass seine Nachrichten auch den richtigen Empfänger erreichten? Oder war es einfach Teil des Spiels? Grant dachte nach, während er einen weiteren großen Schluck Kaffee nahm. Nach wenigen Minuten fühlte er bereits die Wirkung einsetzen. Er überprüfte noch einmal gewissenhaft die Trommel des Revolvers. Alle Kammern waren geladen. Dann spähte er wieder nach draußen.

Gegen 1:00 Uhr setzte schließlich ein schwacher Nieselregen ein, der jedoch nach wenigen Minuten beträchtlich an Intensität zunahm.

Dicke Tropfen klatschten auf die Zufahrt, den Gehweg und die Straße und erzeugten auf dem Asphalt etliche kleine Bäche, die den Rinnstein entlang und die Zufahrten zu den Häusern hinunterströmten.

Grant konnte das Prasseln der Tropfen vor sich und auf dem Wellblechdach von Liebermanns Gartenschuppen hören. Für einige Minuten nahm er das beruhigende Geräusch in sich auf, genoss den Duft nach nassem Asphalt, der ihn an die Sommer seiner Jugend in Maine erinnerten. Eine Zeit voll aufregender Sorglosigkeit und unbekanntem Neuen. Dann goss er sich eine weitere Tasse ein.

Es war eine bizarre Situation, hier zu liegen, wie ein Tier auf der Lauer und nicht zu wissen, ob überhaupt etwas passieren würde. Der Kaffee tat zwar sein Bestes, um gegen die Müdigkeit anzukämpfen, aber es musste wohl wenige Minuten vor 2:00 Uhr gewesen sein, als er schließlich doch eingenickt war. Seine letzten bewussten Gedanken waren noch, wie langsam doch die ansonsten dahinfliegende Zeit vergehen konnte, wenn man ohne irgendeine Beschäftigung auf etwas warten musste. Dann war er eingeschlafen.

Um 2:39 Uhr schreckte er wieder hoch.

Sofort kontrollierte er die Uhr an seinem Handgelenk. Anschließend den Boden vor der Tür. Kein brauner Umschlag, nur das dichte Geflecht des dicken Teppichs. Draußen hörte er das Grummeln eines entfernten Donners, gefolgt von einem ebenfalls weit entfernt wirkenden Wetterleuchten. Der Regen prasselte noch immer mit unverminderter Heftigkeit auf den schmalen Weg und den Rasen vor der Tür ein.

Er blinzelte und zog die Jalousie der Türeinfassung wieder etwas nach hinten. Der Donner musste ihn wieder geweckt haben. Bloß gut, dass nicht …

Er erstarrte. Auf dem Gehweg stand eine Gestalt.

Ein weiteres Wetterleuchten erhellte sie zusätzlich. Dann kehrte die Dunkelheit zurück.

Im Schein der entfernten Natriumdampflampen sah Grant einen weit geschnittenen, dunkelgrünen Regenmantel. Der Umhang flatterte im Wind und die Gestalt hatte die Kapuze tief ins Gesicht gezogen, aber sie starrte eindeutig zu ihm herüber.

Grant rauschte das Blut in den Ohren.

Er konnte das Gesicht der Gestalt im Gegenlicht nicht erkennen, bemerkte aber, dass sie exakt vor dem kleinen Weg, der zur Haustür hinaufführte, stehen geblieben war. Langsam tastete er nach dem Revolver. Ob man ihn von der Straße aus sehen konnte?

Eigentlich war das kaum möglich, er …

Plötzlich bewegte sich die Gestalt wieder. Sie wandte sich ab. Grant sah den Regenmantel wie ein Segel hinter ihr her flattern, als sie sich mit schnellem Schritt die Straße hinunter und in den Schatten der Bäume des Nachbargrundstücks davonmachte.

Das Geräusch des Regens, das er für einige Sekunden völlig ausgeblendet hatte, kehrte zurück. Er war für einen Monet lang unschlüssig. Überlegte, was er da gerade gesehen hatte.

Den Schattenmann? Einen vorübergehenden harmlosen Nachtschwärmer?

Er hielt den Griff der Pistole umkrampft. Erwog, ob er die Tür öffnen und der Gestalt folgen sollte. Aber sie schien verschwunden zu sein. Er kniff die Augen zusammen, konnte sie aber auch in dem darauffolgenden hellen Wetterleuchten nirgendwo erkennen. Dann ließ er den Griff des Revolvers wieder los.

Womöglich tatsächlich ein des Nachts vorübergehender Spaziergänger. Dann aber überlegte er wieder. Ein Ausflug des nachts bei diesem Wetter? Die Decke musste jemandem in den eigenen vier Wänden schon gewaltig auf den Kopf fallen, wenn man einen Wolkenbruch wie diesen vorzog.

Er griff nach der Kaffeekanne und wollte sich eine weitere Tasse eingießen. Plötzlich jedoch zuckte er zusammen. Ein Schatten war auf die Tür gefallen.

Grant sah nach oben.

Ein weit geschnittener, dunkelgrüner Regenmantel blähte sich vor der Tür. Im nächsten Moment ertönte ein metallisches Klicken. Kurz wurde das Geräusch des prasselnden Regens lauter. Untermalt von dem Rascheln von Stoff. Dann flatterte wie in Zeitlupe ein dunkler Umschlag in den Gang.

Grant ließ die Kaffeekanne fallen. Die Gestalt musste sich im Schutz der Bäume auf dem Nachbargrundstück von der Seite genähert haben. Er packte den Revolver und riss die Tür auf. Das Adrenalin in seinen Adern pumpte.

Regen schlug ihm ins Gesicht. Aber die Gestalt musste seine Anwesenheit hinter der Tür bemerkt haben. Mit erstaunlicher Geschwindigkeit spurtete sie über den Rasen und hielt auf die Baumgruppe rechts von ihm zu.

Der Regenmantel flatterte raschelnd hinter ihr her. Grant rannte los. Die Regentropfen prasselten wie kleine Nadeln auf ihn ein. Er war in Sekundenschnelle durchnässt.

Die Gestalt sprang über den niedrigen Begrenzungszaun und rannte dann den in einer sanften Kurve gekrümmten Gehweg entlang, dann bog sie scharf nach rechts ab.

»Hey«, schrie Grant und versuchte im Laufen zu zielen. Ein hoffnungsloses Unterfangen, zumal er kein freies Schussfeld hatte. Er sah, wie das Phantom vor ihm erneut einen Haken schlug, wobei es irgendetwas zu verlieren schien. Grant sah durch den Schleier des Regens, wie ein kleiner

Gegenstand radial aus der Kurve schlitterte und klackernd in der Auffahrt des Nachbargrundstücks zum Liegen kam.

Er rannte weiter.

Sie hetzten durch den schmalen Pfad, der durch das kleine Wäldchen hindurch auf die andere Seite der Siedlung führte. Grant hörte das Knirschen von Schotter unter ihren Füßen. Der Regen war hier weniger intensiv, wobei der Untergrund bei weitem gefährlicher als der Asphalt der Straße war. Überall ragten an verschiedenen Stellen Wurzeln und leichte Erhebungen aus dem Boden.

Die Gestalt vor ihm hielt den Abstand konstant. Sein Puls raste. Schon sah er die Lichtung und die erste Straßenabzweigung dahinter auftauchen, die von einer einzelnen Straßenlaterne matt erhellt wurde. Das Phantom setzte mit langen Schritten darüber hinweg. Als Grant die Straße überqueren wollte, wurde er auf einmal geblendet. Starke Scheinwerfer leuchteten ihn an, gefolgt von einem Hupen und dem Quietschen von Bremsen.

Ein dunkler Mercedes mit getönten Scheiben kam schlingernd vor ihm zum Stehen. Der Fahrer gestikulierte wild, wobei Grant das Gesicht im Inneren des Autos nicht erkennen konnte. Dann fuhr der Wagen wieder an.

Grant sah auf.

Das Phantom war verschwunden.

Er rannte über die Straße und blieb stehen, während sich die Rücklichter des Autos hinter einer Biegung entfernten.

Er sah sich nach allen Seiten um. Nichts.

Mehrere Wege zweigten sich an dieser Stelle gabelnd auf, überschattet von mehreren großen Korallenbäumen.

Unmöglich zu sagen, wohin die Gestalt verschwunden war. Er fluchte laut. Der Regen prasselte weiter unerbittlich auf ihn ein.

Noch einige Sekunden blieb er reglos im Stakkato der Tropfen stehen, dann wandte er sich ab.

So schnell er konnte, legte er den Weg durch den Verbindungspfad in seine Straße wieder zurück und bückte sich in der Nachbareinfahrt nach dem zu Boden gefallenen Gegenstand.

Das Ding war kaum handtellergroß und lag schwer und kühl in seiner Hand. Grant kniff verwirrt die Augen zusammen.

16. Juni, 8:22 Uhr

»Guten Morgen Lieutenant«, schallte die gutgelaunte Stimme aus dem Hörer des Telefons.

Grant konnte den Klang der elektronisch rauschenden Stimme zunächst nicht einordnen. Dann jedoch erkannte er ihn.

»Guten Morgen Professor«, antwortete er, ein wenig verwundert über die freundliche Nuance in McTaggerts Stimme, die von ihrer Laune bei seinem letzten Besuch stark abwich.

Er versuchte bereits den gesamten Morgen über, nicht über den Papieren seines Schreibtisches einzuschlafen, was McNitt und Masters wohl bemerkt hatten und nun schon seit einer halben Stunde einen schlechten Witz nach dem anderen rissen. Er hatte ihnen nichts von den Ereignissen der letzten Nacht erzählt.

»Haben Sie etwas für mich?«

In der Leitung knackte es für einen Augenblick. Dann erklang wieder die wohltönende Stimme der Professorin.

»Und ob. Sogar mehr als ich gehofft hatte. Sehen Sie in Ihren E-Mails nach.«

Grant öffnete einen Internetbrowser und gab das Passwort für sein Postfach ein. Eine neue Nachricht von alice.mctaggert@tsm.us stand zuoberst. Eingegangen vor weniger als fünf Minuten.

Er klickte auf die Nachricht, die kommentarlos eine angehängte Bilddatei enthielt.

»Öffnen Sie die Bilddatei«, sagte McTaggert wie als sehe sie ihm in diesem Moment über die Schulter.

Grant klickte auf den Anhang.

Beinahe sofort baute sich eine neue Seite auf, die eine über mehrere Seiten lange, und mit etlichen Spalten unterteilte Tabelle enthielt.

Namen, Zahlen, Tagesdaten, Mengenangaben.

Grant stieß hörbar die Luft aus, als er die Nummerierung der Spalten registrierte. Über 400 Einzeleinträge.

»Nicht übel, was?«, kam die Stimme McTaggerts über das Mikrofon. »Und Sie stehen nun in meiner Schuld. Um der Datei habhaft zu werden, musste ich einer Einladung zum Mittagessen zusagen, mit einem ehemaligen Kollegen, dem ich eigentlich bis zu meinem Lebensende aus dem Weg zu gehen gehofft hatte.« Sie lachte.

»Aber Spaß beiseite. Sehen Sie die Daten vor sich?«

Grant überflog noch einmal die Liste, bei der es sich um mehrere Blätter eingescannten Papiers in gräulicher Färbung handelte. Möglicherweise direkt aus einer Art Buch kopiert, da die Zahlen und Daten an den Rändern der Tabelle leicht unscharf wurden.

»Ja, das tue ich«, antwortete er. »Wirklich fantastisch Professor. Woher haben Sie die Informationen?«

Er glaubte fast bildlich vor sich zu sehen, wie McTaggert am anderen Ende der Leitung geheimnisvoll lächelte.

»Ich sagte Ihnen ja bereits«, begann sie, »dass es sich hierbei nicht um irgendwelche Drogerieprodukte oder Zeitschriften handelt. Ferner existiert an Dokumenten aus dieser Zeit nur noch eine gewisse Menge, was eine sorgsame Datenverwaltung natürlich unumgänglich macht. Die genauen Details sind nicht so wichtig. Sie werden beim Durchgehen der Liste ohnehin selbst feststellen, dass sich nur knapp die Hälfte der Eintragungen, also der Bestände, auf Privatpersonen bezieht. Der Rest liegt in der Hand öffentlicher Träger. Meist Museen oder Stiftungen.«

Grant war überwältigt. Die Liste war erstaunlich detailliert, wobei die Eintragungen lediglich bis in das Jahr 1972 zurückreichten.

»Das ist fantastisch Professor«, wiederholte er, mit einem kurzen Zweifel, ob ihnen die Liste auch wirklich nutzen würde. Schließlich konnte das Material auch über Generationen hinweg vererbt worden sein oder ihr Schattenmann arbeitete selbst bei einem der aufgelisteten Institute. Aber es war ein Anfang.

»Vielleicht laden Sie mich ja dann im Gegenzug zum Essen ein«, scherzte McTaggert. »So stehen wir wieder auf Null.«

Sie lachte.

»Sie haben vielleicht bemerkt, dass die Liste lediglich bis zum Jahr 1972 datiert.« Sie machte eine kurze Pause.

»Es handelt sich als Erklärung schlicht um das Jahr, in dem die Datenerfassung begonnen hat.«

Wieder eine kurze Pause, in der sich die Professorin vernehmlich räusperte.

»Alles, was zeitlich davor liegt, entzieht sich leider unserer Kenntnis. Ich habe auch noch einmal über etwas nachgedacht, was Sie mich während Ihres Besuchs gefragt haben.«

Wieder war ein kurzes Knacken in der Leitung zu hören.

»Selbstverständlich ist, wie ich Ihnen bereits sagte, eine Fälschung des Papiermaterials an sich natürlich beinahe unmöglich.

Geht man aber von der anderen Seite heran und besorgt sich das entsprechende Material, sind Druck oder eine Beschriftung mit Tinte je nach Verfahren relativ einfach zu reproduzieren.«

Die Professorin atmete hörbar aus und schien zu überlegen, ob ihr noch etwas einfallen wollte, das die Informationen noch in ein schärferes, besser konturiertes Licht rücken konnte. Aber offenbar war dies nicht der Fall.

Nachdem sie noch einige kurze allgemeine Informationen über die Lesart der beigefügten Liste heruntergebetet hatte, stellte sie abschließend die Frage, die Grant bereits bei seinem Besuch in ihrem Büro erwartet hatte.

»Worum geht es denn nun bei dieser ganzen Geschichte Lieutenant?«

Grant überlegte für einen Augenblick, was er sagen sollte. Ein bitteres Lächeln stahl sich auf seine Lippen. Dann sagte er:

»Um etwas, das ich selbst nicht verstehe.«

Und nach einem kurzen Augenblick der Stille fügte er hinzu:

»Vielleicht kann ich Ihnen bald mehr sagen. Haben Sie vielen Dank Professor.«

Er bedankte sich noch einmal überschwänglich.

Dann legte er auf.

Die Liste vor ihm flirrte über den Bildschirm.

16. Juni, 14:57 Uhr

Es dauerte mehrere Stunden, sämtliche Namen und Adressen auf den Listen zu überprüfen, zu verifizieren und gegebenenfalls zu verwerfen. Bereits nach der ersten halben Stunde begannen McNitt und Masters einige unwillige Kommentare zu äußern, die die Sinnhaftigkeit des Unternehmens, mit dem sie beschäftigt waren, mehr als deutlich bezweifelten.

Die Hälfte der Liste war, wie McTaggert bereits angekündigt hatte, unbrauchbar, da hier nur Institutionen als Verwalter von Papierbeständen aus der fraglichen Zeit infrage kamen. Des Weiteren erwies sich ein weiteres Drittel als nutzlos, da die Personen, die Material aufgekauft oder besessen hatten, schlicht gestorben oder in den vereinigten Staaten nicht mehr auffindbar waren.

Grant wusste selbst, dass bereits diese beiden Punkte ein Netz erschufen, das bei weitem zu breitmaschig und durchlässig war, um mit verlässlichen Informationen überhaupt ernsthaft rechnen zu können. Dennoch mussten sie es weiter versuchen. Möglicherweise auf die eine, die entscheidende Information hoffen.

Eine erste Spur stellte sich um die Mittagszeit nach dem Lunch ein, als Masters auf einen Kerl namens Rankin T. Fowler stieß, der vor allem in den späten 80er- und frühen 90-er Jahren nach der Liste zu urteilen mehrere hundert Seiten unbedruckten Zellstoff aus dem Bestand des New York Museum und von mehreren Privatsammlern zusammengekauft hatte.

Zudem war der Mann mehrere Male straffällig geworden, nachdem er, nach einigen Bankbetrugs- und Erpressungsgeschäften, am 2. Juli 2010 eine in seinem Auto mitgenommene Anhalterin in einem Canyon nahe Bromide, Oklahoma, vergewaltigt und beinahe halb tot geprügelt hatte.

Auch die Örtlichkeit seines letzten Wohnsitzes lag mit der Stadt Hagerstown, weniger als zwei Autostunden von Washington entfernt, im Bereich des Möglichen.

Was jedoch alle bereits aufkeimenden Hoffnungen wieder zunichte machte, war die Tatsache, dass der Mann laut Meldebehörden weit über 80 Jahre alt war und sein Dasein mittlerweile in einem Pflegeheim fristete. Grant dachte nach.

Auch wenn dieser Kerl durch irgendeinen riesigen Zufall das Pflegeheim bislang drei Mal unbemerkt hatte verlassen können, um drei Morde im Stadtgebiet von Washington D.C. zu begehen, so war es nicht einmal mit den besten Aufputschmitteln der modernen Medizin möglich, einen 80-Jährigen so behände und schnell laufen zu lassen wie das Phantom in der letzten Nacht.

Er schüttelte den Kopf. Nein, sie mussten weitersuchen.

Gegen 14 Uhr eröffnete sich schließlich eine weitere Möglichkeit.

»Nun seht euch das an«, hatte McNitt gesagt, während er sich den letzten Bissen eines dick mit Schokolade überzogenen Donuts in den Mund gestopft hatte. Grant und Masters waren hinter ihn an den Schreibtisch getreten, um mitzuerleben, wie McNitt Informationen über einen Kerl namens Henry Schaver zum Besten gab.

Ledig, 42 Jahre alter Presbyterianer und zweimal geschiedener Ehemann, der wohl hauptberuflich eine eher wechselvolle Karriere durchgemacht hatte. Mehrere Umzüge in die verschiedenste Winkel der USA, nie lange, für maximal ein bis drei Jahre. Vier Jahre wohnhaft außerhalb der vereinigten Staaten in Montreal, Kanada. Und zuletzt bis vor einigen Monaten in einem Ort, der den klangvollen Namen Two Pines trug.

Grant hatte den Informationen mit Interesse gelauscht.

Auch dieser Kerl war bereits mehrfach mit dem Gesetz in Konflikt geraten. Zuletzt vor etwas mehr als drei Jahren, als er angeklagt gewesen war, mit einer Schrotflinte die beiden Hunde einer Nachbarin aus irgendeinem Grund vorsätzlich erschossen zu haben. Davor etliche Delikte wegen Körperverletzung, mit 15 Jahren zwei Jahre Aufenthalt in einem Heim für verhaltensauffällige Jugendliche.

»So weit so gut«, hatte McNitt geflötet als er ein Foto von einem Mann vor ihnen auf den Bildschirm gerufen hatte, dessen dichte schwarze Haare über einem schmalen und auf kantige Art und Weise attraktiven Gesicht ordentlich gescheitelt waren.

»Ich will niemanden per se oder allein wegen seiner Vergangenheit verdächtigen. Aber jetzt kommt das Schärfste.«

Grant und Masters hatten ihn beide mit einem skeptischen Ausdruck im Gesicht angesehen.

»Jetzt ratet mal, unter welcher Adresse der Kerl seit ungefähr vier Monaten offiziell zu finden ist.«

Er zeigte auf eine grau unterlegte Zeile im unteren Bildschirmdrittel.

»Schon ein ziemlich gewaltiger Zufall, oder?«

Grant kniff die Augen zusammen und starrte auf die Buchstaben und Zahlen, die auf dem alten Bildschirm ein wenig elektronisch flirrten.

34/15
Resida Complex and Estates

16. Juni, 17 Uhr

Der Resida-Komplex lag, wie Grant bereits auf den Satellitenaufnahmen gesehen hatte, in einem knapp fünf Kilometer langen Tal, dessen Ende spitz zu einem mit Felsen zerklüfteten Grat zulief.

»Die Sackgasse der Natur«, hatte McNitt mit einem Augenzwinkern erklärt, als sie von der Hauptstraße in einen Weg abgebogen waren, der, wäre er nicht mit einer neuartig wirkenden Asphaltschicht bedeckt, wohl kaum mehr als ein schmaler Pfad durchs Unterholz gewesen wäre.

Sie folgten mehrere Minuten mit leise schnurrendem Motor einem kleinen Bachlauf, der sich mal rechts mal links der Straße die Hänge des Tals in etlichen Windungen hinunterschlängelte und hielten schließlich vor einem Wegweiser, der die Anlage in einem Kilometer Entfernung ankündigte.

Grant kurbelte das Fenster nach unten und roch den intensiven Duft nach Kiefern und dem vom Regen der letzten Nacht noch feuchten Waldboden ringsum. Ein leichter Dunst lag in der abendlichen Luft.

Sie fuhren weiter, geblendet vom rötlichen Ball der Sonne, die zu dieser Stunde nur noch wenig über den Hängen des Tals und dem zerklüfteten Grat an dessen Ende stand.

Die Vegetation um sie herum war dicht und undurchdringlich. Unter den hohen Bäumen ballten sich zahllose dichte Büsche und Farngewächse und gaben so den Blick nur widerstrebend auf Orte frei, die sich mehr als eine Straßenwindung weit vor ihnen befanden.

Nach weiteren zwei Minuten Fahrt tauchte schließlich der Eingang zur Anlage vor ihnen auf.

Es war ein Ort, der von der Welt vergessen zu sein schien. Die schmale, kurvige Straße zwang jeden Besucher automatisch zu einer Fahrt, die sich kaum über die Geschwindigkeit eines geübten Läufers erhob, sodass man sich der Eingangspforte nicht zu schnell und rasch annähern konnte.

Ein Wachmann in dunkelbrauner Uniform trat bei ihrem Näherkommen aus einem Wachhäuschen, das sich einige Meter vor dem sich dahinter anschließenden Grenzzaun befand. Grant erspähte die vertrauten Silhouetten von auf Pfosten befestigten Überwachungskameras.

»Guten Tag«, sagte der Wachmann freundlich und zog sich seine Pilotenbrille von beeindruckender Größe vom Gesicht, die ihn beinahe wie eine Art monströses Insekt mit riesigen Augen wirken ließ.

»Sie wünschen bitte?«

McNitt zeigte ihm ein gefaltetes Blatt Papier, woraufhin der Mann sich verwirrt am Kopf kratzte und mit dem Dokument zu seinem Kollegen in das Wachhäuschen trat.

»Eine Sekunde«, sagte er, kurz bevor er im Inneren verschwand, einige Worte mit seinem Kollegen wechselte und nach gut einer Minute wieder mit einem zweiten, zusammengefalteten Blatt und einem klimpernden Schlüsselbund erschien.

Er reichte ihnen beides in den Wagen.

»Folgen Sie einfach der Straße bis zu der ersten Weggabelung. Dann müssen Sie rechts abbiegen.«

»Danke«, sagte McNitt und fuhr los.

Grant nahm das Papier in die Hand, bei dem es sich um einen genauen Lageplan des Komplexes handelte und sah im Rückspiegel, wie der Wachmann ihnen, in der Mitte der Straße stehend, nachstarrte.

»Ganz schöner Aufwand für ein paar Gebäude«, sagte McNitt und rümpfte die Nase.

Sie fuhren weiter.

Nachdem die erste Weggabelung hinter ihnen lag, tauchte in einer Senke der See aus dunklem, fast schwarzem Wasser auf, der Grant von den Satellitenaufnahmen bereits ebenfalls vertraut war.

»Welche Richtung?«, fragte McNitt und versuchte im Fahren ebenfalls einen Blick auf den Plan in Grants Hand zu erhaschen.

»Noch ungefähr 500 Meter geradeaus.«

Grant ließ den Blick von links nach rechts wandern und registrierte, dass es sich bei den Gebäuden, die sich zwischen den grünen Pinien und Kiefern erhoben, in Wahrheit nur zur Hälfte um Hallen oder Wirtschaftsgebäude handelte. Der Rest waren kleine, mit Flachdächern versehene Wohneinheiten, die vornehmlich an den Hangflanken zu mehreren wohnkomplexartigen Einheiten verbunden waren.

Hier und da sah er vereinzelt Menschen zwischen den verschiedenen Gebäuden umherlaufen. Er runzelte die Stirn.

»Wie weit noch?«, fragte McNitt.

Da sich die Halle von Ruthledges und Samuels Pflanzenexperiment, deren genaue Bezeichnung sie sich nach einem nochmaligen kurzen Telefonat mit dem Bauunternehmer selbst besorgt hatten, in beinahe gerader Linie vor ihnen befand, entschied Grant, dass sie zunächst dieses Gebäude in Augenschein nehmen würden. Sie parkten den Taurus unter den tief hängenden Ästen eines breiten Busches und gingen die letzten paar Meter auf einem Schotterpfad, der durch einen schmalen Grünstreifen von dem Hauptweg getrennt war.

»Wie ausgestorben«, murmelte Masters hinter Grant, während er sich in alle Richtungen umsah.

Vor ihnen tauchte die Halle auf.

Grant überprüfte noch einmal die Notizen in seiner Hand. »Komplex 34/23«, las er und sah auf.

Die Nummern waren mit weißer Farbe auf die Außenwände neben den Eingangstüren aufgetragen, was ein wenig an die Nummerierung von Flugzeughangars auf einem Militärflughafen erinnerte.

Sie umrundeten einen weiteren ausladenden Haselstrauch, ehe Grant an die metallisch glänzende Außentür des Gebäudes klopfte.

Keine Reaktion. Auch nach einigen Augenblicken schien das blecherne Scheppern ungehört verklungen zu sein. Kein Rufen, kein Getrappel von Schritten.

»Na dann«, sagte Masters und tastete mit der rechten Hand nach der Waffe an seinem Gürtel.

Grant hob den rasselnden Schlüsselbund und steckte den Schlüssel mit der Nummer 23 in das dafür vorgesehen Loch. Der Mechanismus ließ sich leicht drehen und die Tür schwang, nach einer dreiviertel Umdrehung lautlos und beinahe wie von selbst in das Dunkel dahinter.

Ein schmaler Vorraum öffnete sich vor ihnen.

Grant zog den Revolver aus seinem Halfter und knipste eine kleine Stablampe mit gleichmäßig ausgeleuchtetem Lichtkegel an.

Dann betraten sie den Raum.

Es handelte sich, wie er bereits vermutete hatte, um einen karg ausgestatteten Büroraum, der mit einigen charakteristischen Utensilien und etlichen kleinen Stapeln schwarzer Aktenordner versehen war. Allerdings lag über den meisten Gegenständen eine teilweise schon deutlich sichtbare Staubschicht, was Grant zu der Annahme verleitete, dass weder Ruthledge noch Samuels selbst diesen Raum überhaupt je wirklich genutzt hatten.

Möglicherweise handelte es sich, dem allgemeinen Zustand nach, sogar um ein Arrangement, das womöglich sogar noch der vorherige Mieter der Halle genau in dieser Anordnung zurückgelassen hatte und woran seitdem nichts verändert worden war.

Sie durchquerten das Zimmer und öffneten eine weitere Metalltür am gegenüberliegenden Ende. Das erste Licht der Taschenlampe fiel auf einen Kippschalter an der Wand und aufs Geratewohl trat Grant darauf zu und ließ ihn herunterklappen. Ein schnappendes Geräusch ertönte, nach dem beinahe augenblicklich einige Lampen der Deckenbeleuchtung flackernd ihren Dienst aufnahmen.

McNitt hinter ihm atmete hörbar aus.

»Na also«, sagte er.

Sie waren offenbar in der Haupthalle des Gebäudes angekommen. Die nacheinander zum Leben erwachenden Lichter tauchten die Halle in milchiges Licht und an mehreren Stellen schien eine feine Partikelwolke wie Staub durch die nach untern geworfenen Lichtsäulen zu treiben.

Sie waren in Ruthledges Labor.

Tische um Tische reihten sich vor ihnen aneinander, auf denen sich geordnete wie ein Bataillon Soldaten im Glied etliche Herbarien und Gewächskästen befanden. Darin Hunderte von Pflanzen. Einige lediglich grüne Gewächse mit dicken, fleischigen Blättern. Andere von zarter, zerbrechlich wirkender Struktur und bunten, wie ein Farbenmeer anmutenden Blüten.

»Die Orchideen-Zuchtanstalt«, sagte McNitt mit einem Augenzwinkern.

»Habt ihr die Preise vergessen? Der Wert dürfte sich auf mehrere Millionen belaufen.« Er pfiff leise durch die Zähne.

»Sind allerdings nicht mal die Hälfte Orchideen«, trübte Masters mit einem belustigten Unterton McNitts aufkeimende Freude.

McNitt warf Masters einen verächtlichen Blick zu.

»Bist du jetzt Hobbybotaniker oder was ist los?«, fragte er.

Masters zuckte mit einem Grinsen die Schultern.

»Wozu braucht er die anderen dann?«

Grant hörte schon nicht mehr richtig hin. Er war an einen der Glaskästen getreten, in dem nicht wie in den üblichen Pflanzen, sondern wie in einigen der Kästen in Ruthledges Haus einige Echsen und in einem weiteren Spinnen herumkrabbelten. Angewidert verzog er das Gesicht.

Diese seltsame Parallele verwirrte ihn. Wozu hatte Ruthledge die Tiere benötigt? Und warum gab es hier noch so viele andere Pflanzen?

Er sah sich in der Halle um, die ansonsten nur recht wenig zu beinhalten schien. Ein paar niedrige Metallschränke an der rückwärtigen Wand, daneben zwei weitere Türen, die vermutlich in weitere Büroräume führten.

Sie bewegten sich vorsichtig durch das Labyrinth aus Tischen und öffneten auch diese beiden Türen, wobei es sich, anders als Grants Annahme lediglich um niedrige Lagerverschläge handelte, die von oben bis unten mit Säcken voll biologischem Dünger und Pflanzenschutzmitteln vollgestopft waren. Durch eine weitere Tür in einem der Verschläge gelangten sie schließlich wieder nach draußen.

»Seltsam«, murmelte McNitt als sie die Tür wieder hinter sich geschlossen hatten.

»Was?«, wollte Masters wissen.

»Ich weiß auch nicht. Eine Halle nur für den Bewuchs von Pflanzen und überhaupt kein Datenmaterial.« Er schob grübelnd die Unterlippe vor, während Masters sich bereits wieder in Bewegung setzte.

»Wo ist unser eigentliches Ziel?«, wollte er von Grant wissen, der den Plan bereits wieder vor sich aufgefaltet hatte.

»200 Meter in nördlicher Richtung.«

Grant überprüfte noch einmal die Linien auf dem dünnen Papier und sah sich dann suchend um.

Direkt vor ihnen begannen die Ausläufer einer kleinen Baumgruppe, die auf dem Plan als schraffierte grüne Fläche gekennzeichnet waren. Hatte er ihre Position richtig bestimmt, so musste sich das Gebäude mit der

Nummer 34/15 auf der anderen Seite dieser schraffierten Fläche befinden. Er faltete den Plan wieder zusammen.

Dann gingen sie los. Sie hatten kaum die Hälfte der Baumgruppe umrundet, eine Ansammlung aus Laub und dichtem, undurchdringlichem Bewuchs, als Grant vor sich eine Bewegung wahrnahm.

Eine in aschgrauer Farbe gestrichene Gebäudewand tauchte langsam vor ihnen aus dem grünen Dickicht auf und Grant sah gerade noch, wie eine Gestalt hinter einer kleinen Tür in der Seitenwand des Gebäudes verschwand.

Sie blieben stehen.

Die Sonne über ihnen war bereits fast hinter den Felsgraten am Ende des Tals verschwunden, tauchte aber noch die Wipfel der obersten Bäume in ein leuchtendes Rot. Hier unten am Boden herrschte bereits ein fahles Zweilicht und auch die Temperatur der gespeicherten Tageshitze schien bereits fühlbar gesunken zu sein.

Grant zögerte und kniff die Augen zusammen, ließ den Blick über die Fassade des Gebäudes vor ihnen schweifen.

Die Halle, in der die Gestalt soeben verschwunden war, war gut um die Hälfte kleiner als das Gebäude, das sich Ruthledge für die Aufzucht seiner Shenzhen Nongke auserkoren hatte.

Aufbau und Farbgebung waren jedoch, ebenso wie die Beschriftung in weißen, kantigen Lettern, identisch. Grant ließ sich noch einmal die Adresse des Gebäudes durch den Kopf gehen:

34/15
Resida Complex and Estates

Gleichzeitig dachte er an die nicht abgestempelten Briefumschläge und an die auf allen Umschlägen ausnahmslos zu findenden Briefmarken, die als Motiv ebenfalls mehrere bunte Blumen zeigten.

Für einen Augenblick verharrte sein Geist bei dem Gedanken. Dann setzten sie sich wieder in Bewegung. Ein eigenartiges Gefühl beschlich Grant als nun der graue Umriss der Halle, der in seinem Aufbau entfernt an einen riesigen Schuhkarton erinnerte, mit jedem Schritt vor ihnen ein wenig größer zu werden begann.

Plötzlich flog die Tür in der Seitenwand des Gebäudes auf.

Das Metall schepperte. Kurz herrschte ein Augenblick der Stille. Dann hörte Grant das ploppende Geräusch zweier gedämpfter Explosionen. Er erkannte den Laut in dem selben Moment, als die beiden Kugeln unter einem Splitterregen in die Baumstämme rechts von ihnen einschlugen.

»Scheiße«, hörte er Masters rufen, während alle sich zur Seite wegduckten. Grant ging hinter dem Stamm einer breiten Kiefer in Deckung. Wieder ertönten mehrere gedämpfte Explosionen. Die Kugeln drangen dumpf in den sie umgebenden Boden ein. Kleine Erdfontänen spritzten auf.

Im nächsten Moment krachte der Abschussknall einer weiteren Waffe. McNitt hatte seine Pistole abgefeuert. Kurz darauf gefolgt von einem zweiten Schuss. Grant reagierte instinktiv.

Er nutzte die kurze Feuerpause, zielte und gab ebenfalls zwei Schüsse in Richtung der geöffneten Tür ab. Dann sprintete er los. Links vor ihm tauchte eine weitere Ansammlung Bäume auf.

Er nutzte die Deckung und presste sich an den rauen Stamm einer weiteren Kiefer als er das erneute Ploppen der Schüsse aus dem Hallengebäude hörte. Der Kerl benutzte irgendeine Art von Schalldämpfer.

Als Antwort hörte er das Feuer von Masters und McNitt. Die Kugeln prallten von der Gebäudewand ab und zischten surrend durchs Unterholz.

Er lief weiter. Wenn er Glück hatte, hatte der Mistkerl ihn nicht bemerkt. Die Ecke des Gebäudes tauchte vor ihm auf. Er sprintete ohne nach rechts zu sehen daran vorbei. Er war außerhalb des Schussfelds.

Die Seitenwand des Gebäudes flog an ihm vorbei. Dann wieder ein Knick in der Wand. Er war auf der Rückseite der Halle angekommen.

Ein wahres Trümmerfeld breitete sich vor ihm aus. Überall in dem kniehohen Gras standen ausrangierte Maschinenteile, kleine Berge von beschädigten Holzpaletten und sonstiger Unrat herum. Der größte Teil der Maschinenreste war mit einer dicken Rostschicht überzogen. Offenbar stand das Zeug schon eine ganze Zeit lang hier.

Er schlängelte sich um die ersten Trümmerhaufen herum. Dann erblickte er, wonach er gesucht hatte. Hinter einem weiteren Palettenberg zeichnete sich die vertraute Silhouette einer weiteren Tür ab. Er steuerte darauf zu, hielt neben der Tür an, die bereits ebenfalls an den Ecken von Rostflecken überzogen war und drückte vorsichtig die Klinke nach unten.

Weitere Schüsse waren von der anderen Seite des Gebäudes zu hören. Das

Gebilde vor ihm klickte und sprang auf. Er schlüpfte ins Innere. Dunkelheit umfing ihn. Er presste sich an die Wand, lauschte und wartete, bis sich seine Augen an die neuen Lichtverhältnisse angepasst hatten.

Mit suchendem Blick sah er sich um. Er war in einem kleinen Vorraum gelandet. Eine niedrige Zwischendecke, mehrere aufeinandergestapelte Stühle und Tische. Ansonsten nichts Auffälliges, bis auf die Tür, die auf der anderen Seite wieder hinausführte. Er öffnete sie einen Spalt breit, spähte hindurch. Es war niemand zu sehen.

Vor ihm befand sich ein weiterer hoher, hallenartiger Raum. Diesmal jedoch, bis auf eine Lichtinsel in der Mitte völlig leer. Er trat einen Schritt in den Raum hinein als er plötzlich das Trappeln von Schritten von der anderen Seite hörte. Dann das Schlagen einer Tür.

Er hob den Revolver.

Plötzlich hörte er jemanden seinen Namen rufen. Er zögerte kurz. Es war die Stimme von McNitt. Er blieb noch einen Moment stehen, dann durchquerte er mit immer noch erhobener Waffe die Halle. Auf der anderen Seite angekommen beantwortete er den Ruf.

»Alles okay«, kam die dumpfe Stimme von McNitt hinter einer weiteren Tür hervor. Grant sah sich um. Er musste beinahe wieder am vorderen Ende des Gebäudes angekommen sein. Ein eigentümlicher Geruch lag in der Luft, der ihm auf irgendeine Weise vertraut vorkam. Kurze Zeit versuchte er ihn einzuordnen, dann trat er durch die Tür vor ihm.

Ihr Angreifer lag auf dem Boden.

Eine größer werdende Blutpfütze breitete sich um ihn aus. Grant bemerkte die hechelnde Atmung des Mannes. Er hielt sich zwei Stellen an Brust und Bauch, aus denen heiß das Blut strömte. Die Treffer aus den Waffen von Masters und McNitt waren verheerend gewesen. Grant schätzte die Chancen des Mannes ein. Erheblicher Blutverlust, eine Wunde im Unterbauch, Verdauungssäfte, die in das umliegende Gewebe einsickerten. Chancen: nicht gut. Womöglich blieben dem Mann nur noch Minuten.

Grant sah, wie Masters eine Nummer in sein Mobiltelefon tastete. McNitt stand daneben. Er warf einen Blick in das Gesicht des Mannes auf dem Boden. Kein Zweifel. Die pechschwarzen Haare, das auf kantige Art attraktive Gesicht.

Er ging neben dem Kopf des Mannes in die Hocke.

16. Juni, 17:32 Uhr

Der Mann mit dem Namen Henry Schaver lebte nicht mehr lange genug, um ihnen noch irgendeine Art von brauchbarer Information zu liefern.

Einzig irgendeine wirre Zahlenfolge hatte der Mann noch vor sich hingebrabbelt, ehe seine Stimme im Gurgeln des Blutes untergegangen und sein Blick leer geworden war.

Grant saß auf einem schmalen Holztisch in der Nähe der Tür und schrieb sich »24726« auf einen kleinen, mehrfach gefalteten Zettel als draußen der Krankenwagen mit sich drehenden blauen Lichtern vorfuhr und man wenig später Henry Schaver in einen knisternden schwarzen Sack steckte.

Diese Episode der Geschichte war vorbei. Er erhob sich und schlenderte zusammen mit Masters und McNitt in die Haupthalle des Gebäudes, während der Krankenwagen mit dem Toten bereits wieder den Rückweg antrat. Nur warf diese eigentlich nur noch mehr Fragen auf, als sie beantwortete.

McNitt war der Erste, der schließlich das Schweigen brach.

»Also das war es dann, oder? Ende der Geschichte. Ich meine die Reaktion auf unseren Besuch spricht doch nunmal mehr als für sich.«

Da ihm niemand antwortete, verlegte er sich darauf grummelnd etwas vor sich hin zu murmeln, während sie sich auf die kleine Lichtinsel in der Mitte der Haupthalle zubewegten.

»Nun seht euch das an«, sagte Masters, während er nach einem Gegenstand auf dem Tisch griff, der dort unter dem Licht einer kleinen Stehlampe lag. Ein uralt wirkender Bürostuhl mit löchrigem Polster und ein ebenso alt erscheinendes Radio komplettierten die eigenartig wirkende Einrichtung. Grant hörte den Widerhall von Masters Stimme in der Halle, die bis auf ein paar Kisten an einer der Wände fast völlig leer war.

»Eine Platzverschwendung von orgiastischem Ausmaß«, kommentierte

McNitt mit verkniffener Miene, während er ebenfalls auf das dicke altmodische bräunliche Blatt starrte, das Masters in die Höhe hielt.

Auf dem Schreibtisch vor ihnen türmte sich das gleiche Material derweil zu wahren Bergen. Etliche, feinsäuberlich aufgereihte Stapel mit Papier, das auf eine altertümliche Art rau und grob wirkte und ihnen doch mittlerweile so vertraut war. Zweifellos, sie hatten Henry Schaver gefunden.

Daneben lagen auf dem Tisch mehrere scharfe Messer mit langen Griffen und kurzen Klingen herum, die Grant an das Operationsbesteck eines Chirurgen erinnerten.

Blitzendes Metall, das in starkem Kontrast zu einigen in Leder gebundenen Büchern und Tintenfässchen mit dazugehörigen stilechten Federkielen stand, die wie in einer antiken Schreibstube oder Mönchklause am Kopfende des Tisches platziert waren.

Grant zog eines der aufgeschlagenen und in Leder gebundenen Werke zu sich heran, blätterte es durch und registrierte die zum Teil beschriebenen Seiten, die in einer mittelalterlich wirkenden Schnörkelschrift gehalten waren.

Nicht zum ersten Mal an diesem Tage kamen ihm wieder die Worte von McTaggert in den Sinn.

Was hatte der Mistkerl hier getan? Und wieso war es nötig, hierfür ein Gebäude von derartigen Ausmaßen zur Verfügung zu haben?

Er las den Titel auf dem ihm am nächsten liegenden Bucheinband.

»Cervantes – Don Quichotte«

Dann warf er einen Blick auf sein Handgelenk.

Es war der 16. Juni 17:52 Uhr. Die Uhr tickte.

17. Juni, 10:25 Uhr

»Das ist ein einziger großer Haufen Müll«, sagte McNitt und warf die Liste auf den Schreibtisch vor sich. Grant sah aus dem Fenster, wo sich dunkel und massiv am Himmel die Wolken zu immer höheren Türmen ballten. Vor einer halben Stunde hatte es angefangen zu regnen. Wütend und wie eine Maschinengewehrsalve schlugen die Tropfen gegen das große Panoramafenster und der Tag war so dunkel, dass Grant bereits vor einiger Zeit die kleine Schreibtischlampe aus grünem Glas eingeschaltet hatte.

»Ich sage dir, dieser Kerl ist es gewesen«, fuhr McNitt mit ungeduldiger Stimme fort und blätterte einen Teil der bräunlichen Blätter durch, die in einem Stapel vor ihm auf dem Tisch lagen.

Grant sagte nichts.

Vor ihm lag das schwere in Leder gebundene Buch, das er bereits in der Lagerhalle ausführlich begutachtete hatte. »Cervantes - Don Quichotte.« Er kannte das Buch, ebenso wie er die Geschichten darin kannte. Vielleicht sollte er die Professorin noch einmal aufsuchen. Aber im Grunde lag die Sache eindeutig auf der Hand. Er wusste, was der Kerl in seinem abgeschiedenen Gebäude getan hatte, auch wenn er insgeheim die Ausdauer und die Kunstfertigkeit des Mannes bewunderte.

Er nahm das Buch in die Hand, blätterte es langsam durch, wobei jede einzelne Seite ein vernehmliches Knistern von sich gab. Der Geruch der Seiten war angenehm, beruhigend. Das Gewicht von einer Schwere, die für die Größe des Buches nach heutigen Maßstäben bei weitem zu hoch schien.

Aber er teilte McNitts Meinung nicht.

Stattdessen nahm er den Brief samt braunem Umschlag von seinem

Schreibtisch und faltete ihn auseinander. Das Material hatte einige Regentropfen abbekommen als er die Tür zu seinem Haus aufgerissen hatte.

Dennoch war die verschnörkelte Schrift eindeutig und klar zu lesen:

20. Juni

Wir können nicht mit etwas so Heiligem wie Geld spielen.

Eine Aussage, die vor dem Hintergrund von Schavers Fälschungen einen eigenartig moralischen Klang annahm. Grant musste unvermittelt aufgrund der Ironie der Situation grinsen. Er strich das Papier mit dem Finger glatt.

»Also alles wieder auf Anfang«, seufzte McNitt resignierend und sah dann zu Masters hinüber, der einen mehrseitigen Ausdruck interessiert durchblätterte, während er sich mit einem Kugelschreiber auf einem kleinen Blatt daneben Notizen machte. Er bemerkte McNitts Blick und sah auf.

»Da gibt es nicht viel, auf das man zurückgreifen könnte«, sagte er und wedelte mit den Seiten.

»McKinley wurde am 6. September 1901 durch den Anarchisten Leon Czolgosz beim Besuch der Weltausstellung in Buffalo, New York angeschossen. Er starb wenige Tage später am 14. September.«

»Wenn Schaver unser Mann war, dann wird zumindest ein Mensch mehr weiterleben dürfen«, sagte McNitt trotzig, noch immer seine Theorie verteidigend.

»Wozu hat er überhaupt diese riesige Halle gebraucht? Völliger Unsinn.«

Er kaute ungehalten auf seinem Kaugummi herum, das bereits mehrere Stunden zwischen seinen Zähnen herumwanderte.

»Und ausgerechnet an diesem Ort. Wir sollten noch einmal mit Samuels sprechen.«

Grant nickte. Dann deutete er auf McNitt.

»Was ich?«, sagte McNitt mit nach oben gezogenen Augenbrauen. Dann aber nickte er.

Grant wandte sich wieder dem raschelnden Papier in seiner Hand zu. Dann dachte er nach. McNitt hatte Recht.

Die Frage verdiente durchaus eine Antwort.

Für den Zweck hätte schließlich auch das Hinterzimmer irgendeiner heruntergekommenen Spelunke gereicht. Und woher hatte er das Geld gehabt? Immobilien dieser Größe im Resida-Komplex waren nicht billig.

»Also los«, sagte er und machte Masters ein Zeichen. Masters drehte sich in seinem Stuhl um und räusperte sich:

»McKinley hatte insgesamt 8 Geschwister. 1871 Heirat mit Ida Saxton. Aus dieser Ehe gingen zwei Töchter Katherine und ebenfalls Ida hervor, die beide in jungen Jahren an Typhus starben.«

Er betete alles in einem knappen abgehackten Stil herunter, der wie Sentenzen auf Grant einprasselte. Aber wie hätte er die Informationen auch anders verpacken sollen.

»Nach dem Ende des Sezessionskrieges wurde McKinley für Ohio ins Repräsentantenhaus gewählt.«

Masters machte eine Pause. Dann ließ er den Ausdruck sinken.

»Das waren im Grunde die groben Daten vor der Präsidentschaft von 1897 bis 1901. Wie gesagt nichts, das uns sonderlich weiter bringt.« Er kratzte sich am Kopf.

»Schon allein vor dem Hintergrund, dass die genauen Daten nicht sonderlich wichtig zu sein scheinen. Schließlich stimmen bei keinem der Morde die genauen Rahmenbedingungen.«

Grant nickte.

»Irgendwelche sonstigen Hinweise?«, fragte er.

»Du meinst, abgesehen davon, dass zufällig gerade keine Weltausstellung innerhalb der Stadtgrenzen stattfindet?«, Masters schüttelte den Kopf. Dann fuhr er fort:

»Wir dürfen nicht vergessen, wo wir hier sind«, sagte er mit einem beinahe feierlichen Ton. Er breitete die Arme aus.

»Das hier ist Washington D.C., Heimat des Smithsonian Museums, dem größten Museumskomplex der Welt.« Er dachte eine Sekunde lang nach, dann zuckte er die Achseln.

»Und vielleicht noch einem guten Dutzend weiterer Museen zusätzlich. Irgendeine Ausstellung, die es gerade nur hier gibt, findet eigentlich immer statt. Von daher dürfte die Wahl wohl nicht allzu schwer fallen. Alles bestens angerichtet, wie auf einem wohlsortierten Buffet. Nur, dass wir die Speisezettel nicht lesen können.«

Mit deutlicher Bitterkeit warf er den Ausdruck auf den Schreibtisch zurück.

»Was ist mit Herrera?«, wollte Grant wissen und wandte sich an McNitt.

»Nichts«, antwortete McNitt mit säuerlicher Miene und rutschte ein wenig auf seinem Stuhl herum.

»Jedenfalls so gut wie nichts. Alle, Familie, Bekannte, Freunde, von denen es nebenbei bemerkt wohl nicht allzu viele gibt, zeichnen das gleiche Bild.« Er machte eine unbestimmte Handbewegung.

»Der Kerl war offenbar ein recht eigenbrötlerischer, in sich gekehrter, zuweilen auch aufbrausend cholerischer Typ, der auch während der Arbeit gern für sich blieb. Niemand wusste allzu viel über ihn zu berichten. Irgendetwas Verdächtiges hat niemand bemerkt. Und den Bericht von Conway kennen wir ja schon. Wäre ja auch zu schön gewesen. Keinerlei Spuren am Tatort, abgesehen von den Abdrücken und den Schuhen, keine Fingerabdrücke oder Faserspuren, die von jemand anderem als dem Opfer stammen.«

Es entstand eine kurze Pause, in der nur das wütende Trommeln der Regentropfen gegen die Scheiben zu hören war. Die kleine Pappel im Innenhof bog sich, gebeutelt vom Wind.

»Um es so weit wie möglich abzukürzen«, sagte McNitt, »wir haben fast nichts.«

Grant schloss die Augen. Versuchte das Knarzen von McNitts Stuhl so weit wie möglich zu ignorieren und dachte an die Nacht vor zwei Tagen zurück.

Durch den Stoff seiner Jacke fühlte er die schwere Silhouette des Gegenstandes, den die Gestalt aus den Schatten während der Hetzjagd durch die nachbarschaftlichen Vorgärten verloren hatte. Beinahe hörte er wieder das Rascheln des Regenmantels vor sich. Er drückte sich aus dem Sessel hoch.

Es war an der Zeit McNitt und Masters davon zu erzählen. Auch wenn er selbst noch nicht wusste, was es bedeutete.

17. Juni, 22:47 Uhr

Die Kongressbibliothek war nur wenig bevölkert, als Grant durch die altehrwürdigen Türen eintrat.

Er hatte den Taurus bereits neben der Einfahrt zu seinem Haus abgestellt. Dann aber, als die dunklen Fenster und Schatten ihn wie Augen aus toten Höhlen anzustarren schienen, sich doch für einen anderen Ort zum Nachdenken entschieden.

Er wandte sich nach rechts.

So war er einige Zeit lang kreuz und quer durch die größtenteils menschenleeren Straßen der Stadt gefahren, ehe er an die einladenden goldenen Lichter und den Hort des Wissens hier an diesem Platz gedacht hatte.

Ein idealer Ort, so schien es ihm, um sich in den folgenden Stunden sowohl mit der Vergangenheit als auch mit einer möglichen Zukunft zu beschäftigen.

Er sah sich um.

Die über mehrere Etagen reichenden Bücherreihen, die in Kreisen angeordneten Lesepulte.

Alles, wie in einer erhabenen Stätte des Wissens, der dieser Ort nun einmal war.

Für einige Sekunden blieb er stehen, um die Magie, das Besondere dieser Umgebung mit jeder Faser in sich aufzunehmen, ehe er über eine der zahllosen Treppen eine Etage höher nach oben stieg.

Der typische mit Weisheit assoziierte Geruch, der wohl in jeder Bibliothek dieser Welt herrschte, begleitete ihn, während er sich an etlichen Regalreihen vorbei zielsicher einen abgeschiedenen Platz an einem der hohen Fenster nach draußen suchte.

Für einen kurzen Moment beobachtete er seine Umgebung.

Eine junge Japanerin saß mit einem schalldämmenden Kopfhörer bewaffnet an einem Tisch einige Meter rechts von ihm. Vor sich einen aufgeklappten Laptop, in den sie leise klappern und mit erstaunlicher Geschwindigkeit Zeile um Zeile hineinhämmerte.

Davon abgesehen jedoch um diese Uhrzeit nur noch sehr wenige Menschen.

Er nickte zufrieden.

Und über allem lag diese fantastische Atmosphäre nach stiller Geborgenheit, ummauert von den Bollwerken jahrtausendelangen Strebens nach Weisheit und Wissen.

Es gab keinen idealeren Ort. Für die nächsten Stunden würde er hier ungestört sein.

Er setzte sich, klappte den mitgebrachten Laptop auf und drapierte

dann sämtliche der mitgebrachten Gegenstände wie eine Phalanx um sich herum. Mehrere Akten in grauer Farbe auf der einen, Pläne, Fotos und einige lose Blätter auf der anderen Seite.

Nach einigen Minuten war er fertig, trat einen Schritt zurück und begutachtete das Ergebnis seiner Arbeit. Es war alles da. Alles bereit.

Die Antworten, die er suchte, lagen, da war er sich sicher, irgendwo auf diesen Seiten verborgen.

Er setzte sich auf den ein wenig klapprigen, gleichzeitig aber bequemen Stuhl an den Tisch und warf einen Blick nach draußen durch das vor ihm befindliche Fenster. Die Lichter der Stadt schimmerten zu ihm herauf wie ein Meer aus tausend Lichtpunkten und die meisten der Häuserzeilen lagen gleich dem dunkel gewölbten Himmel bereits in sanftem Schlummer.

Ja, es war ein idealer Platz.

Um Dinge zu überdenken und um Dinge klarer zu sehen. Er zögerte kurz. Und, so hoffte er, die richtigen Schlüsse daraus zu ziehen. Er wandte den Blick ab und fixierte eine der Akten vor sich.

»Die richtigen Schlüsse zu ziehen«, murmelte er leise. Die richtigen Schlüsse. Von denen ihm ein möglicher gerade zu dem Zeitpunkt eingefallen war, als er McNitt und Masters den Gegenstand der nächtlichen Verfolgungsjagd präsentiert hatte.

Er zog den Gegenstand, das letzte Utensil, das er mitgebracht hatte, vorsichtig aus dem Inneren seiner Jackentasche.

Das Ding, das ihn schon damals, als er ein Exemplar davon nur auf einer Fotografie in Conways Büro gesehen hatte, an die Form einer gebogenen Banane erinnert hatte. Eine kleine, kaum handgroßer Pistole mit hölzernem Griff und doppeltem, abkippbarem Lauf. Ein Deringer,

Kaliber 44.

Er legte ihn vor sich auf den Tisch.

Dann besah er sich den Griff genauer.

Eine Theorie, die so abwegig schien, dass er sich noch nicht einmal getraut hatte, sie Masters oder McNitt gegenüber auch nur anzudeuten. Er fuhr mit den Fingern langsam über das beinahe schwarze Holz des Griffs, wo eine mit den Jahren verblasste und mittlerweile kaum noch wahrnehmbare Gravur zu sehen war.

Für J.

In Liebe, Mom.

Er kniff die Augen zusammen, fixierte jeden einzelnen Buchstaben, wie als lese der den kurzen Text in diesem Augenblick zum ersten Mal.

Dann hob er den Blick und sah noch einmal durch die Fenster nach draußen auf die nächtliche Stadt. Er atmete geräuschvoll aus.

Im Grunde waren es diese Zeilen, die ihn überhaupt erst auf den Pfad zu einer derartigen Theorie geführt hatten. Einer Theorie, die einer ersten Überprüfung jedoch dann zunächst nicht standhalten konnte.

Bis zu diesem Zeitpunkt hatte er sich lediglich gefragt, warum der Mörder ausgerechnet diese Waffe vom Tatort mit sich genommen hatte, während die anderen beiden, gleichfalls Artefakte von einem gewissen Alter und einem gewissen Wert, wie überschüssiger Abfall mehr oder weniger lieblos am Tatort verblieben waren.

Gut, das Mannlicher Carcano war zu auffällig und unhandlich, um es nach erledigter Arbeit ungesehen wieder aus dem Gebäude am John McCormak Drive zu schaffen. Aber Herrera wurde ebenfalls nur mit einem Revolver getötet. Und bot nicht in diesem Fall das umliegende Tunnelsystem einen idealen, unbehelligten Transportkanal? Ohne Eile, ohne Hast und ohne die geringste Gefahr entdeckt zu werden?

Wie dem auch sein mochte. Er hatte seine anfängliche Theorie zu überprüfen versucht, aber nach zwei Telefongesprächen nach Springfield, Illinois in das dort befindliche Presidential Museum war klar, dass seine Vermutung zumindest in Teilen nicht zutraf.

Er kratzte sich am Kinn und blinzelte.

Die Originalwaffe aus dem Jahr 1865 war noch an ihrem Platz.

»Sie können mir das ruhigen Gewissens glauben«, hatte der Mann am Telefon mit leicht entrüsteter Stimme gesagt. »Ich war vor nicht einmal einer halben Stunde in der Ausstellung.«

Grant hatte sich für die Störung entschuldigt und der Museumsführer hatte mit einem gleichfalls entrüsteten Schnauben wieder aufgelegt.

Die Leitung war tot, ein weiterer möglicher Ermittlungsfaden abgeschnitten.

Aber dennoch gab es da diese eigenartig geformte Waffe mit dieser seltsamen Gravur. Für eine Zeit lang hatte Grant überlegt, ob der Mistkerl die Waffe möglicherweise absichtlich verloren hatte, um ihn, wie auch immer geartet, auf eine falsche Fährte zu locken. Aber dieser Gedanke war mehr als abwegig. Zumal der Mann aus den Schatten nicht damit gerechnet haben konnte, ihn in der gleichen Nacht anzutreffen.

Grant lehnte sich in seinem Stuhl zurück, schlug eine der Akten auf und begann akribisch Seite für Seite darin herum zu blättern.

Dieser erste Mord, die Tat im National Theater war nicht zuletzt durch die Besonderheit der fehlenden Waffe anders als die anderen. Das spürte er.

Auch wenn Conway mithilfe des ballistischen Profils die Waffe als diese bei Wildwestspielern geläufige Taschenpistole letztlich identifizieren konnte.

Er dachte für einen Augenblick zurück an das Gespräch in dem unterirdischen Zimmer mit seiner indirekten, kalten, bläulichen Beleuchtung.

Wieso also hatte ihm diese Tatsache keine Ruhe gelassen? Und wieso hatte er nicht früher an diese, vielleicht ein wenig verrückt klingende Möglichkeit gedacht?

Die Waffe war ein wichtiger, wenn nicht sogar der entscheidende Puzzlestein, der ihn möglicherweise auf die richtige Fährte gebracht hatte.

Er schloss für einen Moment die Augen. Eine Fährte, eine Theorie, die es nun zu überprüfen galt. Er arbeitete sich durch die Akten des Mordes an

Herrera, dann an den wie Kennedy erschossenen Crandler, bis er alle Seiten der Dossiers fast auswendig kannte.

Dann wandte er sich der Mappe über den Tod von Ruthledge zu. Dem Mann, der das so außergewöhnliche gewächshausartige Labor in einer Lagerhalle des Resida-Komplexes errichtete hatte.

Ein kurzer Zweifel schlich sich in seine Gedanken.

Dann ging er auch diese Akte Blatt für Blatt noch einmal durch. Es war bei weitem die dickste. Vernehmungsprotokolle, Fotos, Zeugenaussagen. Dazwischen der ballistische Bericht von Conway und das medizinische Gutachten über den ausgeweideten Körper von Dr. Telmatch, das, mit etlichen gestochen scharfen Farbbildern unterlegt, Grant noch einmal in den nach Desinfektionsmitteln riechenden Obduktionssaal versetzte.

Auch in dieser Hinsicht war die erste Tat anders als alle anderen.

»Eine Art posthumer Raserei«, wie Telmatch es mit eindringlichen Worten beschrieben hatte. Grant suchte die Zeile im Protokoll des verschriftlichten Berichts.

Dann wandte er sich den Bildern und Informationen über das National Theater zu.

Seite um Seite blätterte er um, bis er schließlich auf das Blatt und den Namen stieß, nach dem er gesucht hatte. Er markierte ihn mit einem dünnen Strich seines Kugelschreibers und schrieb ihn anschließend auf ein unbenutztes, neues, schneeweißes Blatt Papier.

Für einen kurzen Moment sah er sich noch einmal nach links und rechts um. Die Schluchten zwischen den Regalreihen waren menschenleer. Nur die Japanerin rechts von ihm saß immer noch mit konzentrierter Miene und übergestülpten Kopfhörern in dem gedämpften, von ihrem Laptopmonitor erhellten Licht. Grant konnte die Spiegelung ihres Gesichts in leichten Wellen verzerrt in dem Fensterglas vor ihrem Tisch erkennen.

Dann wandte er sich wieder dem Blatt vor sich zu. Er schrieb einen zweiten, anderen Namen darunter. Dann kniff er die Augen zusammen. Seine Gedanken verknüpften Linien und Buchstaben. Er setzte den Kugelschreiber wieder an. Zog einige Linien, bis er das Ergebnis schwarz auf weiß vor sich hatte.

Dann lehnte er sich mit einem leisen Stöhnen zurück. Das Geräusch war wohl so laut gewesen, dass selbst die Asiatin für einen kurzen Augenblick aus ihrer Trance erwachte und zu ihm herübersah.

Er bemerkte es aus den Augenwinkeln, beachtete sie aber kaum.

Das, was er dort auf dem Untergrund aus blütenweißem Papier sah, rief die verschiedensten Gefühle in ihm wach. Erkenntnis, Wut, Bestätigung, Unglauben. Und noch einige andere.

Er hatte mit dem Ergebnis gerechnet. Trotzdem traf es ihn wie ein Keulenschlag.

Mit klammen Fingern schob er das Blatt, Akten, Dossiers und Fotos beiseite und zog den Laptop zu sich an die Tischkante heran.

Seine Finger huschten über das Tastenfeld.

Er öffnete einen Internetbrowser und gab den Namen »John Wilkes Booth« in das Fenster der Suchmaschine ein.

Sofort veränderte sich der Bildschirm. Etliche Seiten wurden ordentlich aufgereiht, die mit Informationen zu dem berühmten Mörder des 16. Präsidenten der vereinigten Staaten aufwarten konnten.

Aufs Geratewohl klickte Grant auf eine der ersten vorgeschlagenen Seiten.

Mit leichtem Unbehagen begann er zu lesen.

»John Wilkes Booth, geboren 1838 in Bel Air, Maryland war ein zu seiner Zeit populärer, amerikanischer Schauspieler, der am 14. April des Jahres 1865 den damaligen Präsidenten Abraham Lincoln erschoss.«

Grant fuhr sich mit der Hand über die Augen. Soweit so bekannt. Die Japanerin hämmerte weiter auf ihren Laptop ein. Zwischen einem der vielen Regale sah Grant die dünne Rauchsäule einer Zigarette aufsteigen, was eigentlich in den Räumlichkeiten der Bibliothek verboten war. Aber er kümmerte sich nicht darum.

»Booths Eltern waren Junius Brutus Booth und Mary Ann Holmes. Sein älterer Bruder Edwin war ebenfalls Schauspieler. Dieser rettete, welch Ironie, dem ältesten Sohn Lincolns zwei Jahre vor dem Attentat auf einem Bahnhof das Leben.«

Grant las diese neuen Zeilen mit Verwunderung. Sie enthielten Informationen, die ihm bis zum heutigen Tage unbekannt gewesen waren. Er scrollte auf der Seite nach unten zum nächsten Absatz.

»Interessanterweise sah Lincoln Booth bereits am im Jahre 1863 im Ford's-Theater spielen. Er saß dabei in einem weiteren Fall von ironischen Begebenheiten bereits damals exakt in derselben Loge, in der er später erschossen werden sollte.«

Erstaunt hob Grant die Augenbrauen. Er las noch einige Abschnitte weiter, die vornehmlich von Booths Mitverschwörern und dem berühmten Ausruf des Mörders auf der Bühne des Ford's Theaters unmittelbar nach der Tat handelten, ehe er zu den letzten Zeilen des Artikels hinunter scrollte.

Ein Bild von einem Friedhof tauchte langsam in seinem Blickfeld auf.

»Booths Leichnam ist in Baltimore auf dem Green Mount Cemetery begraben. Sein Sohn Esaya Booth, geboren am … «

Plötzlich weiteten sich Grants Augen.

Ungläubig las er die folgenden Daten, die folgenden Zeilen. Dann schnürte sich ihm die Kehle zu.

Das konnte nicht wahr sein.

Er nahm die Hände von der Tastatur des Laptops.

Automatisch, fast wie in Zeitlupe zog er sein Handy über die dunkel gemaserte Holzplatte des Tisches zu sich heran.

Dann wählte er eine Nummer.

Es läutete. Einmal, zweimal, dreimal.

Nach dem fünften Klingeln schließlich klappte die Verbindung und eine unfreundliche Stimme meldete sich mit den schroffen Worten:

»Sind Sie verrückt. Wissen Sie eigentlich, wie spät es ist?«

Grant achtete nicht auf Frage.

»Ich brauche Ihre Hilfe Conway«, sagte er mit belegter, kaum hörbarer Stimme in das elektronische Mikrofon. Dann schwieg er.

Eine kurze Phase der Stille entstand.

18. Juni, 10:52 Uhr

Der Taurus raste über den Highway, während der Regen der vergangenen Nacht in beeindruckenden Gischtwolken hinter dem Wagen her wirbelte.

Grant sah nach draußen in den aschgrauen Morgen, dessen Himmel immer noch mit dicken, tief dahinziehenden Wolken verhangen war und war einigermaßen verwundert, dass die Straße vor ihm fast gänzlich leer war.

Einzig ein silberner Pick-Up war im Moment auf dem zweispurigen Asphaltband durch sanft hügelige Waldlandschaften vor ihm zu sehen. Ein stetiges Auf und Ab. Auf und ab. Wie auf dem bewegten Deck eines großen Schiffes, das gutmütig durch leicht wogende See stampfte.

Er warf einen kurzen Blick auf den Beifahrersitz hinüber, wo mehrere Blatt Papier zu zwei ordentlichen Stapeln geordnet waren, ehe er in der Gischt des vorausfahrenden Pick-Ups den Scheibenwischer einschaltete und das Fahrzeug links überholte.

Der Fahrer war ein alter Mann um die 70, mit Cowboyhut und Sonnenbrille, der aussah, als sei er außerhalb von Texas geradewegs auf der Suche nach dem nächstliegenden, nächstgrößeren Rodeo.

Grant lenkte den Taurus vor dem Pick-Up wieder auf die rechte Fahrspur zurück, ehe er erneut einen Blick auf die Papiere des Beifahrersitzes warf.

Conway hatte ganze Arbeit geleistet.

In nur wenigen Stunden hatte er handfeste Informationen ausgegraben.

»Natürlich, das sollte kein Problem sein«, erinnerte sich Grant an die halb im Schlaf gemurmelten Worte, »aber wagen Sie es nie wieder, mich noch einmal um diese Uhrzeit zu stören.« Dann war die Leitung tot gewesen.

Grant musste unvermittelt schmunzeln, als er sich den ansonsten stets perfekt gekleideten Mann mit den penibel nach hinten gekämmten eisgrauen Haaren mit zerzaustem Schopf und in einem knitternden Pyjama vorstellte.

Ein Anblick, der es wahrhaft wert gewesen wäre, auf einem Foto für die Ewigkeit festgehalten zu werden.

Grant kurbelte ein wenig das Beifahrerfenster herunter, was die Ausdrucke auf dem Stoff des Sitzes ins Rascheln und Flattern geraten ließ. Die beiden Listen, die er nun dank Conways Hilfe bereits im Wagen vor dem Gebäude hatte miteinander vergleichen können.

Die Scheiben waren bereits halb beschlagen gewesen, als er doch noch auf die Information gestoßen war, nach der er gesucht hatte. Ein Name, der auf beiden Listen auftauchte.

Er betrachtete aus den Augenwinkeln die beiden je mit einem orangefarbenen Marker unterstrichenen Zeilen.

Franklin D. Lang.

Eine Name, aber auch nicht mehr. Der Computer hatte schließlich eine Adresse weit über zwei Fahrtstunden nördlich des Stadtgebietes ausgespuckt. Ein kleiner Ort mit dem klangvollen Namen Glen Falls, unmittelbar südlich des Beginns des Adirondack Nationalparks mit seinen riesigen Wald- und Forstflächen.

Das Knistern der Papiere in Grants Ohren wurde lauter als er ein weiteres Fahrzeug, einen LKW mit flatternder Plane überholte. Kleine Gischttropfen wirbelte durch den schmalen Schlitz des geöffneten Fensters herein.

Ein Name, zwei Listen.

Das gedruckte Exemplar von McTaggerts zusammengetragenen Informationen. Auf der anderen Seite das Geflecht von Linien und Namen von Conway, das weniger einer Liste, mehr einem sich verzweigenden Baum an Abstammungs- und Querverweisungslinien ähnelte.

Mit einem Namen ganz oben an der Spitze des sich immer weiter verzweigenden Geflechts.

Grant ordnete sich wieder auf der rechten Fahrspur ein und nahm einige Minuten später die Ausfahrt zu einer Tankstelle, als die Nadel der Anzeige sich bereits bedrohlich dem unteren Ende des rot markierten Bereichs zu nähern drohte.

Er kaufte sich einen Tasse dampfenden Automatenkaffees, bezahlte eine komplette Tankfüllung und war bereits fast wieder aus dem Laden heraus, als sein Blick auf einen direkt neben der Tür postierten Zeitungsaufsteller fiel.

Er blieb wie angewurzelt stehen, kniff die Augen zusammen, suchte die übrigen Titelseiten und Aufmacherstorys ab, dann fluchte er laut.

Der Mann hinter dem Tresen, ein alter Kerl mit speckigem Hemd und Halbglatze, sah auf.

»Scheiße!«

Grant warf ihm einen kurzen Blick zu, dann fingerte er mit der freien Hand sein Handy aus einer der Jackentaschen.

Während er dem Klingelton am anderen Ende lauschte, überflog er mit den Augen die mit dicker schwarzer Tinte gedruckten Überschriften.

»Killer stellt Präsidentenmord nach«, »Nächster Toter in unheimlicher Mordserie«, »Die Geschichte kehrt grausam zurück«, »Washington D.C. Schauplatz von Nachahmungsmorden.«

Er wandte sich ab, lauschte dem elektronischen Wählton.

Nun war es also doch geschehen.

Bislang hatte die Presse die Morde des Schattenmannes als isolierte Ereignisse wahrgenommen, die nichts miteinander zu tun, ohne irgendeine Verbindung alleine standen. Selbst bei dem Mord im John McCormak Drive war keiner der Zeitungsleute auf die Parallelen zum Schulbuchlagerhaus und zu dem Mord an Kennedy in den 60er-Jahren in Dallas aufmerksam geworden.

Woran das liegen mochte, wusste Grant nicht zu sagen. Womöglich, weil Morde in dem Amerika von heute wohl schon fast zum alltäglichen Geschäft gehörten. Dinge, von denen man nicht begeistert war, die man aber wohl mit gleichgültiger Miene und stiller Bitterkeit als unabänderlich hinnahm.

Demgegenüber aber eine Mordserie, zumal in der Hauptstadt und letztlich mit einem solchen Thema, eindeutig die Brisanz in ungeahnte Höhen zu schrauben im Stande war. Grant runzelte die Stirn.

Die Meute war also erwacht.

Die Frage war nur warum? Und warum gerade jetzt?

Nach weiteren drei elektronischen Klingeltönen meldete sich schließlich am anderen Ende der Leitung eine monoton klingende Stimme.

»Ja?«

McNitt gab sich nicht einmal Mühe, seine Gleichgültigkeit zu kaschieren.

»Ich bin es.«

»Wo zum Teufel steckst du?«, fragte McNitt.

Grant ignorierte die Frage.

»Rate mal, was ich gerade lese?«, fragte er. Eine kurze Phase der Stille, in der McNitt gequält seufzte. Dann räusperte er sich und Grant hörte ein Ächzen des Bürostuhls durch die Leitung dringen als McNitt sich wohl vor dem Schreibtisch mühsam aufsetzte.

»Ich weiß, sehe ich mir auch gerade an«, sagte er mit gepresster Stimme. »Keine Ahnung, woher das kommt. Wir haben keine Informationen nach draußen gegeben. Zumindest noch nicht.«

Grant legte die Stirn in Falten, versuchte diese neue Erkenntnis zu verarbeiten. Also war doch irgendein findiger Journalist, vermutlich irgendein ehrgeiziger junger Emporkömmling, der sich seine Sporen verdienen wollte, von ganz allein auf die Verbindung zwischen den Taten aufmerksam geworfen. Nachdenken statt vorgekauter Informationen.

Er presste die Lippen aufeinander. Wirklich zu dumm, dass … Dann stutzte er, schwieg für einen Moment. Sah mit zusammengezogenen Augenbrauen nach draußen, wo mehrere Autos mit sprühenden Gischtwolken hinter sich vorbeifuhren.

»Bist du noch da?«, fragte McNitt mit dumpfer Stimme aus dem Hörer. Grant sah einen Lastwagen mit dem Emblem einer Fastfoodkette vorbeidonnern.

»Kannst du herausfinden, woher die Information stammt?«, fragte er.

McNitt grunzte.

»Ich kann es versuchen«, sagte er. »Aber du weißt selbst wie zugeknöpft diese Pressefritzen in Bezug auf ihre Quellen sind. Schutz der Privatsphäre, Persönlichkeitsrechte und der ganze Krempel.«

»Ich weiß«, antwortete Grant. »Versuch es trotzdem. Und ruf mich an, sobald du etwas herausgefunden hast.«

Ein missgelauntes Grunzen war die Reaktion.

»Na schön, von mir aus«, sagte McNitt. »Aber ich kann dir gleich sagen, wie das endet.« Dann legte er auf.

Grant kehrte zum Wagen zurück, nachdem er zuvor noch für einige Sekunden nachdenklich die auf dem Highway vorbeifahrenden Autos beobachtet hatte.

Nachdem er die Fahrertür des Taurus hinter sich geschlossen hatte, zögerte er einen Moment, ehe er den Zündschlüssel herumdrehte. Diese ganze Geschichte wurde immer eigenartiger.

Er warf einen gedankenverlorenen Blick auf die beiden markierten Listen. »Warum gerade jetzt?«, murmelte er im Geiste noch einmal vor sich hin. Dann nahm er die Auffahrt auf den Highway und fädelte sich in die beiden Spuren des vor Nässe glänzenden Betons ein.

Es war Zeit, den Dingen auf den Grund zu gehen.

Die Fahrt Richtung Glen Falls zog sich weiter über mal hügelige, mal flache Landschaften, ehe es nach gut einer Stunde wieder zu regnen begann.

Dicke Tropfen verwandelten die Fahrbahn in einen wenige Millimeter tiefen See und die Scheibenwischer taten sich schwer, gegen die Myriaden von vom Himmel fallenden Wassertropfen anzukämpfen.

Grant sah auf das integrierte Navigationssystem.

Noch eine Stunde bis zu Ihrem Ziel.

Nach einer weiteren halben Stunde Fahrt im sintflutartigen Regen nahm er schließlich eine der zahlreichen Ausfahrten und war nun in der Folge gezwungen, sich über ein Labyrinth an Verbindungs- und Landstraßen durch das sanfte Hügelland seinen Weg zum Südrand des Adirondack Nationalparks zu bahnen.

Das Navigationssystem hielt jedoch, was die vollmundigen Versprechungen in den Werbespots des Herstellers behaupteten und so tauchte nach weiteren gut 25 Minuten das erste Hinweisschild mit der Wegweisung Glen Falls vor ihm auf. Nach weiteren zehn Minuten passierte er schließlich die Stadtgrenzen und verlangsamte das Tempo des Taurus.

Mit dahintuckerndem Motor sah er sich um.

Glen Falls war eine im großen und ganzen gewöhnliche kleine Stadt mit den üblichen Läden, den üblichen Aufteilungen an Häusern, Geschäften und kleinen Parks, wobei etliche Geschäfte die Touristen mit wohlklingenden Angeboten über Wandertouren, örtliches Kunstgewerbe und Naturwunder in ihre Geschäfte zu locken versuchten.

Er sah erneut auf den Bildschirm des Navigationsgeräts und registrierte, dass sich die letzten nördlichen Ausläufer des Ortes bereits in die weitläufigen Waldflächen des Nationalparks erstreckten.

Keine zwei Minuten später hielt er schließlich an.

Er parkte den Taurus in einer schmalen Waldeinfahrt und trat auf eine grob mit Schotter besprenkelte Zufahrtsstraße zu den letzten Häusern am Stadtrand hinaus.

Nun war er am Ziel.

Noch einmal überprüfte er kurz den Straßennamen.

Powder Mill Road. Es war die Straße, nach der er gesucht hatte. Eine Verlängerung einer der nördlichen Ortsstraßen, die, abgesehen von einigen Wanderwegen, nur noch zu ein paar vereinzelt im Grün des Waldes versteckten Häusern und Blockhütten führte.

In der frischen, vom Regen erfüllten Luft blieb er stehen. Dann zog er den Revolver aus dem Holster und überprüfte die Kammern der Trommel. Sechs Kugeln befanden sich darin.

Er sah nach vorne, folgte dem leicht gekrümmten und ansteigenden Weg unter dem schützenden Dach der Blätter mit den Augen.

Neben den Stämmen der Bäume ragten einige Farnsträucher und Büsche in den Weg hinein, sodass er nicht weiter als um die abknickende Kurve des Pfades sehen konnte. An einigen schlammigen Pfützen in den Fahrrillen des Weges konnte er die tief profilierten Abdrücke breiter Reifen ausmachen, die vermutlich in dieser Gegend von geländegängigen Jeeps oder Pick-Ups stammen mussten.

Er blieb nach einigen Metern stehen. Fühlte, dass der Regen nicht mehr auf seinen Kopf und Schultern, sondern nun auf das Dach des Waldes um ihn herum trommelte.

Nun war er hier, nahm alles in sich auf und dennoch blieb ein letzter Rest von Ungewissheit. War das der Weg, der in die Höhle des Monsters führte? Eingekesselt von dichtem, undurchdringlichem Grün.

War er nun im Auge des Hurrikans? So nahe am Krakenkörper, dass seine Fangarme ihn nicht mehr packen konnten?

Er fuhr sich mit der Hand durch die nassen Haare.

Womöglich. Aber wie es auch sein mochte.

Auf irgendeine Weise spürte er, dass er sich nun in diesem Augenblick auf dem Weg zum lodernden Kern des Geheimnisses befand. Es war nur noch eine Armeslänge entfernt.

Der Satz eines der Ausbilder auf der Akademie kam ihm in den Sinn: »Und genau dann pflegt man gewöhnlich den Boden unter den Füßen zu verlieren.«

Grant dachte nach. Der Mann könnte damit mehr Recht haben, als er ahnte.
Er ging los.

Das Haus, das er suchte musste sich auf der linken Seite irgendwo hinter dem Knick aus Zweigen und dicken Ästen befinden. Er beobachtete ein paar Sekunden den ansteigenden Verlauf des Pfades. Dann entschied er sich links von der Schotterpiste abzubiegen und in das grüne Dickicht aus Büschen, Farnen und anderen bodennahen Gewächsen einzutauchen.

Auf dem Schotter des Pfades würde ihn jeder wie auf dem Präsentierteller schon von weitem erkennen können. Er erklomm in einem Abstand von ungefähr zehn Metern parallel zum Weg langsam die Anhöhe.

Feuchte Farnwedel und niedrig hängende Zweige schlugen ihm gegen Beine und Oberkörper, sodass er nach wenigen Metern noch nasser als zuvor war.

Der Regen über ihm trommelte noch immer mit unverminderter Heftigkeit. Plötzlich blieb er stehen.

Links von sich sah er die Ausläufer eines rostigen Maschendrahtzaunes, der offenbar von einem der Grundstücke weiter westlich stammen musste.

Er maß kurz die Grundstücksgrenze mit den Augen ab. Dann setzte er sich wieder in Bewegung, wobei seine Schuhe auf dem feuchten Waldboden bei jedem Schritt leise schmatzende Geräusche erzeugten. Schnell hatte sich ein beträchtlicher Haufen Erdklumpen an den Sohlen gesammelt.

Ein paar Meter weiter ging er in die Hocke. Er duckte sich unter die überhängenden Äste eines großen Busches mit fleischigen Blättern und spähte unter dem Blattwerk hervor auf eine Stelle, die sich gut 20 Meter vor ihm befand.

Ein blauer, rostiger Pick-Up stand mitten im Wald, wohl auf einer Fläche, die ein behelfsmäßiger Parkplatz sein sollte.

Dahinter erblickte er das Haus.

Ein niedriges Dach, das sich über einem bungalowartigen Grundriss mitten zwischen Stämmen und Büschen dahinzog. Nur ein niedriger Zaun aus groben Holzplanken umrundete das Gebäude, bei dem es sich nicht um ein Haus im eigentlichen Sinne, sondern mehr um eine etwas größere Blockhütte mit einer schmalen Terrasse vor dem Vordereingang handelte.

Zwei Fenster der kurzen Gebäudeseite blickten zu seiner Position hinaus. Verdeckt durch einige tief hängende Äste einer nahe stehenden Ulme.

Unmöglich zu sagen, ob man ihn hier unter dem Blattwerk des Busches von drinnen sehen konnte.

Er beobachtete das Haus einige Minuten lang.

Irgendwelche Bewegungen konnte er nicht ausmachen. Auch in dem umzäunten Garten, wenn man hier überhaupt von einem Garten sprechen konnte, schienen keine unliebsamen Überraschungen wie Stolperdrähte oder sonst irgendwelche Abwehrmaßnahmen zu lauern. Die kastenartige Form einer Überwachungs- oder Bewegungskamera suchte er ebenfalls vergebens.

Das Einzige, was er sah, war, dass eine dünne Rauchsäule aus dem Kamin im hinteren Drittel des rechteckigen Bungalows aufstieg.

Seine Hand schloss sich ein wenig fester um den Griff des Revolvers. Die Waffe lag schwer in seiner Hand.

Wenn er sie benutzen musste, würde der Abschussknall in dem kleinen Gebäude ohrenbetäubend laut sein.

Er sprintete geduckt los.

Nach wenigen Metern hatte er den Sichtschutz des Pick-Ups erreicht und duckte sich hinter der Ladefläche. Dann sprang er über den Zaun. Er sprintete weiter zur Ecke des Gebäudes, dann blieb er stehen. Mit dem Rücken an die unebene hölzerne Wand gedrückt, fühlte er seinen hämmernden Puls, fühlte er das Rauschen seines eigenen Blutes, das Rasseln seines Atems.

So vorsichtig er konnte, spähte er durch eines der mit den Jahren trübe gewordenen Fenster.

Er sah nichts.

Jedenfalls so gut wie nichts. Die Oberfläche des Glases war von beiden Seiten derart mit Staub und anderem Unrat bedeckt, dass es unmöglich war in dem Halbdunkel dahinter irgendwelche Formen, geschweige den Bewegungen auszumachen.

Flach an die Wand gedrückt, schlich er weiter zum nächsten Fenster. Auch hier das gleiche Bild. Staub, Dreck, konturlose Formen. Das Einzige, was er sah, war ein weiterer Lichtschimmer von einem der Fenster, die zur gegenüberliegenden Hausseite hinausgingen.

Die Vordertür vor ihm war nun nur noch wenige Meter entfernt.

Er schlich darauf zu, duckte sich neben der Tür und klopfte mit der freien Hand gegen das Holz der dicken Planken.

»Polizei«, rief er. Keine Anweisungen, keine Fragen.

Die Reaktion aus dem Inneren auf diesen Ausruf allein würde schon über das weitere Vorgehen entscheiden, würde für sich selbst sprechen.

Er wartete mit angehaltenem Atem.

Nichts.

Es passierte rein gar nichts. Mit dem Rauschen des eigenen Blutes in den Ohren lauschte Grant auf jedes noch so kleine Geräusch, das aus dem Inneren des Hauses zu ihm herausdringen mochte. Aber es geschah nichts. Der Regen hoch über seinem Kopf trommelte unablässig.

Plötzlich jedoch vernahm er einen kaum hörbaren Laut.

Es klang wie ein hohes Rumoren, wie das Krächzen eines Vogels, gedämpft durch die dicken Planken der Tür.

»Öffnen Sie die Tür«, rief Grant, immer noch so gut er konnte gleichzeitig die Tür und die Fenster hinter sich im Blick behaltend. Ein Windstoß fuhr mit einem Mal in die das Haus umgebenden Büsche.

Und wieder tat sich für einen Augenblick lang nichts, ehe wieder das Krächzen, das Rumoren aus dem Hausinneren zu hören war. Grant zog seine Hand zurück, überlegte, wog ab.

Irgendetwas war zweifellos dort im Haus. Er konnte nicht …

Wieder hörte er einen erstickten Laut. Dann ein leises Rumpeln, wie als kullerte ein schwerer Gegenstand polternd über die Holzdielen im Inneren.

Grants Instinkte übernahmen plötzlich die Kontrolle.

Er sprang einen Schritt nach rechts, holte aus und versetzte der windig aussehenden Tür einen heftigen Tritt in Höhe des Riegels. Das Gebilde flog sofort krachend auf. Holzsplitter spritzten in alle Richtungen. Grant sprang in den Raum, ging mit einem Bein auf die Knie und richtete den Revolver vor sich ins Halbdunkel.

Nichts. Es war nichts zu sehen.

»Guten Tag«, hörte er auf einmal eine halb erstickte Grabesstimme hinter sich.

18. Juni, 12:28 Uhr

Grant sträubten sich alle Haare in seinem Nacken. Mit dem Gefühl von tausend Nadeln, die gleichzeitig in seine Haut stießen, wirbelte er herum. Und erstarrte im nächsten Moment vor Erstaunen.

Hinter der Tür saß ein Mann.

Auf dem Tisch, den die Gestalt vor sich hatte, stand ein halbvoller Teller mit einer dampfenden roten Brühe, die Grant als irgendeine Art von wohl wässriger Tomatensuppe identifizierte. Daneben ein glänzender, dazu passender Löffel, den die Gestalt wohl im Schrecken über sein Eindringen hatte fallen lassen.

Der Mann sah ihn mit großen, erschrockenen Augen an.

»Was wollen Sie?«, fragte er mit einer derartigen Überraschung und Verblüfftheit in der Stimme, dass diese seiner äußeren Mimik in nichts nachstand. Grant sah die Angst in seinen Augen.

Er wich einen Schritt zurück. Seine Augen flitzten in dem großen Raum hin und her, der Wohnzimmer, Küche und Esszimmer in einem zu sein schien. Drei weitere Türen zweigten in weitere Räume ab. Er öffnete rasch alle davon, spähte in kleine Zimmer. Dabei ließ er den Mann hinter der Tür keine Sekunde lang aus den Augen.

»Sind Sie allein?«, fragte er, nachdem er wieder auf den Mann zugetreten war.

Der Kerl nickte.

»Aber ja«, sagte er. Grant begann sich ein wenig zu entspannen. Er musterte die Gestalt, die da vor ihm saß, die sich bis zum jetzigen Zeitpunkt um keinen Millimeter bewegt hatte.

Erst jetzt bemerkte er die Eisenteile, die Streben und Räder des Rollstuhls, in dem die Gestalt saß. Daneben ein weiteres glänzendes Gestell aus Eisen, an dem ein Tropf befestigt war, dessen Kanüle in der Oberarmbeuge des Mannes verschwand.

Wieder sprach der Mann ihn an.

»Was wollen Sie hier? Wer zum Teufel sind Sie?«, wiederholte er mit der gleichen krächzenden, kaum hörbaren Vogelstimme wie zuvor. Mit großen Augen blickte er auf den Revolver in Grants Hand. Das gleiche Krächzen, das gleiche dumpfe Rumoren, das Grant durch die Planken der Vordertür wahrgenommen hatte.

»Sind Sie Franklin D. Lang?«, fragte er und trat noch einen weiteren Schritt auf den Tisch vor dem Mann zu.

»Das D steht für David«, beantwortete die Gestalt die Frage, ehe sie misstrauisch die Augen zusammenkniff.

»Vielleicht hätten Sie die Güte, mir nun endlich auch zu sagen, wer Sie sind?«

»Natürlich.« Grant stellte sich in knappen Worten vor.

»Lieutenant«, wiederholte der Mann und verzog den Mund.

Grant musterte die Gestalt noch einmal von Kopf bis Fuß. Der nächste Ermittlungsfaden, der sich auf Nimmerwiedersehen verabschiedete. Nicht in hundert Jahren hätte der Mann, dessen dichtes, dunkelbraunes Haar zwischen den Bandagen des dick verbundenen Kopfes hervorlugte, in den vergangenen Tagen drei Menschen auf grausame Weise hinrichten können. Er seufzte resigniert.

»Was soll das hier?«, fragte der Mann und nickte mit dem Kopf in Richtung der zerborstenen Tür.

In Grants Kopf arbeitete es.

Er betrachtete den in Gips liegenden rechten Arm des Mannes, ebenso große Teile des linken Beines und des rechten Fußes. Daneben zahllose Schnittwunden an Gesicht und Händen. Der Hals wurde durch eine Art Manschette gestützt. Ein wenig ähnlich den Kränzen, die man frisch operierten Hunden oder Katzen anlegte, allerdings um ein vielfaches kleiner.

Der Mann schien seine Blicke zu bemerken.

»Ein kleiner Unfall«, sagte er, immer noch mit kaum hörbarer krächzender Stimme.

Er schien einen Augenblick zur überlegen. Dann weiteten sich seine Augen erneut in wieder aufkeimender Furcht.

»Sind Sie einer von denen?«, fragte er. Seine Stimme zitterte leicht.

»Einer von welchen?« Grant verstand die Frage nicht.

»Einer von diesen Tabakleuten«, antwortete der Mann und seine Augen zuckten von der einen Seite des Zimmers zur anderen. Grant wurde immer verwirrter.

»Tabakleute?«

Der Mann schien mehr als verängstigt zu sein. Er beobachtete, wie die Gestalt vor ihm nervös mit dem Fuß, der nicht in Gips lag, auf dem Boden aus Holzplanken herumscharrte.

»Nein, keiner von denen«, sagte er deshalb schnell, was den Mann beinahe augenblicklich dazu brachte, ein wenig langsamer und ruhiger zu atmen. Um auf Nummer sicher zu gehen, zeigte er ihm seinen Dienstausweis.

Der Brustkorb des Mannes hob sich auf und nieder. Nun aber in deutlich ruhigeren, weniger hechelnden Zügen.

»Sie müssen das verstehen«, sagte er mit leiser Stimme.

»Verzeihen Sie.«

Grant sah den Mann an, der mit einem leichten Kopfschütteln so aussah, als wolle er die negativen Gedanken, die sich seines Geistes bemächtigt hatten, vertreiben. Dann registrierte er einen leichten Hauch von Rauch, der in der Luft lag. Er warf einen Blick zu der niedrigen, gedrungenen Küchenzeile hinüber, wo, auf mehreren Ebenen gestapelt, mehrere gebrauchte Töpfe und Pfannen herumstanden.

»Die Schmerzen sind nicht so schlimm«, sagte sein Gegenüber mit gepresster Stimme. »Aber wie ein Kind auf die Hilfe anderer angewiesen zu sein, ist etwas, das mich in den Wahnsinn treibt.«

Grant verlagerte sein Gewicht auf dem unebenen Dielenboden und warf einen Blick auf den halb geleerten Teller. Wie lange mochte der Mann im Rollstuhl in diesem Zustand für diese simple Mahlzeit gebraucht haben?

Eine Sackgasse, ein Fehlschlag auf ganzer Linie. Er seufzte. Seine Gedanken schweiften für einen Moment ab. Ob der nächste braune Umschlag schon eingetroffen war? Er hatte nur seine und ihre Zeit verschwendet.

Der Mann sah auf, blickte ihn an, wobei sich ein wenig das Blitzen von Neugier in seine Augen stahl. Grant steckte den Revolver wieder in das Holster zurück, ehe der Kerl mit krächzender Stimme sagte:

»Wenn es Ihnen nichts ausmacht, würden Sie mir das Salz von der

Anrichte reichen? Wenn Sie schon hier sind. Das Zeug schmeckt so fade wie ein ungewürzter Babybrei.« Er verzog das Gesicht.

Grant drehte sich um, erspähte den Salzstreuer, der eine eigenartig verdrehte Form aufwies, auf einem Regal hinter der Anrichte und wandte dem Mann im Rollstuhl den Rücken zu.

Er hörte ein leises Ächzen, als die Gestalt wohl offenbar ein wenig ihre Position auf der Sitzfläche des Gefährts verlagerte.

»Aus Washington kommen Sie also«, sagte Lang und ein weiteres leises, leicht gequältes Grunzen war zu hören.

»Wenn ich mir die Tür so ansehe, ist es bestimmt eine interessante Geschichte, die Sie hierher führt, was?«

Er kicherte leise, während Grant das Gefäß vom Regal nahm. Allerdings ging das Geräusch schnell in einen rasselnden Hustenanfall über.

»Verdammt«, er fluchte leise als er sich mit dem Ärmel seines Hemdes über den Mund fuhr.

»Was für ein Riesenhaufen Mist.«

Grant trat zum Tisch und reichte Lang den Salzstreuer, den dieser mit einem kurzen Nicken dankbar annahm. Mit großzügigen Bewegungen kippte er eine derartige Menge der weißen Kristalle auf seinen Teller, dass Grant den Mund allein bei dem Gedanken an einen weiteren Löffel der Masse verzog.

Er beobachtete den Mann, der nun begeistert in dem neu gemischten Sud herumrührte und schließlich wie ein Feinschmecker eine kleine Menge mit spitzen Lippen aus der gebogenen Kelle des Löffels schlürfte.

»Ah, schon viel besser«, sagte er mit zustimmendem Nicken, offenbar begeistert über die eigenen kulinarischen Fähigkeiten.

Dann richtete er seine Aufmerksamkeit wieder auf Grant. Für einen Augenblick zögerte er.

»Wollen Sie sich nicht setzen?« Er schlürfte einen weiteren Löffel der Brühe in sich hinein, ehe er ihn wieder ansah. »Sie haben zwar meine Tür in tausend Einzelteile zertrümmert, aber ich habe beim Essen gern ein wenig Gesellschaft.« Er zwinkerte ihm kaum merklich zu.

»Seit ich das Haus ohne fremde Hilfe nicht mehr verlassen kann, sind meine diesbezüglichen Auswahlmöglichkeiten stark eingeschränkt, wie Sie sich sicher vorstellen können.«

Er lächelte freudlos.

Grant überlegte einen Moment, musterte Lang für einige Sekunden und überdachte dann seine eigene Situation.

Er presste die Lippen aufeinander.

Er hatte, wie er sich resigniert eingestehen musste, mehr als einen halben Tag mit der Jagd nach irgendwelchen Gespenstern verschwendet.

Er seufzte, stand noch einen Augenblick unschlüssig da. Dann zog er mit einem Achselzucken einen der klapprig aussehenden Stühle heran. Auf einige Minuten mehr oder weniger kam es nun schließlich auch nicht mehr an. Er warf einen kurzen Blick durch die zerborstene Tür hinaus auf die vor Nässe glänzenden Blätter des Waldes, in dem die Luftfeuchtigkeit in diesem Augenblick wohl mit den Verhältnissen in irgendeinem beliebigen Dschungel vergleichbar war.

»Man wird Ihnen die Tür selbstverständlich ersetzen«, sagte er mit einem Kopfnicken in Richtung der auf dem Boden liegenden Splitter. Der Mann im Rollstuhl sah ihn mit erhobenen Augenbrauen beinahe ein wenig überrascht an. Einen Moment lang passierte nichts, dann machte Lang eine wegwerfende Handbewegung. Er schien sich eigenartigerweise bereits völlig von dem Schreck über Grants Eindringen erholt zu haben.

»Machen Sie sich darüber mal keine Sorgen«, fuhr er in fast freundschaftlichem Ton fort und zwinkerte erneut mit den Augen. »Das hier mag zwar aussehen wie eine heruntergekommene Bretterbude, aber glauben Sie mir, an Geld mangelt es mir nicht.«

Grant fixierte den Mann, der da vor ihm in dieser einsamen Blockhütte mitten im Wald saß mit skeptischem Blick. Er versuchte sich vorzustellen, wie abgeschieden das Leben hier draußen sein konnte, allein, am Beginn einer riesigen Wald- und Reservatsfläche. Auch wenn man im Grunde genommen nur wenige Minuten vom Puls der Zivilisation entfernt war.

Eine Art selbst gewähltes Eremitentum.

»Wie ist das passiert?«, fragte er, um die Unterhaltung in Gang zu halten. Er deutete auf den Rollstuhl.

Lang sah an sich herunter. Warf einen Blick auf die Verbände, die Schienen und Bandagen. Dann richtete er seine Aufmerksamkeit wieder auf Grant.

»Fahrerflucht. Vor zwei Wochen genau«, antwortete er und rührte dann mit starrem Blick in der Brühe herum, die noch immer leicht rötlich transparent in dem bauchigen Teller vor ihm schwappte. Wie als müsse er in diesem Moment überlegen, ob er es bei dieser Auskunft belassen, oder doch zusätzliche Informationen preisgeben wollte.

»Ist nicht weit von hier passiert«, sagte er schließlich.

»Ein Stück die Straße hinunter. Dort wo das asphaltierte Teilstück in einer leichten Kurve hinunter zum Creek führt.«

Er sagte dies alles in einem Tonfall, als wisse Grant genau welche Stelle er meinte. Der Mann sprach mit ihm wie mit einem Ortsansässigen.

»Sehen Sie sich die Stelle ruhig an. Man kann noch die abgeknickten Büsche und die Reifenspuren in der Böschung sehen, dort, wo der Wagen von der Straße abgekommen ist.«

Grant beobachtete Lang, der, wie an seinem Mienenspiel abzulesen war, die Ereignisse in diesem Moment noch einmal vor seinem inneren Auge erlebte.

Die Schnittwunden, die Abschürfungen, die das durchaus attraktive Gesichts des Mannes, der, so schätzte Grant um die 50 sein musste, durchzogen, schienen ihm aus der Nähe noch stärker, noch dunkler hervorzutreten.

»Sie können mich ruhig für verrückt halten«, fuhr er mit dumpfer Grabesstimme fort, »aber der Motor des Wagens hat noch einmal beschleunigt, bevor er mich getroffen hat.«

Grant runzelte die Stirn. Er begriff, was der Mann ihm damit anzudeuten versuchte. In dem Gesicht von Lang konnte er ein ängstliches Schimmern ausmachen.

»Ich war zu Fuß unterwegs, vom Pub nach Hause, wie jeden Samstag. Muss wohl so gegen Mitternacht gewesen sein«, fuhr er fort und wiegte dabei das Gesicht abschätzend von links nach rechts, wie als könne er dadurch das genaue Zeitfenster besser bestimmen.

»Die Straße dort ist nicht gerade die Champs-Elysees, aber es gibt einige Straßenlaternen, sodass die Strecke nachts nicht komplett im Dunkel versinkt.«

Lang machte eine kurze Pause. Grant sah, dass dem Mann die Erinnerung alles andere als leicht viel.

»Von dem Fahrer habe ich nichts gesehen. Außer, dass es sich um einen dunklen Geländewagen gehandelt hat, kann ich mich nur noch an den Schlag von hinten erinnern.«

Er schloss für einen Moment die Augen.

»Irgendwie fast wie eine Elefantenherde, die in einer Stampede über einen Wanderer hinwegdonnert.«

Mit einem bitteren Ausdruck im Gesicht versuchte Lang, den Mund zu etwas zu verziehen, das wohl so etwas wie ein von Galgenhumor gezeichnetes Grinsen sein sollte.

»Die Ärzte sagen, ich hätte mehr Glück als Verstand gehabt. Über zwei Stunden lag ich bewusstlos in der Böschung, bis mich zwei Halbstarke auf dem Rückweg von einer Party schließlich fanden.«

Er musste leise glucksend lachen.

»Vielleicht muss ich noch froh sein, dass sie mich in ihrem angetrunkenen Zustand nicht für irgendeinen betrunkenen Stadtstreicher gehalten haben, der im Straßengraben seinen Rausch ausschläft.« Das glucksende Lachen veränderte sich zu einem gequälten Stöhnen, als offenbar starker Schmerz den Körper des Mannes durchzuckte.

Er presste für einen Augenblick die Lippen aufeinander, ehe er mit ein wenig leiserer Stimme fortfuhr.

»Auch wenn es mir schwer fällt bei meinem aktuellen körperlichen Zustand das Wort Glück so ausgiebig zu würdigen wie ich vielleicht sollte.«

Er warf einen Blick auf ein schmales, blass orangefarbenes Fläschchen voller kleiner ovaler Tabletten, das nicht weit von dem Suppenteller in Höhe des Glases auf dem Tisch stand.

»Linker Oberschenkel doppelt gebrochen, ebenso wie Oberarm- und Schienbeinknochen, Ruptur der Leber und der Milz, Dutzende Quetschungen, unter anderem der Lunge und der Luftröhre, komplizierter Bruch an der Schädelbasis, um nur einmal einige der guten alten Bekannten aufzuzählen, mit denen ich tagtäglich zu tun habe.«

Er lächelte gequält, während er diese Aufzählung aus dem Krankenblatt der Ärzte zum Besten gab.

Dann verfiel er in Schweigen. Grant hörte das Geräusch des Regens auf dem Dach über ihm.

Offenbar war das dichte Blätterdach nun nicht mehr in der Lage, die von oben herabstürzenden Wassermassen zum größten Teil abzuhalten. Er warf einen erneuten Blick zu der Öffnung der Tür nach draußen. Dann sagte er:

»Sie haben vorhin von irgendwelchen Tabakleuten gesprochen. Was ... « Aber Lang machte eine wegwerfende Handbewegung.

»Vergessen Sie's«, sagte er mit abfälligem Ton. »Das war nur eine Ausgeburt meiner überreizten Fantasie. Wenn man so viel Zeit hat zum Nachdenken wie ich, dann spinnt man sich irgendwann die fantastischsten Dinge zusammen, glauben Sie mir.« Und nach einer kurzen Pause fügte er hinzu.

»Es ist etwas, dass mein alter Herr schon als Kind zu mir gesagt hat. Zuviel Zeit ist kein Segen, es ist mitunter eine Last. Und eine schlechte Beraterin in jedem Fall.«

Mit einem Nicken unterstrich er diese Bemerkung und rührte dann wieder abwesend in der rötlichen Flüssigkeit vor sich auf dem Tisch herum. Grant sagte nichts.

Schließlich sagte Lang mit einem weiteren Krächzen, das, wie Grant vermutete, von der gequetschten Lunge und Luftröhre her rührte:

»Ich sage in wenigen Wochen in einem großen Prozess als Sachverständiger gegen die Tabakindustrie aus.« Er räusperte sich kurz, was ein wenig an das Zischen eines Blasebalgs erinnert.

»Stundenlang ohne irgendeine Beschäftigung außer mit dem eigenen Geist und ohne andere Leute in einem Raum hört sich dann irgendwann so eine Theorie auf beängstigende Art sogar glaubhaft an.«

Er zögerte.

In die folgende Stille hinein sagte er: »Denken Sie bitte nicht, ich sei nicht mehr ganz bei Trost. Aber eine Zeit lang dachte ich nicht an die schlichte Möglichkeit eines Unfalls, sondern, dass man mich vor dem Prozess auf diese Weise mundtot machen wollte. Ein bedauerlicher Zufall. Und danach? Schließlich lag ich über eine Woche im Koma.«

Grant musterte den Mann, dessen kräftige Schultern und große Hände nicht zu Bandagen und Verbänden passten, die ihn nun an diesen Apparat aus Rollen und Aluminiumstreben fesselten. Ein Mann der Tat, für den die stark eingeschränkte Bewegungsfähigkeit mit Sicherheit unerträglich war.

Er schüttelte den Kopf.

Dachte an den Grund, warum er selbst hierher gekommen war.

»Vielleicht weniger verrückt als Sie denken«, sagte er. »Glauben Sie mir, ich habe schon weit verrücktere Dinge erlebt.«

Lang sah ihm in die Augen. Dankbar für die Worte, die den Zustand seines Geistes noch nicht völlig abschrieben.

»Danke für Ihr Verständnis«, sagte er und lächelte. Dann schien ihm noch etwas anderes einzufallen. Er stemmte sich in dem Rollstuhl so gut es ging nach oben.

»Was mich allerdings wieder zurück auf meine ursprüngliche Frage bringt.« Er kratzte sich mühsam am Kopf.

»Was um alles in der Welt tun Sie hier so weit weg von daheim?«

Grant lehnte sich auf dem Stuhl ein wenig zurück, was ein leises Knarzen der Konstruktion zur Folge hatte.

Er war sich nicht sicher, was er dem Mann erzählen sollte. Schließlich fiel er schon allein durch die körperliche Behinderung aus dem Kreis der Verdächtigen heraus. Er starrte unschlüssig auf den halb aufgegessenen Teller mit Suppe, auf dessen Rand sich der Punkt einer schwarzen Fliege niedergelassen hatte.

Eine einfache Lüge, die den ohnehin schon gebeutelten Mann nicht noch mehr in Beunruhigung versetzte, sollte nicht allzu schwierig sein und ihm leicht über die Lippen kommen. Gestohlene Reiseschecks, irgendein Autodiebstahl, Drogen- oder Waffengeschäfte. Die Möglichkeiten waren grenzenlos. Er legte die Stirn in Falten. Auf der anderen Seite sollte er aber auch nichts …

»Kommen Sie schon«, unterbrach Lang plötzlich seine Gedanken.

Der Mann im Rollstuhl lächelte ihn an.

»Das sind sie mir schon allein für den Schreck schuldig, den Sie mir eingejagt haben.« Er zwinkerte ihm zu.

»Ich erzähle auch nichts den neugierigen Nachbarn, Officer.« Er versuchte mit unbeholfenen Bewegungen zu salutieren. Nach einem kurzen Augenblick fügte er hinzu: »Ich würde ja sagen, ich schweige wie ein Grab, allerdings fand ich diesen Vergleich schon immer von einem Lebenden mehr als unpassend.«

Wieder ein leises Lächeln, das aber mehr für den Mann selbst bestimmt zu sein schien.

Grant erwiderte Langs Blick.

Nach einem kurzen weiteren Augenblick des Überlegens rang er sich schließlich zu einer Entscheidung durch. Die indirekte Annährung, dieses Mal möglicherweise der bessere Weg. Er würde ja sehen, wie Lang auf diesen ersten Hinweis reagierte.

Er räusperte sich vernehmlich und lehnte sich ein wenig zu dem Mann im Rollstuhl nach vorne. Über den Tisch konnte er sehen, wie Lang erwartungsvoll den Hals nach vorn reckte.

»Ich nehme an«, begann er, »dass Ihnen der Name John Wilkes Booth schon einmal begegnet ist.«

Grant war völlig perplex von dem, was folgte.

Der Körper des Mannes vor ihm sackte in sich zusammen, als habe er ihm direkt in den Bauch geschossen. Ein gequältes Ächzen entrang sich Langs Brust. Schmerzvoller als alles, was Grant bisher von ihm gehört hatte.

Zuerst dachte er an einen neuerlichen Schmerzanfall des Mannes. Dann aber sah er, wie ein Zittern durch den zusammengeklappten Körper lief.

Lang ballte die rechte Hand zur Faust. So fest, dass die Knöchel weiß wie Vogelklauen hervortraten.

Er hob sie vom Tisch und ließ sie mehrfach in einer kraftlosen Geste wieder auf die Tischplatte fallen.

Langsam hob der Mann den Kopf. Grant war wie paralysiert. Mit entgleisten Gesichtszügen starrte Lang ihn eine Sekunde lang an. Dann schloss er die Augen und versuchte, offenbar in einem Versuch stärkster Willensanstrengung, seine Emotionen zu kontrollieren. Schließlich öffnete er sie wieder.

Mit unheilvoller Stimme fragte er:

»Was hat er getan?«

Das Umschwenken der Situation war an Surrealität kaum zu überbieten.

Eben noch in zwanglosem Geplauder schien die Situation nun aufs äußerste gespannt.

Grant war vollkommen verwirrt.

Aber dieser eine Satz, diese wenigen Worte bewirkten, dass sein Geist sofort wie elektrisiert war. Sofort begannen seine Augen wieder in dem Raum umher zu zucken. Die rechte Hand tastete, beinahe schon instinktiv nach dem Griff der Waffe. Sein Blick wanderte zum wiederholten Mal zum Rechteck der geöffneten Tür.

»Was meinen Sie mit *er*«?, fragte er tonlos.

Lang sah ihn mit versteinerter Miene an.

Das Trommeln des Regens auf das Dach der Blockhütte erschien Grant mit einem mal ohrenbetäubend laut. Jeder einzelne Tropfen wie das Getöse aufeinanderprallender Baggerschaufeln.

Der Mann im Rollstuhl vor ihm sagte noch immer nichts.

»Bitte«, sagte Grant, der das Gefühl hatte zumindest irgendwelche Worte hervorbringen zu müssen.

Es war, als habe er allein mit dem Aussprechen des Namens eine Art unsichtbaren Schalter umgelegt.

Lang blinzelte nun, biss sich auf die Lippen.

Dann öffnete er den Mund.

»Sie … … «, begann er, verstummte dann aber wieder und schloss erneut für ein paar Sekunden die Augen. Kurz verharrte er bewegungslos. Dann nickte er wie in einer plötzlich zustimmenden, inneren Bewegung und öffnete die Augen wieder.

Sein Gesichtsausdruck hatte sich verändert. Mit einer noch einmal eine Nuance tiefer klingenden Stimme begann er zu sprechen, wobei in dem Klang der Worte, die aus seinem Mund kamen, auch eine Spur Erleichterung, ja Befreiung mitschwang. Als sei ihm eine jahrelange, unglaubliche Last von der Seele gefallen.

»Ich habe Sie mir anders vorgestellt«, sagte er in langsamen, gesetzten Worten.

Grant sah ihn verwirrt an. Langs Augen ruhten auf den seinen.

»Anders?«

»Wissen Sie, dass ich seit diesem Tag im November vor 15 Jahren auf Sie gewartet habe?«

Die Situation wurde immer verrückter. Grant konnte in den Worten, die aus Langs Mund kamen, nicht den geringsten Sinn erkennen.

»Sie haben auf mich gewartet?«, fragte er ungläubig und versuchte in den Zügen des Mannes im Rollstuhl irgendetwas zu lesen.

»Auf Sie oder irgendjemand anderen«, antwortete er. »Jedenfalls auf jemanden, der sich speziell für dieses dunkle Kapitel in unserem Familienstammbaum interessiert.«

Grant überlegte, etwas zu sagen, entschied sich aber dagegen. Die Stille zwischen ihnen dehnte sich.

»Kommen Sie«, sagte Lang plötzlich und wies mit dem Kopf nickend auf einen Punkt in Grants Rücken. »Ich möchte Ihnen etwas zeigen.«

Mit diesen Worten griff er unter den Tisch.

Ein leises elektronisches Surren war plötzlich zu hören und der Rollstuhl drehte sich wie von Geisterhand vom Tisch weg. Erst jetzt erblickte Grant den kleinen, kaum fünf Zentimeter hohen Joystick an der Spitze der rechten Handlauffläche.

Lang rumpelte an ihm vorbei über den Dielenboden, während er Grant aus den Augenwinkeln einen Blick zuwarf, in dem mehrere Gefühle gleichzeitig zum Ausdruck zu kommen schienen. Noch immer mit fahrigen Bewegungen erhob sich Grant mühsam und begann hinter dem surrenden Rollstuhl her zu laufen.

Er sah sich suchend nach allen Seiten um. Bemerkte nach ein paar Metern, dass Lang ihn auf eine der Türen im hinteren Bereich der Hütte zuführte, hinter die er bereits bei seinem Eintreten einen flüchtigen Blick geworfen hatte.

Vor der Tür angekommen bemerkte er einen großen Traumfänger mit etlichen mehrfarbigen Federn, die an dem obligatorischen runden Ring, und dieser wiederum am dicken Holz des Türrahmens befestigt waren.

Darunter eine kleine Tafel, auf der in bunten Buchstaben ein Kinderreim geschrieben stand.

»Das hier war James Zimmer«, sagte Lang mit seltsam warmer Stimme. Ein kurzer Augenblick der Stille. Dann fuhr er fort. »Ich habe nichts verändert, seit … « Er verstummte.

Grant hörte diesen zweiten Satz schon gar nicht mehr. Seine Gedanken zuckten in mehrere Richtungen gleichzeitig. Wie der sich verzweigende Ast eines Blitzes im dunklen Grau des von Gewitter erfüllten Himmels.

Er sah die Gravur auf dem Griff der Deringer beinahe wie ein Foto auf Großleinwand vor sich.

Für J.

In Liebe, Mom

Für James? Er war wie elektrisiert. Die Haare auf seinen Unterarmen richteten sich auf. Das Wechselbad der Gefühle schien erneut vor ihm abzulaufen.

Konnte es doch so sein? Oder spielte ihm sein Verstand erneut einen Streich? Bis vor wenigen Minuten hatte er noch versucht, die ernüchternde Wahrheit zu verarbeiten, dass er mit der Fahrt hierher in die Wälder des Adirondack nur seine und die ablaufende Zeit eines vierten, noch unbekannten Opfers des Schattenmanns verschwendet hatte.

Die Assoziationen kehrten mit Macht zurück. Stand er nun am Ende doch hier im Wald vor der Höhle des Monsters? Getrennt einzig durch eine Tür aus dicken, grob gemaserten Planken.

Die Höhle des Monsters als Kinderzimmer mit unschuldiger Verbrämung?

»Ihr Sohn?«, fragte er mit belegter Stimme. Er hatte Mühe, die Worte so neutral wie möglich zu artikulieren.

Lang nickte bedächtig, ehe er die Klinke herunterdrückte und die Tür mit einem sanften Stoß öffnete. Ein Ächzen entrang sich seiner Kehle.

Das Gebilde schwang mit einem leisen Knarzen auf. Es bewegte sich, trotz der kruden Beschaffenheit des Materials, erstaunlich leichtgängig in seinen an dem Türpfosten verschraubten Scharnieren. Schließlich schepperte es leise an die rückwärtige Wand und der kleine Raum, der wohl nur eine Länge und Breite von an die vier Meter haben mochte, tat sich vor ihnen auf.

Die Haut in Grants Nacken kribbelte als er nun über die Schwelle trat, die abgestandene Luft, die wie über die Jahre konserviert wirkte, einatmete.

Darunter lag ein deutlicher Geruch nach Mottenkugeln und einer weiteren chemischen Substanz, die Grant jedoch nicht bestimmen konnte. Ein merkwürdiges Gefühl breitete sich in ihm aus, das beinahe an etwas wie leichten Schwindel grenzte.

Er schüttelte den Kopf, sah zu Lang hinüber, der immer noch mit ehrfürchtiger Miene hinter der Schwelle im Hauptraum des Hauses in seinem Rollstuhl saß. Ein eigenartiger Schleier schien sich über seine Augen gelegt zu haben.

Langsam sah Grant sich in dem kleinen Raum um.

Alles war feinsäuberlich aufgeräumt, das Bett war ordentlich gemacht, die Bücher ordentlich aufgereiht in zwei kleinen lediglich knapp einen Meter hohen Regalen.

Allerdings lag über dem gesamten Raum eine dicke Staubschicht, die in den Ecken und an der Decke zusätzlich von etlichen Spinnennetzen und toten Fliegen untermalt wurde. Das einzige Fenster wirkte ebenfalls staubig und hatte mit den Jahren der Vernachlässigung mehr und mehr eine milchige Trübung angenommen.

Grant fragte sich, wann überhaupt zum letzten Mal jemand diesen Raum betreten hatte.

Sein Blick schweifte über die ebenfalls aus dicken Holzplanken bestehenden Wände, an denen mehrere Poster zu den verschiedensten Themen aufgehängt waren. An einem Spruchband aus weißem Leinenstoff, das an der Stirnseite des Raumes über dem Bett befestigt war, und sich nun im entstandenen Luftzug leicht bewegte, blieben seine Augen schließlich hängen. In den Fingerspitzen spürte er tausend Nadelstiche auf einmal.

Er sah sich mit erhobenen Augenbrauen zu dem Mann im Rollstuhl um. Lang nickte.

»Sic semper tyrannis«, wiederholte er die ungelenk geschriebenen Buchstaben.

»So soll es immer den Tyrannen ergehen.« Der bekannte Satz, den bereits Brutus bei der gemeinschaftlichen Ermordung Julius Cesars ausgerufen haben soll und der später von Booth auf der Theaterbühne nach dem Mord an Lincoln wiederholt worden war.

Grants Blick wanderte wie in Trance über auf einem kleinen Tisch aufgestellte Tierfiguren und Erinnerungsstücke, in militärischer Ordnung platziert, die in kindlicher Unschuld den starken Zwiespalt des Raumes noch verdeutlichten.

Anders als die übrigen Gegenstände schienen sie jedoch dem Verfall und Staub nicht anheim gefallen zu sein. Vermutlich hatte Lang sie selbst vor nicht all zu langer Zeit dort aufgestellt.

Ein leichtes Beben lag in Grants Stimme, als er sich wieder an Lang wandte.

»Wo lebt Ihr Sohn heute?«, fragte er, unsicher, ob der Mann im Rollstuhl ihm die Frage überhaupt beantworteten würde. Lang sah ihn für eine Zeit einfach nur stumm an.

»Ich weiß es nicht«, sagte er schließlich und schüttelte den Kopf. Dann zögerte er einen Augenblick, schien noch einmal die Situation zu überdenken.

»Möglich, dass er heute den Mädchennamen seiner Mutter wieder angenommen hat«, sagte er mit einem seltsamen Ausdruck im Gesicht. Dann
sah er Grant in die Augen. Seine Stimme stockte, ehe sie von einem kurzen
Hustenanfall geschüttelt wurde. Er fuhr sich erneut mit dem Ärmel über
den Mund. Schluckte gegen die staubgeschwängerte Luft an, ehe er wieder
anfing zu sprechen.

»Ich habe Ihnen gesagt, dass ich seit diesem Tag im November vor 15
Jahre auf Sie gewartet habe.«

Grant nickte.

»Es war der Tag, an dem beide aus meinem Leben verschwunden sind.«

In seinen Augen lagen liebevolle Erinnerung, ebenso jedoch Wut und
eine undefinierbare Angst.

»Sie hat ihn mit sich genommen. Mitten in der Nacht. Ebenso sämtliche
Fotos und gemeinsame Erinnerungsstücke.« Seine Hände krampften sich
um die Handläufe des Rollstuhls. Dann versuchte er sich mit tiefen Atemzügen wieder zu sammeln. Der Regen über ihnen trommelte auf das Dach.

»Womöglich war es wegen der Probleme in Glen Falls«, er starrte Grant
an.

»Es gab einige beunruhigende Vorfälle mit anderen Kindern. Einige der
Eltern drohten uns mit Klageverfahren.« Er warf einen Blick durch das
milchige Fenster nach draußen. Das wässrige Grün des Waldes lag wie eine
dschungelartige Wand vor ihnen.

»Vielleicht hat sie so versucht, ihn zu schützen«, sagte Lang mit nachdenklicher Miene. Dann jedoch wurde seine Stimme hart.

»Aber sie war auch selbst daran schuld.«

Grant erschien der Mann mit einem mal viel älter, verbrauchter. Er sah
die Anstrengung in Langs Gesicht, die ihn diese Erinnerungen auch nach
etlichen Jahren noch zu kosten schienen.

»Es war mir immer unangenehm, jemanden wie Booth in unserem Familienstammbaum zu wissen.« Er richtete seine Aufmerksamkeit wieder
auf Grant.

»Jemand, der einen so großartigen Mann wie Lincoln getötet hat. Aber
sie schien regelrecht stolz darauf zu sein.« Er schüttelte den Kopf, vollführte
eine resignierte abgehackte Armbewegung.

»James solle stolz auf diesen Teil seiner Vergangenheit sein. Niemals vergessen, welches Blut durch seine Adern fließe. Mehr als einmal haben wir uns deswegen heftig gestritten.« Er fuhr sich mit der fleischigen Hand über das Gesicht.

»Und seit diesem Moment, dem grauen verschleierten Morgen an diesem Novembertag wusste ich, dass eines Tages einmal jemand wie Sie vor meiner Tür stehen würde.« Er zögerte kurz. »Es erschien mir immer wie eine Vorherbestimmung. Schicksal, das ich nicht ändern konnte. Nur abzuwarten und die unrealistische Hoffnung zu hegen, dass der Tag aus irgendeinem glücklichen Zufall heraus vielleicht doch nie eintreten möge.« Er nickte wie zu sich selbst.

»Aber tief im Inneren habe ich immer gewusst, dass das Hoffen, das Bangen vergeblich sein würde. Ich habe es einfach gespürt.«

Grant betrachtete den Mann, dessen Herz in diesem Moment und vielleicht schon seit 15 Jahren von Finsternis umschlossen war.

Der Mann im Rollstuhl schien eindeutig noch nichts von den Ereignissen in Washington D.C. erfahren zu haben. Eine Tatsache, die sich ohne Zweifel bald ändern würde.

Aber er musste noch eine weitere Frage stellen.

»Es mag Ihnen unwichtig, ja belanglos erscheinen«, begann er in leisem Ton, woraufhin ihn Lang ihn mit verständnislosen, misstrauischen Augen ansah.

Dann stellte Grant die Frage nach dem Kauf von Papier, aufgrund dessen Langs Name schließlich auf der Liste von McTaggert aufgetaucht war.

»Ach das«, sagte Lang beinahe augenblicklich mit einer lakonischen Kopfbewegung. Er schien sich sofort an diesen Punkt der Vergangenheit zu erinnern.

»Ebenfalls nicht meine Idee. Meine Frau hat sich schon immer für derlei Dinge interessiert.« Dann zog er die Augen zu kleinen Schlitzen zusammen.

»Völliger Quatsch in meinen Augen. Aber dennoch verstehe ich nicht, was dies mit Ihrem Besuch zu tun haben soll.«

Grant ging nicht weiter auf die Bemerkung ein.

»Was ist aus ihr geworden?«, fragte er, darauf hoffend, dass der Mann diese Frage ebenfalls nicht für zu indiskret halten mochte. Er schürzte die Lippen. Aber für Lang schien dieses Thema offenbar recht unspektakulär zu sein. Offenbar hatte er bereits vor langer Zeit damit abgeschlossen.

»Ich habe sie ebenfalls nie wieder gesehen. Zwei Wochen nach dieser Flucht bei Nacht und Nebel erhielt ich die Scheidungspapiere.« Er nestelte mit dem Finger an einem abstehenden Plastikteil des Rollstuhls herum.

»Soweit ich weiß, hat sie wieder geheiratet. Irgend so einen Baulöwen aus New York City. Den Namen weiß ich nicht. Aber Glück gebracht hat es ihr offenbar nicht.«

Ein leises Grinsen stahl sich auf sein Gesicht, das aber rasch wieder verflog.

»Vor einigen Jahren erzählte mir ein Freund, der des Öfteren geschäftlich in der Stadt ist, er habe ihre Todesanzeige in einer der Zeitungen gesehen. Also: Fall abgeschlossen. Mit etwas weniger Bitterkeit würde ich sagen, sie hätte so etwas nicht verdient. Aber das wäre eine Lüge. Wer Wind sät, wird Sturm ernten oder wie heißt dieses Sprichwort noch gleich?« Er schnippte mit dem Finger, wie als helfe ihm das, die Mauern des eigenen Gedächtnisses zu überlisten.

Grant verlagerte ein wenig sein Gewicht. Sah von den Wänden nach draußen in das Grün des Waldes. Dann wieder zurück in das Gesicht des Mannes im Rollstuhl.

»Haben Sie noch ein Foto Ihres Sohnes?«, fragte er.

Lang sah ihn mit gerunzelter Stirn an.

»Ja«, sagte er langsam und zögerlich »so lange Sie es mir nicht wegnehmen wollen. Es ist zusammen mit der Heiratsurkunde das Einzige, was mir von meiner Familie geblieben ist.«

Grant nickte.

Er erkannte den Kokon, den der Mann mit den Jahren um sich und seine Familie im Geist errichtet hatte. Das Glück, konserviert in einer zurückliegenden Zeit, das in den Erinnerungen und einigen wenigen Papieren noch existent war.

»Nein, keine Sorge«, sagte er schnell, bevor Lang es sich vielleicht anders überlegen konnte. »Ich möchte lediglich einen kurzen Blick darauf werfen.«

Der Mann im Rollstuhl hielt seinen Blick weiter unverwandt auf ihn gerichtet. Untermalt vom Trommeln des Regens auf das Dach und dem staubigen mit Spinnweben überzogenen Raum hatte ihre Situation etwas merkwürdig Unwirkliches.

»Warten Sie hier«, sagte er und rumpelte mit dem Rollstuhl davon. Nach hinten, hinaus aus Grants Blickfeld. Er wartete. Draußen im Hauptraum hörte er einige raschelnde Geräusche, ehe Lang zusammen mit seinem Gefährt wieder in der Öffnung der Tür erschien.

Auf seinem Schoß lag ein schon etwas abgegriffenes Blatt, zu dem noch ein ebenfalls schon etwas abgenutztes Foto in Standardgröße kam.

»Hier bitte«, sagte er und reichte beides an Grant.

Grant nahm die beiden Blätter entgegen, drehte sie ins Licht und begutachtete sie mit zusammengekniffenen Augen. Eine wie bereits angekündigte Heiratsurkunde, ausgestellt in Baltimore und ein Foto von einem Jungen um die 16 Jahre. Aufgenommen vor einer küstennahen Marschlandschaft.

Grant sah das Grau des Meeres im Hintergrund unter einem Himmel, der ungefähr die gleiche Farbe hatte. Womöglich im Winter oder an einem kalten Herbsttag entstanden. Der Junge trug einen dicken Mantel und dicke Handschuhe.

Er sah auf das Gesicht. Dann erstarrte er. In einem plötzlichen Moment der Verblüffung. Er sah genauer hin. Sekundenlang starrte er einfach nur auf die Fotografie. Dann zuckten seine Augen reflexartig auf das vergilbte Papier der Urkunde hinüber.

Mädchenname des weiblichen Elternteils.

Ungläubig blinzelte er, als er die Buchstabenreihenfolge erblickte. Es war, als öffnete sich der Boden unter seinen Füßen.

Ja, der Junge hatte tatsächlich wieder den Mädchennamen seiner Mutter angenommen. Seine Hände begannen unwillkürlich heiß und kalt zu werden. Nur wie durch einen Nebel nahm er Langs leise unheilvolle Worte war. Eine Wiederholung einer Frage, die er schon gestellt hatte.

»Was hat er getan?«

18. Juni, 15:02 Uhr

Der Taurus raste mit aufgeblendeten Scheinwerfern durch den Regen dahin, während die Gischtwolke hinter den Reifen im auffrischenden Wind rasch seitlich verwirbelte.

Noch immer hingen die Wolken bedrohlich tief und Grant sah am Horizont das beeindruckende Schauspiel lautlos zuckender Blitzte in unregelmäßigen Abständen am Himmel aufleuchten.

Der Scheibenwischer lief auf höchster Stufe und auch der Verkehr schien seit dem Vormittag beträchtlich an Intensität zugenommen zu haben.

Mehrmals war die Fahrt zurück in die Stadt bereits ins Stocken, ja Anhalten geraten. Aber nun, etliche Kilometer südlich von Glen Falls, schien sich die Zahl der Autos und Lastwagen aus irgendwelchen Gründen, die er nicht kannte, wieder zu reduzieren.

Er warf einen Blick auf das Navigationssystem, das ihm in gut fünf Kilometern die nächste Abfahrt ankündigte. Er verringerte die Geschwindigkeit und ließ einen großen Geländewagen passieren, dessen aufgewirbeltes Wasser die Sicht zusätzlich noch erschwerte.

Dann trat er wieder auf das Gaspedal.

Es sah nach rechts zu einem auftauchenden Straßenschild.

Nach Washington D.C. waren es noch 150 Kilometer.

Er fühlte sich wie benommen.

Im Trüben Tageslicht tastete er auf dem Beifahrersitz nach seinem Handy, wobei sein Blick einen Moment lang an den beiden ausgedruckten Listen mit Franklin D. Langs unterstrichenem Namen hängen blieb.

Ein Treffer, eine Art doppeltes Verwirrspiel, das sich zu Anfang als herber Fehlschlag gebärdet hatte.

Für einen kurzen Augenblick dachte er zurück an die Blockhütte im Wald.

Diesen unscheinbaren, unheimlichen Ausgangspunkt dieser Geschichte, der Kern dieses Geheimnisses, das sich so vehement gegen Enttarnung sträubte.

Er hatte mehr als überstürzt aufbrechen müssen.

Und nun war er hier.

Er warf einen Blick auf den Tacho.

Dann schaltete er das Handy ein und scrollte in der Liste der Nummern herunter, während draußen der Auflieger eines Lkws am Beifahrerfenster vorbeizog.

Er fuhr bei weitem zu schnell, aber angesichts der Situation gelang es ihm nicht einmal einen ernsthaften Gedanken an die Gesetzeswidrigkeit seiner Handlung zu verschwenden.

Er raste wie auf Autopilot dahin.

Nach kurzem Suchen fand er die richtige Nummer.

Es klingelte.

Nach dem siebten Wählton meldete sich eine Stimme, die für den Mann, dem sie gehörte rund eine Oktave zu hoch erschien.

»Henretty«, schnarrte ein hoher Bariton aus dem Mikrofon des Mobiltelefons.

»Paul, ich bin es«, antwortete Grant. Er hatte nicht vor, sich lange mit Erklärungen aufzuhalten. Der Leiter der Verkehrsbehörde grunzte unglücklich ins Telefon und antwortete dann mit abweisendem Tonfall.

»Was gibt es jetzt schon wieder? Jedes Mal, wenn ich in den letzten Wochen etwas von euch höre, bedeutet es entweder Schwierigkeiten oder zusätzliche Arbeit.«

Grant machte eine kurze Pause, in der er in seinem Gedächtnis nach den richtigen Daten, den richtigen Informationen suchte.

»Ich brauche deine Hilfe«, sagte er knapp.

Ein weiteres unglückliches Schnauben am anderen Ende der Leitung.

»Als hätte ich es geahnt«, antwortete Henretty mit resignierter Stimme. »Also, was ist los?«

»Ich brauche sämtliche Videoaufzeichnungen der Überwachungskameras aus der Station am Judicairy Square. Vom 14. Juni und den Tagen davor. Auch sämtliche Pläne der Rohrleitungen und Versorgungsschächte, die in den unteren Ebenen zwischen dem Judicairy Square und den Stationen südlich davon verlaufen.«

Er verstummte und wartete die Wirkung seiner Worte ab. Im Geiste sah er Henretty vor sich, der seine beachtliche Körperfülle wenig erfreut in den großen Ledersessel hinter seinem Schreibtisch zurückfallen ließ.

»Bist du verrückt geworden?«, japste der Leiter der Verkehrsbehörde am anderen Ende der Leitung. »Das ist eine halbe Tagesaufgabe. Wir … «

»Bitte Paul«, unterbrach ihn Grant mit dringlicher Stimme. »Es ist wirklich wichtig.«

»Ich dachte euer Mord wäre in der Capitol South Station passiert, oder habe ich da irgendetwas nicht mitgekriegt?«

»Darüber kann ich nicht sprechen. Noch nicht.«

»Was für eine Überraschung.«

»Bitte Paul, tu es einfach. Für Erklärungen ist später noch Zeit.«

Wieder hörte Grant das entfernte Schnauben von Henretty, das durch das Mikrofon wie das Trompeten einer ganzen Elefantenherde klang. Dann räusperte sich der Mann mit der beachtlichen Körperfülle vernehmlich.

»Also gut«, sagte er mit gönnerhafter Stimme. »Ich stelle Carlson dafür ab. Der Idiot geht mir sowieso allmählich auf die Nerven. Wenn ich es ihm sofort sage, sollte das Material gegen 22 Uhr komplett sein. Ich sage dem Wachdienst Bescheid, damit sie dich ins Gebäude lassen.«

Grant schloss erleichtert für einen Augenblick die Augen.

»Danke Paul, ich schulde dir was.«

»Vergiss es nicht«, sagte Henretty.

Dann legte er auf.

Grant legte das Mobiltelefon auf den Beifahrersitz zurück. Dann warf er einen Blick nach vorn zum lautlosen Schauspiel des entfernten Gewitters. Er runzelte die Stirn. Alles, was er in Glen Falls erfahren hatte, ließ die Dinge in einem komplett anderen Licht erscheinen. Er sah kurz nach rechts auf die beiden Aktenstapel, ehe er seine Aufmerksamkeit wieder der Straße und der überfluteten Fahrbahn zuwandte.

Mit grimmigem Blick spähte er in die dunklen Wolkenmassen.

Er trat auf das Gaspedal und beschleunigte.

18. Juni, 22:10 Uhr

Dent Carlson sah entnervt von seinem Monitor auf und ließ seinen Blick durch das leere, in dunklen Erdtönen gehaltene Großraumbüro in der fünften Etage des Westflügels gleiten.

Er kam sich vor wie ein Güterwagon auf dem Abstellgleis oder wie ein Möbelstück, das bereits fester Bestandteil der zwar geschmackvoll aussehenden, jedoch aus billigem Pressspanholz bestehenden Einrichtung geworden war.

Mit einem tiefen Seufzen nahm er die bunt verzierte Kaffeetasse zur Hand, bereits seine dritte an diesem Abend, und stellte ernüchtert fest, dass mittlerweile nur noch etwa ein Finger breit einer inzwischen lauwarm gewordenen Brühe darin zu finden war.

Etwas, bei dem es sich früher einmal um Kaffee gehandelt hatte.

Mit einem leisen Klicken des Bürostuhls stand er auf und schlenderte die paar Meter zu der gemeinschaftlichen Küchenzeile an der Stirnwand des Raumes hinüber.

Zumindest für ausreichend Nachschub des schwärzlichen Gebräus war an diesem Abend gesorgt. Er stellte die Tasse unter den kastenförmigen Vollautomaten und betätigte zweimal die Espresso-Taste.

Viel und stark, schließlich konnte er unmöglich abschätzen, wie lange er an diesem Abend noch in den Hallen dieses modernen Ausbeutungsbetriebs festsitzen würde.

Er fluchte leise, während der Kasten vor ihm ratternd zum Leben erwachte und wenige Augenblicke später ein dünner Strahl dunkelbraunen Wassers in die Tasse nach unten tröpfelte.

Er sah sich um.

Henretty, dieser Mistkerl hatte es auf ihn abgesehen, eindeutig. Schließich hätte auch jede einigermaßen intelligente Laborratte diesen sinnlosen Auftrag ausführen können.

Er wartete, bis die Maschine ihren Durchlauf beendet hatte und suchte dann in den Schränken über der Anrichte nach irgendetwas Essbarem herum, das man idealerweise gebrauchen konnte, um eine derart trostlose Nacht wie diese zu überstehen.

Aber er fand nichts.

Leise brummend nahm er die halbvolle Kaffeetasse in die Hand und schlenderte damit durch den schummrigen Büroraum zu der Fensterfassade hinüber, von der aus man in klaren Nächten einen wunderbaren Blick auf den Sternenhimmel über der schlafenden Stadt hatte.

Aber nicht heute.

Er steuerte an der Lichtinsel seines Schreibtisches vorbei und registrierte bereits einige Meter vor den dicken Scheiben aus Sicherheitsglas, dass der Regen des Nachmittags zwar inzwischen aufgehört hatte, der Himmel aber immer noch dicht mit Wolken verhangen war. Kein einziges Leuchten, kein Licht war am dunklen Horizont zu sehen.

Er trank gedankenverloren ein paar Schlucke bevor er wieder zu seinem Schreibtisch zurückkehrte.

Er setzte sich und schloss die Augen.

Der letzte seiner Kollegen hatte vor etwa vier Stunden das Weite gesucht, ehe die Beleuchtung dann gegen 20 Uhr heruntergeregelt worden war und er nunmehr seit über zwei Stunden wartend hier in dieser halbdunklen Höhle hockte.

Er lehnte sich in dem weichen Polster des Stuhls zurück. Wider erwarten gefiel ihm die dämmrige Beleuchtung jedoch sogar.

Es hätte sogar noch ein ganz netter Abend werden können, wenn nicht die attraktive Praktikantin, die für gewöhnlich wegen irgendeines Projektes stets länger als alle anderen im Büro blieb, heute nicht krank zu Hause geblieben wäre. Zu dumm.

Er verzog den Mund.

Vielleicht hatte er ja beim nächsten Mal mehr Glück. Er konnte möglicherweise … .

In diesem Moment vernahm er ein Geräusch am Ende des Ganges. Er öffnete die Augen, spähte ins Halbdunkel und sah eine Gestalt, die durch eine der Seitentüren den großflächigen Büroraum betrat.

Für einen Augenblick sah sie sich kurz um und steuerte dann, nachdem sie wohl die Lichtinsel seines Schreibtisches erspäht hatte, mit schnellen, zielsicheren Schritten darauf zu.

Das musste der Auftrag sein, von dem Henretty gesprochen hatte.

Carlson stand auf und strich sich sorgfältig das verknitterte Hemd glatt. Wenn der Kerl ein Freund des großen Bosses war, dann konnte er ja womöglich durch einen positiven Eindruck zumindest ein paar Pluspunkte sammeln.

Er räusperte sich. Wenn er schon nicht zu den Lieblingen gehörte, dann vielleicht zumindest so viel, dass beim nächsten Mal der Kelch einer solchen Aufgabe schon von vornherein an ihm vorüberging.

Der Mann, dem die dunkelbraunen Haare ein wenig in das attraktive Gesicht fielen, sah übernächtigt und müde aus. Unter seinen Augen zogen sich tiefe Ringe dahin und auch seine Kleidung wirkte vernachlässigt und noch feucht vom nachmittäglichen Regen.

»Nathan Grant«, stellte er sich mit einem Händeschütteln vor, ehe er noch hinzufügte.

»Sie wissen, worum es geht?«

»Oh ja, Sir«, sagte Carlson.

»Folgen Sie mir.«

Er führte den angekündigten Lieutenant durch mehrere Gänge und Büros, ehe er ein Nebenzimmer des Hauptüberwachungsraumes aufschloss, wo er neben einer Videowand mit vier Monitoren bereits die benötigten Pläne und Karten auf einem Tisch bereitgelegt hatte.

»Wir können gleich anfangen, wenn Sie wollen.«

Grant nickte.

Umso besser, dachte Carlson. Je früher sie anfingen, desto schneller konnte er vielleicht endlich nach Hause verschwinden. Er musterte den Mann neben sich noch einmal aus den Augenwinkeln. Der Kerl schien im Großen und Ganzen in Ordnung zu sein.

»Okay«, sagte er enthusiastisch, ohne sich seine Müdigkeit anmerken zu lassen. »Dann lassen Sie uns loslegen.«

Der Lieutenant nickte.

In den folgenden zehn Minuten tat Carlson sein Bestes, dem Mann die komplizierten Zeichnungen und Skizzen der Kabel- und Tunnelschächte zwischen der Station am Judicairy Square und den rundum gelegenen Haltepunkten so anschaulich wie möglich zu erklären.

Ein- und Ausstiegspunkte, Gabelungen und Knotenpunkte. Da der Lieutenant nur hin und wieder eine Zwischenfrage stellte, war dieser Teil der von Henretty übertragenen Aufgabe schnell abgearbeitet.

Carlson grunzte zufrieden, als sich der Mann neben ihm noch einmal über einen der Pläne beugte.

»Was ist das?«, wollte er wissen und deutete auf einen viereckigen schwarzen Kasten, der sich nördlich des Madison-Avenue-Haltepunktes befand.

Carlson warf einen kurzen, flüchtigen Blick auf die Stelle.

»Eine alte aufgelassene Pumpstation«, antwortete er. »Davon gibt es noch ein paar im gesamten Stadtgebiet. Allerdings werden sie heute nicht mehr betrieben.«

»Ich verstehe.«

Als nächstes kamen die Videoaufzeichnungen aus dem Judicairy Square vom 14. Juni an die Reihe, die Carlson gleichzeitig auf die vier vorhandenen Monitore vor ihnen projizierte.

Grant sah sich die Videoaufzeichnungen ein paar Minuten an und wies Carlson dann nach einem nochmaligen kurzen prüfenden Blick auf die ausgebreiteten Pläne an, auf die Kameras 4, 7, 13 und 21 umzuschalten und die Aufzeichnung ab ca. 23 Uhr am Vortag mit doppelter Geschwindigkeit laufen zu lassen.

»Möchten Sie einen Kaffee?«, fragte Carlson den Lieutenant, als sie gegen 24 Uhr noch immer ohne erkennbares Ergebnis auf die grau-bläulich schimmernden Monitore geblickt hatten.

»Vielen Dank«, hatte der Lieutenant geantwortet und so war Carlson für einige Minuten, die er auch für einen kurzen Stopp auf der Toilette nutzte, verschwunden.

Grant beugte sich nach vorne zu den flimmernden Monitoren. Nachdem Carlson zurückgekehrt war und die dringend benötigte Wirkung des Coffeins einsetzte, zog er im Geiste eine erste Bilanz.

Die Monitore zeigten schnell laufende Zahlen an, die mittlerweile auf eine Uhrzeit von 4:15 Uhr vorgerückt waren.

Und der Bahnsteig begann sich langsam aber sicher mit den

Frühaufstehern der Stadt zu füllen. Berufspendler, Workaholics und andere. Mitunter einige von Partys zurückkehrende Geschöpfe der Nacht oder vor sich hindösende Obdachlose begannen die An- und Abfahrtsbereiche zu bevölkern.

In dem Bereich, den er im Auge behalten wollte, herrschte ein von Minute zu Minute zunehmendes Treiben.

Es vergingen weitere 20 Minuten, ehe Grant mit einem Mal stutzte. Er stellte die Kaffeetasse beiseite.

»Stoppen Sie bitte den Vorlauf«, sagte er und lehnte sich nach vorne.

Der Techniker neben ihm wirkte irritiert.

»Was suchen wir überhaupt?«, fragte er.

Grant antwortete nicht. Wie gebannt starrte er nun auf den Bildschirm, wo sich eine wohl bekannte Gestalt mit dunkler Hose und Hemd langsam und unauffällig von Minute zu Minute näher an eine der Wartungsluken heranschob.

Er sah auf die Füße der Gestalt. Sie steckten in stark profilierten Wanderschuhen.

»Hallo du Schweinehund«, sagte Grant.

Wenige Minuten später nutzte die Gestalt das Durcheinander eines einfahrenden Zuges, um unbemerkt die Luke in einer der hintern Ecken zu öffnen und geschmeidig und schnell hindurch zu schlüpfen.

Grant sah auf die Uhrzeit der Anzeige. Dann überschlug er die Entfernung.

Er starrte auf den Bildschirm.

Er hatte damit gerechnet, dennoch war der Anblick ein Schock.

»Ich brauche eine Kopie des Bandes«, sagte er zu dem Techniker, der zustimmend nickte.

»Kein Problem.«

Grant lehnte sich zurück, wollte sich aus dem Sessel nach oben drücken, als plötzlich ein einzelner Gedanke wie Feuer durch sein Gehirn schoss.

Er kniff die Augen zu Schlitzen zusammen. Starrte halb stehend, halb sitzend auf die Halle auf dem Bildschirm, die nun beinahe wieder menschenleer war.

Er ließ sich langsam wieder in die Polster zurücksinken. Konnte das wahr sein?

Er schloss die Augen, versuchte alles um sich herum auszublenden und war Augenblicke später wieder zurück in dem kleinen Zimmer in der Hütte in der Powder Mill Road. Der Höhle im Wald. Der Brutstätte, von der aus die Welle von Blut und Gewalt ausgegangen war.

Er sah sich im Geiste um. Zögerte.

Dann öffnete er die Augen wieder.

Mit einem Schlag war das Rätsel gelöst.

»Sie müssen noch etwas anderes für mich tun«, sagte er mit tonloser Stimme zu dem Techniker, der ihn verständnislos ansah.

20. Juni, 7:23 Uhr

Die Gestalt platschte mit ihren Sohlen durch eine der zahllosen Pfützen, die sich am Boden des dunklen Tunnels gesammelt hatten.

Er fühlte die Feuchtigkeit, die in der Luft lag. Spürte die Kälte des Wassers um sich herum. Dennoch musste er lächeln.

Ironischerweise war nämlich gerade dieser Umstand der nassen, ungemütlichen Umgebung dafür verantwortlich, dass die Taschenlampe, die er an seinem Gürtel mit sich führte, für eine ausreichende Sicht hier unten überhaupt nicht notwendig war.

Er trat platschend in das nächste Rinnsal.

Das Tageslicht fiel von oben durch vergitterte, in regelmäßigen Abständen angebrachte Abflussgitter herein und wurde so durch die spiegelnden Wasserflächen soweit gebrochen und reflektiert, dass es gerade ausreichte, um sich in dem gut fünf Meter hohen Gewölbe ausreichend orientieren zu können.

Er ging weiter, hörte auf das Geräusch seiner eigenen Schritte, die sich in dem annähernd runden Tunnel zu einem hallenden Echo zu verzweigen schienen. Über sich auf dem Gehsteig vernahm er die Geräusche der langsam erwachenden Stadt. Zunehmend geschäftiges Fußgetrappel, der Lärm von Fahrzeughupen und Motoren.

Es war die Tageszeit, die er am meisten liebte.

Kurz dachte er darüber nach.

Die richtige Zeit, um zur Tat zu schreiten. Und der vorerst letzten, die noch vor ihm lag, bis er sich einem größeren, einem noch bedeutenderen Ziel zuwenden konnte.

Er blieb stehen und sah sich um.

Er war allein.

Dann zog er die Karte aus einer der Taschen seiner Jeans und faltete sie auseinander.

Nicht mehr lange und er würde sein Ziel erreicht haben.

Die Linien und Symbole des raschelnden Papiers verrieten ihm, dass es noch gut rund hundert Meter bis zu dem Ort waren, den er suchte. Eine Ausstiegsklappe knapp unterhalb der Decke, durch die er bereits direkt in die vergessenen Kellergewölbe des Gebäudes gelangen würde. Er faltete den Plan wieder zusammen. Dann ging er weiter.

Mit dem Fuß kickte er einen Stein aus dem Weg, dessen sanftes Geklacker sich rasch im Dunkel des Tunnels verlor. Ein kleiner Stich schlich sich in sein Herz, erinnerte ihn das Geräusch doch mit schmerzlicher Intensität an die gleichen Laute der auf dem Boden davonschlitternden Deringer, dieser Augenblick des Entsetzens, als er bemerkt hatte, wie sich die kleine Pistole im nächtlichen Regen von seinem Gürtel gelöst und davongesprungen war. Mitten hinaus ins Dunkel der Nacht.

Er fuhr sich mit der Hand über das Gesicht. Schloss für einen Augenblick die Lider, um die Wut, das Verlustgefühl in seinem Inneren nieder zu kämpfen.

Aber es war nicht schlimm. Das anfängliche Entsetzen war schnell zu einem Plan geworden, hatte sich zu einer Strategie umgewandelt. Wie es stets, wie es immer der Fall gewesen war.

Es war nur ein vorübergehender Zustand, das wusste er. Es ging gar nicht anders. Schließlich wusste er genau, wo sich die Pistole, diese wertvolle Brücke zu seiner eigenen Vergangenheit befand. Er stieß ein entschlossenes Schnauben aus. Er würde sich seinen Besitz wieder zurückholen.

Mit konzentriertem Blick suchte er die Decke des Tunnels ab. Begutachtete jeden Vorsprung, jeden Schatten, jede Vertiefung in der Ummauerung des Gewölbes. Er musste sich konzentrieren, durfte sich nicht ablenken lassen. Er blinzelte. Zunächst waren andere Dinge wichtiger.

Plötzlich blieb er stehen.

Dann kniff er die Augen zusammen und spähte nach oben.

Dort war ja die Luke.

Eine Art eiserne, in der leicht gebogenen Wand befestigte Leiter führte an der rechten Tunnelwand nach oben, bis sie in einem kleinen schwarzen, kreisrunden Loch in der Decke verschwand. Er ging noch ein paar Meter weiter und sah bereits von seiner jetzigen Position aus die aus schwarzem Stahl bestehende Verriegelung des Zugangs, die ein wenig an einen gewölbten Gullydeckel mit aufgepflanztem Drehverschluss erinnerte.

Er brummte zufrieden, während er bereits die Hand nach der ersten Stufe ausstreckte. Dann zögerte er noch einmal. Er hatte den Durchgang schon vor einigen Tagen überprüft. Wusste, dass sich der Verschlussmechanismus trotz seines martialischen Aussehens erstaunlich leicht und geschmeidig bewegen ließ. Vermutlich lag das an den Wartungsmannschaften, die den Schacht zu Kontrollzwecken hin und wieder benutzten.

Aber wie dem auch sein mochte. Das einzig Wichtige für ihn war letztendlich das daraus resultierende Ergebnis.

Er griff an die Seite seines Gürtels.

Die vertraute Form der Pistole schmiegte sich an seine Finger. Er befühlte den Griff. Es war eine schöne, elegante Waffe. Kein Vergleich zu der plump wirkenden Silhouette der Pistole, die in einem Schulterholster unter dem Stoff seiner Jacke steckte.

Er hatte sich anfangs dagegen gesträubt, die moderne Waffe überhaupt mit sich zu nehmen. Sich aber letztendlich doch dazu durchgerungen. Vorsicht war nun einmal unerlässlich. Schließlich wusste man bei derart antiken Stücken nie genau, auf was man sich einließ. Er schürzte die Lippen. Bislang hatte zwar jedes einzelne Stück hervorragend funktioniert, aber eine Garantie gab es schließlich in keinem Fall.

Er packte die unterste Stufe der Leiter und machte sich an den Aufstieg. Das Gebilde schwankte leicht in seiner gesamten Länge, war aber dennoch erstaunlich stabil und der Geruch nach Feuchtigkeit und Fäulnis, der am Boden noch stark und intensiv gewesen war, schien mit jedem Meter, den er nun weiter nach oben kam schwächer und schwächer zu werden.

Vermutlich lag das an den Gittern der Regenabflüsse, die wohl ein wenig wie eine rudimentäre Lüftungsanlage für Frischluft wirkten. Er griff nach dem Drehrad der Luke, als er das Ende der Treppe erreicht hatte und drehte daran, als plötzlich der Mechanismus nach wenigen Zentimetern blockierte. Ein metallisches Geräusch ertönte.

Er runzelte die Stirn.

Für einen Augenblick war er verwirrt. Dann versuchte er es noch einmal. Wieder war das Ergebnis das gleiche. Der Mechanismus ließ sich ein paar

Zentimeter drehen und stieß dann, wie es schien, gegen ein unsichtbares Hindernis.

Seine Verwirrung wuchs.

Noch einmal versuchte er es. Wieder blockierte das Drehrad. Was zur Hölle stimmte mit diesem verfluchten Verschluss nicht? Er tastete mit unruhigen Fingern an dem Drehkranz aus Metall entlang. Zentimeter um Zentimeter. Lediglich feuchtes, raues Metall, bis seine Finger schließlich auf eine Ausbuchtung des Materials stießen.

Er zog die Augenbrauen zusammen. Befühlte den merkwürdig geformten Fremdkörper, der zwischen zwei Querspeichen des Verschlussrades steckte.

Was zur Hölle war das? Ein provisorischer Verschlussmechanismus, den die Männer der Wartungsmannschaft angebracht hatten? Aber dann hätte dies innerhalb der letzten Tage geschehen müssen. Er hatte die Stelle penibel geprüft.

Seine Unruhe wurde größer.

Er befühlte den Gegenstand, der das Drehrad blockierte. Zog und rüttelte daran. Das Ding saß ziemlich locker, möglicherweise handelte es sich lediglich um eine verbogene Stahlstrebe, die in den Radlauf geraten war.

Er zog und rüttelte heftiger.

Mit einem Mal bekam er den Gegenstand frei.

Er atmete schwer, wobei er den eigenen Atem in der feuchten Kühle der Luft sehen konnte. Das Ding lag nur schwer und massiv in seiner Hand.

Bereits mit den Fingern spürte er, dass es eigenartig klumpig und plump, dazu leicht gebogen geformt war. Aber hier in diesem Loch unter der Decke konnte er nichts erkennen. Er stieg zwei Stufen nach unten und hielt den Gegenstand ins Licht, das von einem der Regenschächte herüberschimmerte.

Im nächsten Augenblick erstarrte er.

Ungläubig starrte er auf den Gegenstand in seinen Fingern. Die Überraschung, die Verblüffung war so groß, dass ihm die Augen beinahe aus den Höhlen traten.

Für J.

In Liebe, Mom

stand auf dem Griff der kleinen Pistole, die wie eine Art Banane gekrümmt war. Die Deringer in seiner Hand begann zu zittern und kurz darauf griff das Zittern stoßweise auf seine Unter- und Oberarmmuskeln über.

Seine Verwirrtheit, sein Unglaube und nun auch das Gefühl von Benommenheit wuchsen von einer Sekunde auf die andere ins Unermessliche. Was wurde hier gespielt?

Er hörte das stoßweise Hecheln seines eigenen Atems, abgehackte Züge, hörte das Blut in seinen Adern rauschen und dann nahm er wie durch den Schleier eines roten Nebels noch ein weiteres Geräusch war.

Es war das tapsende Geräusch von Schritten.

Schuhe, die durch nasse Pfützen und kleine Rinnsale patschten.

Dann vernahm er unter sich ein weiteres Geräusch, das er nur allzu gut kannte. Es war ein metallisches Klicken. Das Geräusch des Hahns einer Waffe, die gespannt wurde.

Einen Augenblick lang, der sich wie zu einer Ewigkeit auszudehnen schien, herrschte Stille. Dann war eine Stimme aus den Schatten zu hören.

»Komm da runter James. Langsam.«

Ein weiterer endloser Augenblick folgte, in dem er nur das Rauschen und Pochen seines eigenen Blutes wahrnahm.

Dann wandte Masters langsam den Kopf.

Er sah eine Gestalt aus der Dunkelheit am Boden des Tunnels in den Lichtkreis eines der Regengitter treten. Aber er hatte die Stimme, den wohlbekannten Klang ohnehin bereits erkannte.

Grant hielt die Mündung des Revolvers direkt auf ihn gerichtet.

Eine Sekunde lang trafen sich ihre Blicke.

Eine Situation, wie beinahe jeden Morgen, nun jedoch unter völlig veränderten Vorzeichen.

»Los jetzt. Mach schon.«

Grants Stimme, die Härte in seinem Blick duldeten keine Auflehnung. Noch einen Moment zögerte Masters, setzte dann aber langsam den rechten Fuß auf die nächstuntere Sprosse der Leiter.

Seine Gedanken rasten.

Wie zum Teufel hatte dieser Mistkerl ihn hier aufgespürt? Warum wusste er überhaupt Bescheid? Es sollte alles ganz anders sein.

Schmerzvoll dachte er an das heutige Vorhaben, das nun, so schien es, mit einem Schlag in tausend Scherben zerfallen war. Seine Augen blickten in dem Tunnel umher, als ein neuer Gedanke sein Hirn durchzuckte. Er stieg weiter nach unten. Noch war nicht alles verloren. Er hörte kein weiteres Getrappel von Schritten, keine gebrüllten Befehle. Der Mistkerl musste offenbar allein gekommen sein. Sein Gehirn begann fieberhaft zu arbeiten.

Dann war er am unteren Ende der Leiter angekommen. Seine Schuhe platschten in eine Pfütze unter dem Ende der Sprossen, als er sich langsam umdrehte.

»Die Waffe«, sagte Grant mit ruhiger, kontrollierter Stimme.

Masters warf noch einmal einen Blick auf die Deringer in seiner Hand, das liebevoll gepflegte, einzigartige Stück. Dann legte er es behutsam und vorsichtig auf eine kleine Erhebung auf dem Boden.

»Die anderen auch«, sagte Grant und kam einen Schritt auf ihn zu.

Masters hob abwehrend die Hände.

»Schon gut«, sagte er und legte die moderne Waffe und die altertümlich anmutende Pistole daneben. Dann trat er einen Schritt zurück.

»Und was jetzt?«

Grant kam einen weiteren Schritt auf ihn zu, wobei Masters nun auch den Atem seines Gegenübers in der feuchtkalten Luft des Kanalschachtes sehen konnte. Nur noch ungefähr fünf Meter trennten sie voneinander.

»Ich würde ja fragen wieso«, sagte Grant mit dumpfer Stimme, »aber ich glaube, das weiß ich schon.«

Masters konnte nicht anders. Er musste unvermittelt breit grinsen.

»Bei allem Respekt Lieutenant, das denke ich nicht«, antwortete er beinahe belustigt.

»Eine sehr geschmackvolle Idee«, sagte Grant mit ironischer Stimme, »ein Anagramm für die Platzreservierung im National zu verwenden. Ich muss gestehen, dass ich erst recht spät darauf gekommen bin. Bowe Tholkis, Wilkes Booth, wirklich äußerst witzig.«

Masters Grinsen wurde breiter. Er deutete eine elegante Verbeugung an. Dann richtete er sich wieder auf.

»Vielen Dank Lieutenant, aus Ihrem Mund ist das natürlich ein Kompliment«, sagte er höhnisch.

Grant ging nicht auf die Provokation ein.

»Und ebenso der Einfall für die Daten des ersten Mordes.« Er nickte mit dem Kopf in Richtung der Deringer auf dem Boden. »Auch hierauf und überhaupt auf diese ganze Abstammungsgeschichte bin ich erst durch dieses etwas makabere Geschenk gestoßen. Wie alt bist du gewesen, als deine Mutter es dir geschenkt hat?«

Masters ließ sich einen Moment mit der Antwort Zeit.

»15«, sagte er dann. »Allerdings kann ich den Ruhm für diese Idee nicht für mich in Anspruch nehmen.«

Grant kniff irritiert die Augen zusammen. Dann streifte er mit einem Kopfschütteln den Gedanken ab.

»Aber wozu dieses ganze Verwirrspiel mit den Hinweisen und Rekonstruktionen?«, fragte er.

Wieder musste Masters belustigt grinsen. Er lachte leise auf.

»Du hast nichts begriffen. Wie ich bereits sagte.«

»Ach nein?«

»Du sagst, du kennst nun die Geschichte. Aber eigentlich weißt du rein gar nichts. Die Geschichte wiederholt sich immer wieder. Tag für Tag. Jeden Tag, jedes Jahr. Von Beginn der Menschheitsgeschichte an. Lincoln hat Booth schon etliche Zeit zuvor im Theater auf der Bühne gesehen. Er war direkt vor seiner Nase. So wie ich die gesamte Zeit vor eurer. Direkt und zum Greifen nah, wenn man nur die Hand hätte ausstrecken können.«

Grant stieß leise die Luft aus.

»Lediglich ein Spiel also?«, fragte er.

»Nein«, antwortete Masters und schüttelte den Kopf.

»Nur wenn dich jemand jagt, bleiben deine Sinne scharf.«

»Von wem hast du denn diesen Mist?«

»Du willst wissen, was dahinter steckt?«, fragte Masters mit scharfer Stimme.

»Dann sieh dir nur einmal unser Land an. Verkommen, in seiner eigenen Selbstgefälligkeit erstarrt und handlungsunfähig. Ein Sündenpfuhl, der sich in seiner eigenen Selbstherrlichkeit sonnt. Und allen voran Politiker, die nur ihren eigenen Interessen folgen, das Volk für dumm verkaufen. Vollmundig alles versprechen und ihre Versprechen dann mit neuen Lügen brechen. Seien wir ehrlich, unser Land geht vor die Hunde, Stück für Stück.«

Er verstummte.

Grant sah ihn an.

»Und daran sollen vier zufällig ausgewählte Opfer, hingerichtet im Stil der vier ermordeten Präsidenten, Abhilfe schaffen?«

Wieder lächelte Masters.

»Das ist erst der Anfang«, antwortete er. »Eine Art Präludium, wenn du so willst.« Er machte eine Pause.

»Eine Art Hinweis oder letzter Aufschub. Die Politiker, diese verlogenen Schweinehunde müssen wieder Angst vor ihrem Volk haben und es nicht an der Nase herumführen können, wie es ihnen gerade passt. So wie jetzt ist das Volk, ist die Demokratie ein zahnloser Tiger. Das wird bald anders sein. Mein Vorfahre wird stolz auf mich sein.«

»Was hast du vor?«

Masters schwieg.

Grant legte die Stirn in Falten. Er verstand nicht, warum dieser Mistkerl, der kaltblütig unter ihren Augen gemordet hatte, nun immer noch so selbstgefällig und selbstbewusst von seinen Zielen in der Zukunft sprach. Es war vorbei. Erkannte er das denn nicht? Unruhig fasste er den Griff des Revolvers ein wenig fester.

»Wie bist du ausgerechnet auf mich gekommen?«, fragte Masters in die Stille des Tunnels hinein.

»Das ist ein Detail, das mich wirklich interessieren würde.«

Grant zuckte mit einer lakonischen Geste die Achseln.

»Ich habe deinem alten Herrn in Glen Falls einen Besuch abgestattet.« Er sah, wie Masters eben noch selbstsicheres Gesicht einen Ausdruck der Verblüffung annahm. In seinen Zügen schien sich ein Widerstreit der Gefühle abzuspielen. Er sah aus, als habe er gerade den leibhaftigen Teufel persönlich zu Gesicht bekommen.

»Nein, er muss tot sein. Er muss … «, murmelte er vor sich hin. Dann sah er wieder auf.

»Das Poster neben der Tür zu deinem Zimmer war der letzte Hinweis, der noch nötig war«, fuhr Grant fort.

»Die Raumfahrtausstellung 1998. Wohl der Berufstraum von einigen Jungen zu dieser Zeit. Ein Poster, das für das 20-jährige Jubiläum der Ausstellung hier im Gebäude über uns geworben hat hing rein zufällig auf dem Bahnsteig auf dem Judicairy Square.«

Masters sah ihn ungläubig an.

»Dem Ort, den du als Einstieg in die Wartungstunnels für den Mord in der Capitol South Station benutzt hast. Ich habe ein paar schöne, gestochen scharfe Videoaufnahmen von dir beim Öffnen der Luke gesehen.«

Masters blieb stumm.

»Nun ist mir auch klar, warum der Täter seine Schuhe in dem Tunnel hinter den Kabelschächten zurückgelassen hat. Ein Detail, das zu Beginn nicht den geringsten Sinn ergab und mich wie ich zugeben muss, ziemlich ratlos gemacht hat.«

Grant schwieg für einen Augenblick.

»Aber jetzt ist mir klar, dass du die Schuhe zwingend loswerden musstest. Schließlich hätte irgendjemand zufällig die Übereinstimmung der Abdrücke mit denen im Staub vor der Leiche bemerken können.«

Wieder entstand eine kurze Phase der Stille, die sich in dem unterirdischen Tunnel zeitlich bis in alle Ewigkeit auszudehnen schien.

Schließlich war ein leises Lachen zu hören, als Masters begann, langsam und wie in Zeitlupe in die Hände zu klatschen und gespielt zu applaudieren.

Grant beobachtete fasziniert und zugleich beunruhigt die Szene, die sich vor seinen Augen in dem dämmrigen Schacht abspielte.

»Nicht übel«, sagte Masters schließlich und nickte. »Es wird dir nur nicht das Geringste nützen.« Er grinste. »Wenn wir hier jetzt also fertig sind, dann entschuldige mich. Ich habe noch Arbeit zu erledigen.«

Mit diesen Worten wandte er sich um.

Grant trat einen weiteren Schritt auf ihn zu und zielte mit der Waffe auf Masters Hinterkopf. Verblüfft noch immer von der Selbstsicherheit des offensichtlich Verrückten vor ihm. Des Mannes, der jahrelang Seite an Seite mit ihm gestanden hatte, der sie von Anfang an getäuscht hatte.

»Du weißt, dass ich das nicht zulassen kann«, sagte er.

Plötzlich hörte er ein leises Klicken im Tunnel hinter sich. Dann eine aus der Schwärze zu ihm dringende Stimme:

»Und ich kann dies hier nicht zulassen Lieutenant.«

Grant gefror das Blut in den Adern. Er hörte das Scharren und Platschen sich in seinem Rücken nähernder Schritte. Seine Blicke zuckten in alle Richtungen gleichzeitig.

»Denken Sie bitte nicht mal im Traum daran«, fuhr die schneidende

Stimme fort, die nun schon um einiges näher klang. »Bei der geringsten Bewegung knalle ich Sie ab wie einen Hund.«

Grants Blick wanderte zu Masters hinüber, in dessen Gesicht sich ein triumphierendes, überhebliches Lächeln ausbreitete.

Mit einem Ich-habe-es-dir-ja-gesagt-Ausdruck im Gesicht zuckte er lässig die Achseln und richtete dann seinen Blick an Grant vorbei in den Tunnelabschnitt dahinter.

»Du hattest recht«, sagte er mit anerkennender Stimme und nickte zu der unsichtbaren Gestalt in Grants Rücken.

»Aber natürlich«, kam die Antwort der körperlosen Stimme, die diesen angenehmen, volltönenden Klang aufwies, den Grant schon bei ihrer ersten Begegnung so sehr bewundert hatte.

Unglauben, Verwirrtheit, jähe Erkenntnis.

Alles schien auf einmal auf ihn einzuprasseln. Die Klarheit der Erkenntnis, die plötzliche Verknüpfung der losen Enden dieser Geschichte traf ihn wie ein Keulenschlag. Sämtliche Kraft schien aus seinem Körper zu weichen.

»Nehmen Sie die Waffe runter Lieutenant«, sagte die Stimme und das scharrende Geräusch von Schritten verstummte. »Und drehen Sie sich langsam um. Ich möchte Ihnen ins Gesicht sehen.«

Grants Gedanken wirbelten durcheinander, kehrten zurück in die Hütte in Glen Falls, den dichten Wald in der Powder Mill Road. Der Brutstätte des Bösen, wie er bereits erkannt hatte. Nun jedoch in einer Härte, die ihn sprachlos machte.

»Sie sind das?«, fragte er tonlos, noch bevor er sich umwandte. Er hatte die Stimme längst erkannt. Nur sie mit einem Ort wie diesem zu verknüpfen, fiel ihm mehr als schwer. Er ließ die Waffe langsam sinken, drehte sich um und sah in das Gesicht, das er das letzte Mal hinter den Stapeln von historischen Dokumenten und unter dem Geruch alter, vergilbter Bücher gesehen hatte. Allerdings hatte diese Wendung der Geschichte irgendwie auch etwas seltsam Passendes, Unausweichliches.

In McTaggerts Gesicht lag ein trauriger Glanz.

»Das es soweit kommt, tut mir ehrlich Leid, Lieutenant«, sagte sie und deutete mit der Pistole in ihrer Hand an Grant vorbei.

»Aber mein Sohn hat Recht und ich kann Ihnen nicht erlauben Ihr Vorhaben in die Tat umzusetzen. Ich bin sicher, Sie verstehen das.«

Die Worte von Lang kamen Grant in den Sinn als er über die vergilbten Seiten alten Papiers gesprochen hatte.

»Meine Frau hat sich schon immer für derlei Dinge interessiert.« Wieso hatte er nicht früher begriffen? Der Zufall, der seine Schritte ausgerechnet in McTaggerts Büro gelenkt hatte, hätte wohl größer kaum sein können. Die Unausweichlichkeit des Schicksals war bemerkenswert. Auch Masters und seine Mutter mussten wohl derartige Gedanken gehabt haben, als er mit den Briefen des Sohnes ausgerechnet in dem Büro der Mutter erschienen war und um Hilfe gebeten hatte.

»Wieso haben Sie mir dann überhaupt geholfen?«, fragte er verwirrt.

»Nun ja«, McTaggert deutete ein kurzes Lächeln an.

»Für sich genommen war die Liste ohne Kenntnis der Hintergründe ja so gut wie nutzlos.« Sie zögerte einen Moment. »Ich habe die Unterhaltung mitgehört. Dass Sie auf die Hintergründe, die Abstammungslinie stoßen, durch die Waffe und die darauf befindliche Gravur, konnte ich natürlich nicht ahnen. Darüber hinaus wäre es verdächtig gewesen, hätte ich meine Hilfe abgelehnt.« Sie verstummte, schien einen Augenblick über die Situation nachzudenken.

»Und vielleicht erinnern Sie sich, dass ich zunächst alles andere als enthusiastisch war, als es darum ging Ihnen zu helfen. Stellen Sie sich nur einmal meine Überraschung vor, als Sie in mein Büro geplatzt sind.«

Sie hob die Augenbrauen.

»Aber als ich darüber nachdachte, kam mir der Gedanke, dass ich durch diese Liste womöglich die Chance hatte, Ihre Ermittlungen womöglich sogar in eine andere Richtung zu lenken und zu verzögern. Schließlich hatte ich, was den einzig risikobehafteten Namen darauf anging, die nötigen Vorsorgungen getroffen.«

Sie kam einen weiteren Schritt auf ihn zu, wobei ihre ebenholzfarbenen Haare im Rhythmus ihrer eigenen Schritte wippten.

»Wer hätte auch damit rechnen können, dass der alte Trottel wieder aus dem Koma erwachen würde.«

Mit einem gespielten Selbsttadel rümpfte sie die Nase.

»Schlampige Arbeit, das muss ich zugeben.«

Grant dachte für einen Augenblick an sein Treffen mit Lang zurück. Die mitgenommenen Fotos und Dokumente, den Unfall, den der Mann im

Rollstuhl fälschlicherweise den Handlangern großer Konzerne zugeschrieben hatte. Und der Bekannte, der sich wohl eindeutig über die Todesanzeige der Frau getäuscht hatte.

»Sie sind das gewesen?«, fragte er ungläubig.

McTaggert zuckte mit den Achseln. Dann nickte sie kaum merklich. Grant konnte kaum fassen, was er hörte. Gleichzeitig arbeitete sein Verstand fieberhaft. Er musste etwas unternehmen. Früher oder später würde dieses nette Frage und Antwortspiel zweifellos ein Ende haben. Und dann würde die Situation für ihn mehr als ungemütlich werden. Er hörte, wie Masters sich in seinem Rücken bewegte. Er warf einen kurzen Blick nach oben auf das Gitter des Regenablaufs.

»Eines würde mich interessieren Professor«, sagte er so gleichgültig er konnte und verlagerte sein Gewicht vom einen auf das andere Bein. Dann jedoch hielt er in gespieltem Zögern inne. »Oder soll ich lieber Mrs. Masters oder Lang sagen?« Vielleicht konnte er sie soweit von ihrer jetzigen Position bewegen, dass sie …

»Halten Sie die Klappe«, sagte McTaggert, »der Name dieses vor Frömmigkeit zerfließenden Trottels ist bedeutungslos. Ginge es nach ihm, hätten wir uns unser Leben lang für James Abstammungslinie schämen sollen.«

Sie kam auf ihn zu. Noch wenige Meter, bis sie in die Lichtinsel treten würde.

»Aber ich habe erkannt, wer er ist und zu welch großen Taten er einmal fähig sein würde.«

So unauffällig wie möglich spannte Grant seine Muskeln.

Er hörte, wie Masters hinter ihm seine Waffe vom Boden aufhob.

»Ihr Gatte hatte möglicherweise Recht«, sagte Grant und sah die Wut in McTaggets Augen.

»Allerdings gibt es noch eine Sache, die ich gerne wissen würde.«

Er machte noch eine effektvolle Pause, warf einen kurzen Blick über seine Schulter zu Masters.

»Ich kann mich noch nicht so recht entscheiden, ob ihr beide gleichzeitig euren Verstand verloren habt oder ob doch er letztendlich der Verrücktere ist. Ich meine … «

»Halten Sie den Mund«, schnaubte McTaggert und fuchtelte mit der Waffe herum. Noch gut einen Meter.

Grant wusste instinktiv, dass diese Geschichte für ihn selbst nicht gut ausgehen würde. Aber wenn es irgendetwas gab, was er tun konnte, so musste er es zumindest versuchen.

McTaggert trat in die Lichtinsel. Das Licht fiel von schräg vorne auf sie herab, so dass sie zumindest für einen Sekundenbruchteil geblendet sein würde.

Grant reagierte sofort.

Er stemmte das rechte Bein in den aufgeweichten Boden, trat wie ein Pferd nach hinten aus und hoffte, Masters so irgendwie mit dem Unrat des sandigen Bodens zu treffen, dass dieser etwas davon in Gesicht oder Augen bekam. Die Zeit reichte nicht aus, um sich umzudrehen. Es war ein infantiles, geradezu kindisches Vorhaben, aber die einzige Möglichkeit, die er hatte.

Gleichzeitig hob er die Waffe. Er zielte auf McTaggerts Oberkörper und drückte ab. Der Schuss donnerte durch das Gewölbe wie die Explosion eines thermonuklearen Sprengkopfes.

Die Professorin wurde nach hinten geschleudert. Er wirbelte herum, ließ sich auf den harten Boden fallen. Hörte aber zur selben Zeit den Abschussknall aus Masters Waffe. Sengender Schmerz explodierte in seiner linken Schulter, als das Projektil darin einschlug. Er schlug hart auf dem Boden auf.

Geblendet vom Mündungsblitz seiner eigenen Waffe feuerte er blind in die Richtung, aus der Masters Schuss gekommen war. Die Querschläger jaulten durch den unterirdischen Gang.

Er konnte oben von der Straße die aufgeregten Rufe von Menschen hören. Er rollte ab, rappelt sich hoch und rannte geduckt auf die andere Tunnelseite zu.

Im Laufen sah er direkt vor sich McTaggerts Gestalt auftauchen, die auf dem Boden lag. Blut floss aus einer Wunde in der Nähe des Halses. Sie versuchte sich aufzurappeln und nach der Waffe zu greifen, die neben ihr lag.

Grant feuerte ihr, ohne im Laufen inne zu halten, zwei weitere Kugeln in die Brust.

Der Körper der Frau explodierte unter dem Kugelhagel. Mit der linken Hand griff Grant nach ihrer Waffe. Er lief weiter, lud den Schlitten einmal durch und sah dann in einer Lichtinsel auf der anderen Seite die Gestalt von Masters auftauchen.

Seine Schulter brannte wie Feuer. Heiß schoss das Blut daraus hervor.

Er sah Masters davonhumpeln. Offenbar hatte zumindest einer seiner Schüsse sein Ziel gefunden. Der beißende Geruch von Pulverdampf lag in der Luft.

Grant fiel auf die Knie, sah den Mündungsblitz von einem erneuten Schuss aus Masters Waffe. Donnerndes Dröhnen. Die Kugel, die knapp neben ihm in die Tunnelwand einschlug. Der Schmerz jagte von der Schulter durch seinen gesamten Körper. Für einen kurzen Augenblick drohte ihm schwarz vor den Augen zu werden.

Dann hob er die Waffe.

Er erwiderte das Feuer. Schoss einmal, zweimal, dreimal in das Halbdunkel. Sah Masters Körper taumeln und in einer der Lichtinseln zusammenbrechen. Ein Piepsen meldet sich in seinen Ohren als er schwankend gegen die kalte Tunnelwand sackte.

Über sich, fern wie in einer anderen Welt, nahm er wie durch einen Vorhang ein sich näherndes, lauter werdendes Geräusch wahr.

Es war das Heulen von Sirenen.

Epilog, zwei Wochen später

Die Küste Maines war gebeutelt vom Wind.

Seit Tagen brauten sich über dem Atlantik immer wieder Stürme zusammen und eine stetige Brise, mal schwächer, mal stärker strich tagaus, tagein über die grauen abgeschliffenen Felsen der Küstenlandschaft und das dunkle Grün der dahinterliegenden Wälder.

Die würzige Luft der See schwappte in regelmäßigen Wellen an die Küste und die dahintreibenden oder durch die Luft fliegenden Möwen sorgten mit ihren Schreien für die gewohnte und charakteristische klangliche Untermalung.

Die Kiefern um ihn herum wisperten leise und seine Schritte über den Pfad wurden gedämpft durch einen Teppich aus herab gerieselten Nadeln, die zu Millionen wie frisch gefallener Schnee den Boden bedeckten.

Es war ein warmes Gefühl des Friedens und der Ruhe.

Einige Minuten später hielt Grant an einer Ansammlung von übereinandergeschichteten Felsbrocken an und nahm seinen Rucksack von den Schultern. Die Bewegung verursachte ihm noch immer leichte Schmerzen, obwohl die Schussverletzung in der linken Schulter, bedachte man die Umstände, alles in allem gut verheilt war.

Er sah sich um.

Die Stelle, an der er sich befand, war ideal für eine kurze Rast. Das steil abfallende Ufer vor ihm bot einen fantastischen Blick hinunter in die halbmondförmige Bucht und einige der Möwen trieben wie weiße Punkte auf dem dunklen graugrün der Wellen.

Er atmete geräuschvoll aus.

Dann sog er genießerisch die frische Luft in seine Lungen.

Es war der Ort, den er nunmehr seit elf Jahren alljährlich aufsuchte.

Zumeist zu den Zeiten einer Schlechtwetterfront, wenn die dunklen Wolken die meisten Touristen von den Wanderrouten rund um die Küstengebiete zu großen Teilen abhielten.

Er zog eine silbern eloxierte Thermoskanne aus dem Inneren des Rucksacks, goss den warmen Inhalt in den abschraubbaren Deckel und ließ sich dann damit auf einem der größeren Felsbrocken in der Nähe der Abbruchkante vor ihm nieder.

Während er die ersten Schlucke vorsichtig nahm, sah er nachdenklich über die Spitze der Landzunge am Ende der Bucht hinaus, wo auf rundem grauem Fels die weiße Silhouette eines Leuchtturms in die Höhe ragte.

Es war ein fantastischer Platz. Um nachzudenken, oder einfach nur stumm dazusitzen. Er schloss die Augen. Der Frieden um ihn herum stand in starkem Gegensatz zu den letzten Wochen, die voller Ereignisse, Tod und Gewalt in seiner Erinnerung zurückbleiben würden.

Die Presse hatte sich in den zurückliegenden Wochen nach dem Bekanntwerden der kompletten Geschichte und dem letztendlichen Tod der beiden Hauptakteure begeistert dem Thema des nach geschichtlichem Vorbild mordenden Polizisten James Masters und seiner Mutter angenommen, die durch ihr Verhalten in früher Kindheit und Jugend erst dazu beigetragen hatte, ein derartiges Monster überhaupt zu erschaffen.

Die Gazetten waren voll von immer neuen Hintergrundinformationen von Nachbarn, Bekannten und Freunden gewesen, deren Geschichten wohl nur zu einem Bruchteil wahr waren, die jedoch das große Geld und ihre einmalige Chance witterten.

Allerdings war dieser wahre Rausch an Berichterstattungen, wie eine Art Mahnmal der schnelllebigen Zeit, beinahe genauso schnell abgeflacht, wie er aufgebrandet war.

Spätestens als die Gerüchte um einen bekannten Footballspieler, der Geschäfte mit einem Menschenhändlerring in Südamerika unterhalten sollte, in den darauffolgenden Wochen die Runde gemacht hatten.

Grant atmete aus.

Er konnte es Lang nur wünschen, dass er nach all dem Wirbel um seine Familie, was er ironischerweise seit seines Lebens zu vermeiden gesucht hatte, endlich Ruhe finden konnte.

Er sah auf das Wasser des Meeres hinaus. Ließ seine Augen für einige Augenblicke auf dem auf und ab wogenden Teppich ruhen.

Er hatte ein paar Mal mit dem Mann telefoniert, der sich mittlerweile zumindest körperlich wieder auf dem Weg der Besserung befand und so wie es schien, keine körperlichen Schäden zurückbehalten würde. Gedankenverloren nahm er einen weiteren Schluck aus dem dampfenden Becher.

Genauso, wie er mit seiner Schwester einige Male telefoniert hatte, um letztendlich zu erfahren, dass der zwischenzeitlich verschollene Ehemann Michaelson, mit über einer Woche Verspätung letztendlich doch noch auf dem kleinen Eiland in Französisch-Polynesien eingetroffen war.

Nach Komplikationen zuerst mit einem Mandanten und dann mit der zurückfliegenden Maschine, die einmal noch auf dem amerikanischen Festland hatte notlanden müssen.

Er musste innerlich schmunzeln, als er an die Marginalität von Claires Problemen in Bezug auf die Gewalt und den Tod dachte, die ihn in den zurückliegenden Wochen ständig begleitet hatten. Möglicherweise war es auch für ihn an der Zeit, diesem Leben allmählich den Rücken zu kehren. Konnte er das?

Er seufzte.

Dann stand er auf, verstaute die Thermoskanne wieder in dem schlanken Rucksack und folgte weiter dem Pfad in nordöstlicher Richtung. Immer dem Verlauf der Küstenlinie nach.

Nach einer weiteren Stunde Marsch und nachdem er sich nun immer weiter seinem Ziel näherte, setzte leichter Nieselregen ein, der die Oberfläche des Meeres, dessen Wellen sich ein wenig beruhigt hatten, in einen bewegten Teppich aus winzigen, sich kreisförmig ausbreitenden Ringen verwandelte.

Er ging weiter unter dem Schutz der küstennahen Bäume und hatte nach weiteren 20 Minuten das Ziel seines Marsches über beinahe menschenleere Pfade erreicht.

Er bog nach rechts vom Weg ab und kletterte ein Stück den Abhang zum Meer hinunter, ehe er auf einem kleinen schwer zugänglichen Felsvorsprung anlangte.

Die Bäume schirmten ihn gegen neugierige Blicke von links und rechts

ab und der waagrechte Untergrund war gerade so breit, dass er mit ange-
zogenen Beinen angenehm darauf sitzen konnte.

Er nahm den Rucksack ab, lehnte ihn wie ein Kissen an die rückwärtige
Felswand und zog dann ein an den Rändern schon deutlich abgegriffenes
Bild aus dem Inneren seiner Jacke hervor.

Er lehnte sich zurück, spürte die wenigen Tropfen, die noch durch die
Zweige der Bäume auf seinem Gesicht und dem Stoff seiner Kleidung lan-
deten und betrachtet einige Sekunden das Bild in seinen Fingern.

Dann glitt sein Blick auf den Ozean hinaus, der weit und endlos vor ihm
zu liegen schien.

Eine einzelne Möwe flog über ihn hinweg und stieß, als sie seine Anwesenheit bemerkte, einen leisen Schrei aus.

Dann schloss er die Augen.

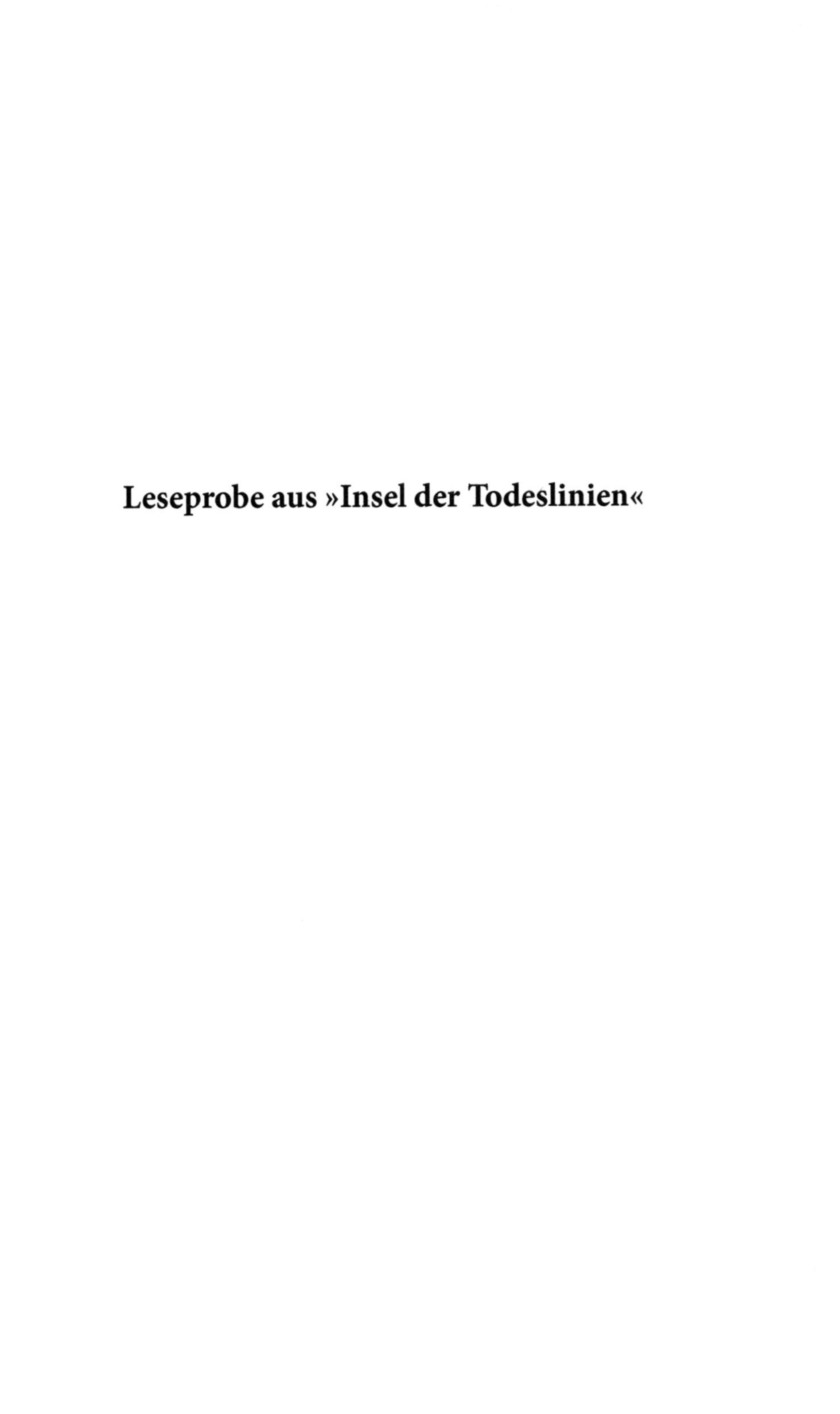

Leseprobe aus »Insel der Todeslinien«

Atualpa

Pilabara setzte sich an seinen Schreibtisch und knallte die Mappe, die er vor einigen Minuten im Zimmer des Commissioners erhalten hatte, wütend auf den Schreibtisch.

Diese verdammte Geschichte war ein Witz. Nun sollte er sich auch noch mit Dingen herumärgern, die eindeutig in den Aufgabenbereich der Küstenwache fielen.

Ein von den Radarschirmen verschwundenes Boot vor der Küste, einfach lächerlich. Er schnaubte verächtlich. Als ob er nicht schon genug um die Ohren hatte.

Resigniert lehnte er sich in das weiche Polster seines Stuhls zurück und ließ den Blick durch das Büro schweifen.

Auf der anderen Seite des Zimmers saß Alvarez in gekrümmter Haltung vor seinem Schreibtisch und tat das, was er seit ihrer Rückkehr ununterbrochen tat. Er telefonierte.

Mit wem, das wusste Pilabara nicht. Das einzige, was er sah, war, dass der alte Peruaner beinahe bei jedem Wort heftig mit der freien Hand gestikulierte.

Mit einem leisen Seufzen wandte sich Pilabara wieder seinem eigenen Schreibtisch zu. Er überlegte. So wie es schien, war zumindest momentan mit seinem Kollegen nicht viel anzufangen. Diese lächerliche Bootsgeschichte würde noch warten müssen.

Noch einmal warf er aus den Augenwinkeln einen verstohlenen Blick zu dem alten Peruaner hinüber. Wieder eine ausladende Geste. Pilabara konnte sich schon denken, worum es bei dem Gespräch ging. Worum es bei allen Gesprächen ging, die Alvarez seit ihrer Rückkehr nun ununterbrochen führte.

Mit einem leichten Zögern legte Pilabara seine Finger auf die mit den Jahren schon leicht speckig gewordene Computertastatur. Was war das Wort noch gleich gewesen? Angestrengt versuchte er, sich an die Szene im Dschungel vor einigen Stunden zu erinnern.

Das Wort war merkwürdig gewesen. Eine Bezeichnung, die er selbst in einer ähnlichen Weise noch nie gehört hatte. Mit einem Mal fiel es ihm wieder ein.

El Chubacabras. Oder zumindest so ähnlich.

Seine Finger glitten behäbig über die Tasten. Mehrmals sah er während des Schreibens auf. Er hatte nie gelernt, dieses Ding schnell zu bedienen. Sogar Alvarez musste darin schneller sein als er selbst. Wieder sah er auf. Er wusste ja auch nicht, wie man dieses verdammte Wort schrieb.

Die Suchmaschine machte ihm mehrere Vorschläge. »Suchen Sie nach El Chupacabras?«

Pilabara legte die Stirn in Falten, das musste die richtige Schreibweise sein. Einzig einen Buchstaben hatte er bei seinem Versuch vertauscht.

Er klicke auf den Vorschlag und sofort baute sich eine neue Seite der Suchmaschine auf. Aufs Geratewohl klickte Pilabara auf eine der ersten Seiten, die ihm vorgeschlagen wurden.

Die Seite öffnete sich und Pilabara sah eine bräunliche Schrift vor einem hellgrünen Hintergrund, die wohl an das dichte Grün des Dschungels erinnern sollte.

Auch um den Text herum waren mehrere Bilder und Aufnahmen von Regenwäldern und undurchdringlichem Dickicht angeordnet. Er musste unvermittelt schmunzeln.

Selbst die Schrift war ein wenig reißerisch gestaltet. Noch einmal lauschte er hinüber zu dem Gespräch von Alvarez. Dann begann er zu lesen.

Der Chupacabras (Wortherkunft vom spanischen chupar: saugen und cabra: Ziege) ist ein Fabelwesen aus Lateinamerika. Es soll laut Berichten wie ein Vampir seiner Beute, meist Ziegen oder Schafen, zunächst die Kehle aufschlitzten und dann das Blut aussaugen.

Pilabara grinste. Verstohlen sah er erneut zum Schreibtisch seines Kollegen hinüber. Wie er es vermutete hatte.

Ein Aberglaube, und was für einer. Er schnaubte verächtlich. Ein Fabelwesen, das sich über die Tiere der Bauern hermachte und wie ein Vampir über das Vieh herfiel. Es war ganz einfach lächerlich. Er überlegte.

Natürlich musste er zugeben, dass die Einkerbungen in der Haut des Schafes tatsächlich ein wenig an Darstellungen von Vampirbissen erinnerte. Aber das war reiner Zufall. Der Biss irgendeines Tieres. Oder eine Wunde, die sich das Tier an einem der rostigen Nägel des Stalls zugezogen hatte.

Er schüttelte den Kopf.

Er hatte noch nie etwas von einem solchen Wesen gehört. Chupacabras, was war das überhaupt für ein dämlicher Name? Er las weiter.

Der Chupacabras soll nach verschiedenen Berichten fast bis zu 2 Meter groß sein, auf allen Vieren gehen und auf seinem Rücken Stacheln tragen.

Das wurde ja immer besser. Wenn er nicht aufpasste, wollte ihn Alvarez am Ende noch für eine Monsterjagd rekrutieren. Wieder musste er beinahe lachen.

Der wohl berühmteste und spektakulärste Fund eines Chupacabras soll sich im Jahre 2000 ereignet haben, als ein brasilianischer Bauer auf seiner im Dschungel abgelegenen Farm auf ein seltsames Tier schoss.

Nachdem der angebliche Chupacabras dann in ein wissenschaftliches Institut gebracht wurde, wurde der Kadaver dort jedoch als der eines Hundes identifiziert. Der Bauer bestritt dies allerdings vehement und behauptete, der Kadaver sei nicht der gleiche und zuvor absichtlich ausgetauscht worden.

Pilabara scrollte weiter nach unten.

Ein anderer Fall ereignete sich im Sommer des Jahres 2005.

Ein angeblicher Chupacabras wurde von einem peruanischen Viehzüchter mittels einer Falle getötet und fotografiert. Was folgt, erinnert an die Geschichte aus dem Jahr 2000. Der Kadaver soll zur Untersuchung in eine nahe gelegene Forschungseinrichtung gebracht worden sein. Die dortigen Verantwortlichen bestreiten dies jedoch. Die Vielzahl an Berichten über

etliche blutleere Tiere und die stets damit einhergehenden Augenzeugen-
berichte lassen einige Kryptozoologen jedoch auf die Existenz eines Tieres
wie den Chupacabras schließen.

Pilabara kniff die Augen zusammen. Der letzte Satz verunsicherte ihn ein
wenig. Er überflog den Absatz erneut. Dann las er weiter:

Im Winter des Jahres 2015 untersuchten die südamerikanischen Behörden
200 km östlich von der venezuelanischen Stadt San Christobal einen Fall
von 70 getöteten und blutleeren Schafen.
    Man veröffentlichte danach jedoch eine Stellungnahme, die die Existenz
eines Fabelwesens in der Region ausschloss.

Eine immer wieder herangezogene Erklärung für die häufigen Sichtungen
und kursierenden Geschichten könnte in dem starken Aberglaube, verbunden mit Voodoo-Ritualen auf den Westindischen Inseln liegen. So könnte
es sein, dass viele abergläubische Bauern auch jedes von einem normalen
Raubtier gerissene Stück Vieh gerne dem Treiben eines übernatürlichen
Monsters zuschreiben.

In diesem Moment klingelte das Telefon auf Pilabaras Schreibtisch. Er
nahm den Hörer ab.
    »Ja.«
    Für einige Sekunden hörte er zu, dann sagte er: »Ich komme sofort.«

Dunn Island

Das Haus war noch ruhig als Grant die Tür zu seinem Zimmer hinter sich zuzog und an den fast schwarzen holzvertäfelten Wänden und den etlichen Bildern vorbei hinab ins Erdgeschoss stieg.

Der dicke, burgunderfarbene Teppich fühlte sich selbst durch die Sohlen seiner Schuhe weich und geschmeidig an.

Für einen Sekundenbruchteil stellte er sich vor, wie angenehm es sein musste, an einem verregneten Tag nur mit Socken an den Füßen und einem Feuer im Kamin durch die weitläufigen Gänge des Anwesens zu streifen oder einfach nur in der Bibliothek herum zu sitzen.

Es war kein schlechtes Leben, das ihr Gastgeber hier einsam auf diesem Eiland führte. Allerdings fragte Grant sich, ob es für seinen Geschmack nicht ein wenig zu abgeschieden war.

Kein Wunder, dass man auf die absonderlichsten Ideen kam hier ganz allein und nur umgeben von diensteifrigem Personal, das einem jeden Wunsch von den Augen ablas.

Er ließ den Empfangsraum hinter sich und betrat durch das Speisezimmer die Bibliothek.

Alles schien noch so wie am Vorabend.

Nachdem ihr Gastgeber sie in dem großen Salon im wahrsten Sinne des Wortes einfach hatte sitzen lassen, hatte mit der Zeit einer nach dem anderen den Weg in das gemütliche Zimmer mit den riesigen Wänden aus Büchern und Folianten gefunden.

Malcome hatte das Feuer im Kamin wieder angeschürt und beinahe den ganzen Abend wurde angeregt über ein Für und Wider des ihnen unterbreiteten Angebots diskutiert. Der Alkhohol hatte sein Übriges dazugetan und so hatte sich schnell das eine oder andere Grüppchen, das ein oder andere Lager gebildet.

Struck mit begeisterter Zustimmung zu dem Projekt und McNeal auf der anderen Seite mit ausgeprägter Skepsis. Rassmussen und Malcome hatten irgendwann erklärt, sie bräuchten eine Pause und waren für eine Viertelstunde zu einem kurzen Spaziergang um das Anwesen aufgebrochen.

Grant sah auf die nun leere Couch und betrachtete das mittlerweile erloschene Kaminfeuer.

Nur die beiden Frauen hatten sich weitestgehend aus dem Gespräch herausgehalten. Grant überlegte. Hatte die junge Frau ihre Wahl bereits getroffen? Die alte Dame war ohnehin undurchschaubar wie eine Sphinx.

Er schlenderte am Kamin vorbei.

Er selbst hatte für sich bereits entschieden. Auch wenn er immer noch nicht wusste, welche besonderen Fähigkeiten er für diese Unternehmung mitbrachte und wieso er und nicht jemand anderes dieses Angebot erhalten hatte, so war doch das Angebot einfach zu gut, um es wegen einiger Ungereimtheiten einfach auszuschlagen.

Er kam an einem Regal vorbei, in dem etliche alte Atlanten und Kartenbände standen.

Er würde zweifellos einige unangenehme Telefonate führen müssen. Aber selbst wenn man ihn feuerte, so konnte man sich doch mit zwei Millionen Dollar, die er am Ende dieser Geschichte in Händen halten würde, mehr als leicht über einen solchen Verlust hinwegtrösten.

Er ging weiter und war nach einigen Schritten am hinteren Ende der Bibliothek angekommen.

Mehrere Rundbogenfenster, die bis zum Boden reichten und zu beiden Seiten von schweren Vorhängen eingerahmt waren, ermöglichten an dieser Stelle einen Blick auf das Hinterland der Insel.

Es war das erste Mal, das er bei Tageslicht einen Blick durch das Fenster werfen konnte.

Die vereinzelten Büsche und Sträucher waren zwar wie am Vortag leicht im Nebel verborgen, dennoch konnte er im hinteren Teil der Insel, geschützt in einer leichten Senke, das Rollfeld der von Ludlum erwähnten Start- und Landebahn ausmachen. Wellen umtosten die nahe Küste und Grant fand, dass das Asphaltband für einen startenden oder landenden Jet recht kurz aussah.

Noch war auf der Startbahn kein Flugzeug zu sehen.

»Können Sie auch nicht schlafen?«, hörte er auf einmal eine Stimme hinter sich. Er zuckte zusammen. Dann drehte er sich um.

Im Eingang zur Bibliothek erblickte er die schlanke Gestalt der jungen Laura Winter.

Die Frau hatte sich eine dicke Daunenjacke angezogen und sah aus, als wäre sie gerade von einem längeren Spaziergang zurückgekehrt. Die langen braunen Haare wirkten zerzaust vom Wind und eine leichte Rötung hatte sich an Nasen und Ohren gebildet.

»Sozusagen«, antwortete er zögerlich und trat einen Schritt vom Fenster zurück.

Noch immer hing der Duft nach Zigarrenrauch und Feuer vom Vorabend in der Luft. Die junge Frau betrat den Raum und kam um den Couchtisch in der Mitte des Zimmers langsam auf ihn zu.

Grant beobachtete, wie das voluminöse, kastanienbraune, fast ein wenig ins Rötliche spielende Haar jeder Bewegung mit einem leichten Wippen folgte.

Die junge Frau hatte beachtenswert schöne Gesichtszüge, die in dem verwaschenen Morgenlicht fast wie gemeißelt wirkten. Sie trat neben ihn ans Fenster und warf mit gespieltem Interesse einen Blick nach draußen. Dann sah sie ihn an.

»Sie müssen noch nicht nach dem Flugzeug Ausschau halten. Ich war gerade unten am Rollfeld. Es wird noch einige Zeit dauern, bis der Jet landet.«

Grant sah sie irritiert an. Er warf noch einmal einen Blick nach draußen. Dort in der Senke gab es nichts außer einer langen betonierten Fläche, keine Gebäude, noch nicht mal einen kleinen Schuppen oder Lagerraum. Kurze Zeit überlegte er, ob es denn kein Gebäude gab, in dem der Jet bei längeren Aufenthalten untergestellt wurde.

»Woher wissen Sie das?«, fragte er.

Die junge Frau zwinkerte ihm geheimnisvoll zu.

»Leben Sie schon immer in Chicago?«, wollte sie wissen, ohne auf seine Frage zu antworten. Grant zögerte, dann schüttelte er langsam den Kopf.

»Seit ungefähr drei Jahren«, sagte er.

»Sie haben sich also entschieden, mitzukommen?«, fragte Laura und sah ihn forschend an.

Die Augen der jungen Frau hatten die Farbe von flüssigem Gletscherwasser.

Ein klares, eisiges Blau, das einen starken Kontrast zu den dunklen Augenbrauen und Haaren bildete.

»So wie Sie, nehme ich an«, erwiderte er. Laura nickte. Noch immer hatte keiner von ihnen den Blickkontakt unterbrochen.

»Und warum?«, fragte die junge Frau.

»Warum was?«

»Warum haben Sie sich entschieden mitzukommen?«

Grant zögerte. Gerne hätte er der jungen Frau alle möglichen idealistischen Gründe genannt. Ihn reize das Abenteuer. Ihn interessiere diese Thematik oder das Rätsel um den verschwundenen Ethnologen. Aber all das war nicht der Fall.

»Ich tue es des Geldes wegen«, sagte er.

Laura nickte. Grant konnte keine positive oder negative Reaktion aus den Gletscheraugen der jungen Frau lesen. Einfach ein neutrales Nicken. Kurz, geschäftsmäßig.

»Und was ist mit Ihnen?«, fragte er. »Es kommt mir so vor als wären Sie schon von Anfang an ein fester Teil der Planungen unseres Gastgebers gewesen.«

Er sah wieder nach draußen durch das Fenster und erkannte, dass die Wolkendecke am Horizont ein wenig aufgerissen war. Ein so wie es schien einzelner Sonnenstrahl durchbrach die Phalanx aus grauen Wolken und malte eine schimmernde Fläche auf die Oberfläche des Ozeans.

»Herrlich, nicht wahr?«, sagte Laura und räusperte sich. »Und Sie haben Recht. Zumindest hatte ich nur schwer die Möglichkeit Nein zu sagen, wenn so jemand wie meine geliebte Tante im Hintergrund die Fäden zieht.« Grant meinte, eine Spur Bitterkeit in der Stimme der jungen Frau wahrzunehmen.

»Was tun Sie?«, fragte er, um das Gespräch auf etwas anderes zu lenken. »Dort unten in Italien meine ich.« Laura wandte sich ihm wieder zu.

»Hat Ihnen meine Tante das nicht erzählt? Merkwürdig, sonst bindet sie das gleich jedem auf die Nase. Ob er es hören möchte oder nicht.«

Grant lächelte.

»Das muss sie wohl vergessen haben.« Und nach einer kurzen Pause fügte er hinzu. »Ich glaube ich zähle nicht zu ihren allerbesten Freunden.«

Die junge Frau lachte kurz auf.

»Wer tut das schon?«, sagte sie und schob einen der Vorhänge ein wenig beiseite.

»Ich arbeite bei einer Ausgrabung südlich von Florenz.

Allerdings wohl nur noch ein paar Monate, bis der Universität endgültig das Geld ausgeht.« Sie atmete geräuschvoll aus. Dann schien sie einen Augenblick lang zu überlegen.

Ihr Blick war nach draußen gerichtet, wo ein gewaltiger Brecher gerade über die ersten Felsen der Küste hinwegdonnerte.